U0093740

有華人的地方就有

龍人的作品

4

滅秦內容簡介

大秦末年，神州大地群雄並起，在這烽火狼煙的亂世中。

隨著一個混混少年紀空手的崛起，他的風雲傳奇，拉開了秦末漢初恢宏壯闊的歷史長卷。

大秦帝國因他而滅，楚漢爭霸因他而起。

因爲他——霸王項羽死在小小的螞蟻面前。

因爲他——漢王劉邦用最心愛的女人來換取生命。

因爲他——才有了浪漫愛情紅顏知己的典故。

軍事史上的明修棧道，暗渡陳倉是他的謀略。

四面楚歌動搖軍心是他的籌畫。

十面埋伏這流傳千古的經典戰役是他最得意的傑作。

這一切一切的傳奇故事都來自他的智慧和武功……

滅秦五閥簡介

入世閣

閣主大秦權相趙高，身懷天下奇功「百無一忌」，又借助官府之力，使得入世閣漸漸強大至有力壓其他四閣的趨勢。而克制他的皇道武學「龍御斬」又消失江湖，故更令其橫行無忌。

流雲齋

西楚最強大的門派，在其齋主項梁的經營下，統一了西楚武林，將各門各派的人才盡歸入旗下，在萬里秦疆烽火四起之時，趁虛而入想一舉奪得大秦江山。鎮齋神功「流雲真氣」霸道無比，其侄項羽憑此功而搏得西楚霸王的英名。

知音亭

亭主五音先生是亂世武林中修爲最高的幾位強者之一，門下高手無數，紀空手就是得其之助，才能

在亂世中立足，鎭門神功「無妄咒」可以控制天下任何絕學導氣時的經脈流向，使其敵不戰自敗，唯一弱點是不能駕馭中咒者的思想。

聽香榭

一個神秘而又古老的組織，當代閥主呂翥是一個不達目的勢不罷休又有著很強征服慾的女人，其門中的「附骨之蛆」、「生死劫」、「紅粉佳人」三大奇毒，控制著無數的武林高手。天下最可怕的殺手主使人。

問天樓

春秋戰國衛國亡國後的復國組織。當代閥主衛三公子，一個怪物中的怪物，雖身懷上古絕學「有容乃大」奇功，橫行天下稀有敵手，但其性格反覆無常讓人捉摸不定，他可以爲達目的而不擇手段，又可爲復國獻出自己唯一的生命。劉邦的親生父親，紀空手的強敵。

主要人物簡介

最聰明的女人——紅顏

知音亭的小公主，擁有著高貴典雅的氣質，空谷幽蘭般的容貌。音律與武學修爲都已達到很高的境界，性格平和堅強，其聰明之處便是在亂世眾雄中選擇了紀空手，而一代霸主項羽卻爲搏其一笑擁兵十萬，相迎十里。反而樹立了紀空手這位宿命中的強敵。

最可悲的女人——張盈

「入世閣」閣主趙高唯一的師妹，天生媚骨，媚術修爲之高已達到媚惑天下眾生之境。因趙高修練鎮閣神功「百無一忌」自閉精氣，冷落了她，使其成爲了秦末武林中最可怕的魔女。終死在了扶滄海的「意守滄海」的奇功之下。

最可愛的女人——鳳影

「問天樓」刑獄長老鳳五之女，是位惹人疼愛的小美人，溫婉嫺靜，清純可愛。在韓信危難中與其結緣，成爲韓信的至愛，江湖傳言韓信背叛兄弟助劉邦爭奪大秦疆土都是爲了此女。

最幸運的女人——呂雉

「聽香榭」真正的主人，是位有冒險精神，性格堅毅果斷的美女。因修練鎮榭神功「天外聽香」需保住處女元陰，而無法享受魚水之歡。後聽香榭發生內亂，她受其姐暗算，與紀空手有了合體之緣。得到了補天異氣之助，不但將神功修練到至高境界，還成爲了紀空手的妻子。

最善良的女人——虞姬

大秦美女，容貌清麗脫俗，是位惹人憐惜的嬌弱美人。性格外柔內剛，堅信緣由天定，對紀空手一見鍾情，爲救情郎情願被劉邦充當禮物送給項羽。劉邦也因此事而鑽進了紀空手布下的圈套，不但痛失至愛，還差點在鴻門宴中身陷萬劫不復之境。

最不幸的女人——卓小圓

「幻狐門」當代門主，性格如水般變化無常，媚功床技天下無敵，由於此門是問天樓中的一大分支，她自然而然成爲了劉邦的情婦，後被紀空手以偷天換日的手法易容後送給項羽，變成一個媚惑項羽的工具。

最成功的英雄——紀空手

一位混混與無賴眼中的神，一段段傳奇中的人物。他身具龍形虎相，偶得補天異寶，踏足江湖後在項羽的十萬大軍前，奪走他心中的美人——紅顏。又從劉邦的陷阱中將他送給項羽的禮物——「虞姬」據爲己有。江山美人讓他樹敵無數，戰爭與血腥使他明白世間的殘酷。仁義二字讓他變得強大無比，這只因他堅信——仁者無敵！

最無情的君主——劉邦

衛國的皇室後裔，身具蓋世奇功「有容乃大」。但名利使他仍容不下身旁具有高才智的兄弟，爲搏強敵的信任，他可以送上心愛的女人與父親的生命。「一將功成萬骨枯」，是他一生奉行的箴言。這只因——帝道無情！

最霸氣的男人——項羽

其天生神力，加之家族的至高武學「流雲道」，更使他身具蓋世霸氣，縱橫大秦疆域所向無敵。然而，爲搏紅顏一笑，樹下了紀空手這位宿世之敵。西楚的疆土毀在其一意孤行，四面楚歌、十面埋伏各種奇計使其在楚漢相爭中敗得無回天之力。烏江之畔，橫劍脖頸只表達心中的霸意——「霸者無懼」！

最危險的敵人——韓信

亂世中的將才，紀空手兒時的好友，因能忍別人不能忍之事，使他很快在亂世中崛起。卻因抵不住名利的誘惑，出賣兄弟。霸上一戰他爲保存實力，親手放走他今生「宿命之敵」。爲自身的利益，他可出賣一切可以利用的東西。可惜等其擁有爭霸天下的實力時，卻得不到任何的支持力，這是他一生中最殘酷的打擊。但他至死仍不明白這是否是——「宿命之意」！

最聰明的隱士——張良

知音亭五音先生放入江湖中的一枚隱子，此人精通兵法，又足智多謀，是亂世中不可多得的謀士，在劉邦身旁盡心盡力助其發展勢力，紀空手復出後因他之助不費一兵一卒得到大漢所有的軍隊。此人唯一弱點——不懂絲毫武學。

最倒楣的鑄師——軒轅子

天下三大鑄劍師之一，因受人之託隱於市集鑄練神刃，刀成之際，因定名「離別」實屬凶兆，身受數大高手圍攻而血戰至死。後此刀在紀空手之手力戰天下知名高手威揚天下。

最可怕的劍手——龍賡

天生爲劍而生的人，因身具劍心，故能將劍道練至無劍的至高境界——心劍。五音之死令其復出，紀空手得其之助，才棄刀進入至高武學的殿堂——無我武道。

最富有的棋手——陳平

夜郎國的世家子弟，在夜郎陳家置辦賭業已有百年，憑的就是「信譽」二字，創下了無數財富，是各大爭奪天下勢力眼中不可多得的財力支柱。

最失敗的盜神——丁衡

五音旗下的五大高手之一，偷盜之技天下無敵，雖盜得天下異寶「玄鐵龜」卻無緣目睹其寶讓紀空手成爲一代霸者的機會。

目錄

第一章　亡命劍道

一時之間，竟然出現了四個紀空手，劉邦心裡一沈，他雖然不知這其中究竟哪一個是真的，哪三個是假的，但他卻知道，紀空手此次出逃，是一個有預謀、有計畫的行動。

他的思維在瞬息之間高速運轉，權衡著自己每一個行動的利弊，在最短的時間內作出了決斷。

「樂白，你率一部人馬守住虞府，其餘的人跟隨本公，火速向西門靠攏。」他不慌不忙地下達著行動指令，神情中帶著一副果斷堅定的作風，讓人不容置疑他判斷的正確性。

當下兵分兩路，劉邦率領一千人馬直奔西門，雖然他沒有把握能夠肯定出現在西門的人就是紀空手，但從西門而去，便是通往巴蜀的驛道。

知音亭既然參與了紀空手此次出逃的行動計畫，那麼他們行動的去向當然是直指巴蜀，即使自己的判斷有誤，但只要截斷了對方回歸之路，自己仍然有幾分勝算，這便是劉邦趕往西門的原因。

可是等他的人快到西門之時，又接信使來報：「東門城內突然失火，黑煙滾滾，寧將軍已經親率一隊人馬，前往察看！」

劉邦怔了一怔，依然前行道：「此乃敵人聲東擊西之計，這反而說明了紀空手人在西門的可能性最大，傳令下去，調問天樓戰士火速趕往曉關，那裡是敵人入川的必經之路，務必不能讓敵人突破而去。」

他作了最壞的打算，所以才決定派人在曉關阻截，這樣一來，就算紀空手能夠逃出霸上，依然面臨前有伏擊，後有追兵的險境，所謂「打蛇打七寸」，這也算是紀空手的要害之地。

駐守西門的將軍乃是韓信，他聽說劉邦人到，趕緊率部相迎。

「這裡的情況如何？」劉邦一到西門，只見軍士井井有條地進行著出入城門的一切盤查，不覺有些詫異。

他沒有想到出身市井的韓信竟然也懂得指揮部署，雖是初次帶兵，卻已經顯露出他在這一方面過人的天賦，這讓劉邦喜出望外。

對劉邦來說，此時正是用人之際，得一武功高強者易，得一良臣勇將卻難。看韓信帶兵，雖然循規蹈矩，卻別有新意，不落俗套，讓人耳目一新，劉邦心中怦然一動：「此子才堪大用，雖說有些野心，但只要駕馭得當，無疑能夠助我一臂之力。」

韓信迎上前來，跪伏行禮道：「適才確有形跡可疑之人在西門出現，待屬下追上去時，已經不見。後來聽人說道，那人長相模樣與紀空手確無二致，是以才派信使向沛公稟報。」

劉邦臉上一沈道：「如此說來，你並未親見？」

「屬下雖未親見，但職責所在，不敢不稟。」韓信微驚，趕忙答道。

劉邦沈吟片刻道：「依你之見，你看紀空手若要出逃，最有可能會從哪一門出城？」他並無怪責韓信之意，反而向他提出徵詢。

「紀空手狡計多端，所思所想，都非常人可以揣度，屬下雖然與他有過長時間的交往，但是依然難作決斷。」韓信肅然道，其實在他的心中，並非沒譜，但是從自己的利益考慮，他倒情願讓紀空手平安離去，免得兔死狗烹，自己變成劉邦眼中的下一個目標。

劉邦哪裡懂得他的心思？皺皺眉道：「如果連你也這麼說，那麼此人的行蹤的確讓人不能妄加揣測。不過按此人一慣作風來看，只怕他此刻還在城中，而這些人化裝成他的模樣，混淆視聽，無非是疑兵之計。」

韓信點頭道：「沛公所言極是精闢，既然如此，我們只有靜觀其變。」

劉邦看了他一眼，剛要說話，忽然又接信使來報：「寧將軍火速稟告，他已在東城發現了紀空手的行蹤！」

「是否確認此人身分？」劉邦追問一句。

「寧將軍道：此人與知音亭的吹笛翁同時出現，十有八九是紀空手的真身，但是具體如何，有待確認。」那信使答道。

劉邦心頭一震，忖道：「這吹笛翁何時進入城中，可見百密終有一疏。」當下點頭道：「韓信，你隨本公一同前往。」

韓信不敢有半點託詞，只得應允，隨即一聲令下，迅速集結一彪人馬，隨劉邦趕往東城。

劉邦看在眼中，微微贊許，心道：「此子帶兵只有數日，卻已有這般成效，假以時日，只怕必是少有的良將。」

馬蹄得得，揚起漫天塵埃，數百騎士如一陣風般從大街馳過，不過半晌功夫，當先領路的那信使回頭叫道：「就在前面了。」

劉邦抬頭看時，果然見得一股濃煙瀰漫了前方大半條街，煙色渾濁，睁眼見不到十步之遠，只看見有百十人端盆提桶，進進出出，正在滅火。

「這煙火實在古怪，若是無心失火，這煙的顏色何以會這般黑？」劉邦鼻息一動，深深地吸了一口氣道：「怪了，這煙中怎麼會有一股香油味？」

韓信眼中一亮，道：「這定是人爲縱火，依屬下之見，寧將軍的消息並非有誤，紀空手一定人在其中！」他頓了頓道：「只是……」

劉邦見他吞吐不定，忙道：「只是什麼？」

「若是這般，屬下反而有些猜不透紀空手的心思了。他此刻與常人無異，處身火海，兇險至極，豈非與自殺等同？而這紀空手也不是自殺之人，莫非他另有深意？放火只是他的障眼法，真正的用意是想從地下逃遁而去？」韓信想到那一日在得勝茶樓的交戰，明明看到紀空手攜領一幫高手出面，可到了最後，卻只有紀空手一人力拚酣戰，而其他的人就像消失在空氣中，平空不見了，這說明對方在逃遁術上確有獨到之處。

劉邦卻搖了搖頭道：「他若想從地下逃走，實無可能，本公已派人在城牆之下設了無數聽筒，深入地下數丈，只要有人挖洞，絕無不能發現的道理。依本公來看，只怕紀空手是另有圖謀。」

他當即下令調集人手緊急撲救火勢，同時與寧戈會合，寧戈稟道：「屬下是因爲這裡先起煙火，心中好奇，才率人急忙趕來，誰知剛一進入這油坊之中，便看到滿地倒滿香油，一直連到了後院的小樓，屬下極是納悶，正要靠近，忽然不知自何處扔下一支火把，引發起這場大火。」

「也就是說，這火是在你們趕到之後才燒起來的？」劉邦有些詫異地道：「可是你不是說先看到這裡的濃煙才趕來的嗎？莫非這又是紀空手的調虎離山之計？」

「屬下最初也是有此疑惑，所以一面命人救火，一面叫來鄉鄰問話，始知在這濃煙燃起之前，有人確實看到了虞左的出入。」寧戈道。

劉邦一聽，心中不喜反驚，喃喃而道：「如果這人真是紀空手所扮的虞左，他又想幹什麼？」他就算想破腦袋，也絕對想不到紀空手竟然是欲自空中逃走。

正在這時，忽然有人驚叫起來：「快看，那是什麼？」

劉邦匆忙趕將過去，順著那人所指方向抬眼望去，只見小樓的天空中升起一個龐大古怪的物事，正一點一點地懸浮而上，任是劉邦有多麼廣博的閱歷，也認不出這竟是五音先生精心設計的飛行器。

不過劉邦畢竟是劉邦，眨眼之間，他似乎想到了這古怪物事的用途，更想出了非常有效的應對之策，冷冷一笑道：「原來如此，那就別怪本公無情了。」

他回頭下令道：「命令五百弓箭手待箭準備，沒有本公的號令，任何人不可妄動！」

韓信怔了一怔，道：「沛公既然有心以箭將之射落，何不早早動手？」

劉邦的眼眸中射出一股殺機道：「紀空手既然敢與本公作對，本公當然要他死得難看，現在這點高度，還不足以讓他活活摔死！」

韓信聞言，心中忍不住打了一個寒噤，剛要開口，卻又欲言又止。

「你想說什麼?爲何這般吞吞吐吐？」劉邦奇道。

「屬下認爲，沛公既然有心讓紀空手來牽制虞姬，如果殺了紀空手，只怕對虞姬不好交代。這樣一來，反而會誤了沛公的大事。」韓信沈吟片刻，硬著頭皮道。

「你能這樣想，可見你頗有遠見，不看重眼前之得失，而權衡整個大局之利弊，實乃大將之才也。

不過這紀空手始終是本公的心頭大患，一日不除，難以讓人心中踏實，至於虞姬那裡，本公已有了應對之策。」劉邦笑了一笑，臉上露出得意之色。

韓信「哦」了一聲，似有幾分失落的感覺，雖然劉邦並未對他現出任何殺機，但是他相信紀空手的見解並沒有錯。劉邦之所以遲遲不對自己動手，無非是因爲自己還有利用的價値。

這本就是一個爾虞我詐的年代，如果韓信不是明白了這一點，他就絕對不會在紀空手的背上插上一劍。

劉邦輕輕地拍了拍他的肩頭，道：「你雖然與紀空手頗有交情，但自大王莊一役後，本公已經完全信任於你，所以你凡事不用太多顧慮，竭力效命，本公相信你有飛黃騰達的一天！」

「多謝沛公提拔。」韓信心中未置可否，但臉上卻裝作感激不盡之狀，伏地而道。

一陣奇異的樂音突然響起，初時不覺，過了片刻功夫，劉邦與韓信對視相望，無不側耳。

這樂音並不限於音律，也無美感，倒似動物之間交流的唧唧之語，在這一刻間從空中傳來，讓人心裡頓生寒意。

「這是什麼聲音？竟如此古怪！」劉邦心頭一顫，情不自禁地出言相問。

「回沛公，這好像是笛子發出的聲音，只是古怪異常，讓人不能確定。」韓信聆聽片刻，猶豫地道。

「這麼說來，這是吹笛翁搞的鬼，大難臨頭，不知這是他為紀空手奏的哀樂，還是為自己遇人不淑而歎息，哈哈哈哈……」劉邦不由大笑起來。

但韓信卻沒有笑，而是皺著眉頭，臉色驚變道：「只怕事情沒有這麼簡單，沛公請聽，這笛聲像不像一種動物的聲音？」

劉邦靜心聽了一會，點頭道：「的確如你所說，這聲音十分耳熟。」

「這是老鼠的聲音，吹笛翁在這個時候吹起這種曲調，只怕是別有用意。」韓信一臉肅然地道。

劉邦微微一笑，似乎並沒將之放在心上，抬頭看了看空中懸浮的皮球以及皮球下懸掛的大竹籃，道：「你的意思是指吹笛翁想借笛音來指揮老鼠與我們作對？」

韓信道：「吹笛翁肯定是這般想法，試想一下，一隻老鼠不足讓人心畏，但若有百隻、千隻，只怕就不是人力可以控制的了。」

就在這時，劉邦的臉色陡然一變，這倒不是因為韓信的話，而是他確實聽到了有一種怪異的聲音傳入耳際。

這聲音由小及大，初時不覺，只是感到耳中癢酥，似有千百隻蟲蟻從四面八方爬行而來，瞬息之間，其聲漸大，恰如在十里之外聞聽驚濤拍岸，一浪緊接一浪，有共鳴之音，給人以無窮震撼。到後來，這千百道聲音雖細卻清晰，彙聚一處，其聲之尖銳，使人產生莫大的驚懼與恐慌。

「天呀，怎麼會有這麼多的老鼠?!」一個充滿恐懼的聲音陡然尖叫起來，頓時引起眾人上竄下跳，一片驚呼。

劉邦大吃一驚，急急回頭，只見滿街之上竟然有數以千計的老鼠滿地飛竄，直奔這邊而來。老鼠行動極速，帶著吱吱尖叫，其情其狀端的恐怖，不要說那些軍士，便是劉邦自己也有毛骨悚然之感。

他久經沙場，見識過的場面不可謂不廣，再恐怖的畫面也領教過了，按理來說這世上已沒有太多的東西能夠引起他的恐慌，但是乍眼看到千百隻長相兇惡、齜牙咧嘴的老鼠從四面八方向自己飛竄而來，他的心裡咚咚直響，還是感到了一絲害怕。

「大家不要慌，老鼠懼火，諒牠們也凶不到哪裡去，大家還是鎮定下來，對付裡面的敵人要緊！」韓信擋到劉邦面前，大聲疾呼道，臉上毫無懼色。自小他就流落市井，常年與鼠蟻臭蟲為伍，已是見慣不怪，是以看到這種場面，遠比劉邦鎮定得多。

劉邦一驚之下，已恢復了常態，眼見韓信挺身而出，穩定軍心，不由露出欣賞之意道：「難得你能臨危不亂，確有大將風範。」

「屬下只是盡本分而已，怎當得起沛公讚譽？」韓信微微一笑道，他的心裡早已看出，對付劉邦這等梟雄，唯有讓他看中自己，相信自己的實力，才可確保性命無憂，否則只要自己失去了可供他利用的價值，那麼自己的生命就算走到盡頭了。

劉邦點點頭道：「你能居功而不傲，殊爲難得。」說完這句話後，他忽然想起了衛三公子那一天對自己的叮囑，雖然他一向很佩服自己的父親，但是人老了，顧慮自然就多，這韓信雖說也是「造神」行動的參與者，但比起紀空手來似乎要容易駕馭。自己此刻正是用人之際，大可不必因此而放著這樣一個人才不用。

他透過濃濃的黑煙，眼見那龐大的氣球已經升到了離地十數丈的高空，當下再不遲疑，揮手道：「弓箭手準備，目標就是空中的皮球！」

五百軍士都是經過有素訓練的精銳，雖然腳下仍有老鼠飛竄，但心理的恐懼畢竟比不過對劉邦的畏服。所謂軍令如山，一聲令下，五百張弓同時拉響，箭簇寒芒閃閃，指向半空。

劉邦的眼芒一寒，左手抬起，緩緩地升在空中……

「呼……」就在這時，從火海中突然竄出一條火龍，直奔人群而來。

「小心！」劉邦與韓信幾乎是在同一時間內驚呼道，可是聲音的速度似乎並不比這條火龍的速度快多少，等到軍士們有所警覺時，這條火龍空中炸裂開來，向四方席捲。

火星飛濺，碎裂的木片如火紅的飛瀑衝向人群……

「呀……」許多軍士躲閃不及，身上的衣衫頓時著火，場面混亂不堪。

更讓劉邦與韓信吃驚的是，在這火龍之後，還有一把劍，帶著一股必殺之氣的劍！

劉邦與韓信潛意識地向後退了數步，當他們發現來敵並不是針對自己，而是攻向那些手持長弓的軍士時，已經慢了半拍。

沒有人會有這麼快的反應，就連劉邦與韓信也不例外，來人顯然算到了這一點，所以用非常突然的襲擊，最無情的手段展開了實力極爲懸殊的殺戮。

「呀……呀……」慘呼聲此起彼伏，十數人在這一刻中紛紛倒地。在這段空間裡，不僅有火，有煙，更有讓人心悸的血腥。

「是吹笛翁！」劉邦一瞥之間，終於認出了對方的來歷。

而韓信已經拔劍，身形也如一陣狂飆般起動，以最快的速度攻向了吹笛翁的背部。

「噹……」吹笛翁唯有回劍格擋，他沒有回頭，卻從劍鋒的厲嘯聲中聽出了來人的厲害，他如果不想死，就得撤劍回格。

雙劍相擊，產生出一股巨大的迴旋之力，不僅使得兩人渾身一震，各退數步，而且同挾火勢，捲起數尺之外的火頭，升高盤旋。

韓信只覺自己的肌膚一陣火辣辣的痛，似乎被火熾燒了一下，但是這並不影響到他的出手。

「嗤……」劍從空中劃過，如流星般攻向了吹笛翁的七處要害。雪白的劍身在火光的映射之下，竟如鮮血一般紅的耀眼，紅得驚心。

吹笛翁面對如此淒美的一劍，心中絲毫不亂，他明白，自己不能慌，也不能亂！他現在所做的一切，都是爲了給紀空手爭取時間。正因爲他心存必死的決心，所以他擁有這一刻近乎超然的冷靜。

「轟……」韓信的一枝梅一振之下，幻作七道劍芒，如帶血的梅花逼射開來，吹笛翁的劍鋒一閃，以快得不可思議的速度在瞬息之間與之相觸，一一化解。

「砰……」吹笛翁勉力化去韓信的劍招，只覺胸中沈悶，氣血翻湧，整個人跌飛而去。他的人在空中，要想落地站穩並非不能，但他無意於此，反而借這一撞之力，伸肘出擊，攻向了身後的人群。

他借力打力，這一肘擊的勢頭之猛，根本不容別人有任何躲閃的餘地，但見十數名軍士遇肘飛跌，當場斃命，縱有不死者，亦是肋骨斷裂，終身殘廢。

韓信似乎沒有料到吹笛翁會是如此強悍，又是這般驍勇，一怔之下，發出一聲悠長的尖嘯，攻出了他最爲得意的一式劍法。

這式劍法是他新創而成，雖然未經演練，但韓信卻對它情有獨鍾，極具自信。這式劍法既有流星劍式的神髓，又結合了他體內玄陰之氣的特點，在瞬息間的頓悟中完成，完全可以代表他個人的實力。

他原本並不打算用在吹笛翁的身上，因爲他覺得吹笛翁固然厲害，卻還不値得自己以這一劍式來對付，可是當他準備出手之際，忽然改變了主意。

他這一改，全爲了劉邦，他必須要讓劉邦認識到自己的真正實力，才能以此來達到自己的目的。

所以他的這一劍殺出，湧起了無限殺機，閃電般的身形如一道幻影掠過虛空，在剎那之間亮出了耀眼奪目的劍鋒。

劍生厲嘯，一股暴烈無限的霸殺之氣猶如一張巨大的網般罩向了吹笛翁的頭頂，控制了足有五丈範圍的空間。

火焰、泥石，也在剎那之間變得狂野，或起或伏，或明或暗，在這無常的時空裡不斷地變化著圖案。

狂風驟起，充斥了整個空間，壓力之大，足以讓這段空間的任何東西在瞬間窒息，包括這吞吐不定的火焰。

「殺……」韓信冷酷的臉在不定的光線裡顯得更加淒厲，咧嘴大喝一聲，使得這虛空也在這一聲暴喝中顫慄不已。

每一寸空間裡的每一分空氣，似乎都被這平空而生的殺氣所駕馭，氣旋飛湧，朝四面八方扯動，彷佛要將這虛無的空間撕個粉碎。

煙塵如此，火焰如此，斷樑灰燼如此，此劍一出，這些物體彷佛盡數隨風而逝，再也不存於這片天地。

無情的殺氣，隨著劍鋒的每一寸移動而滲透進去，讓這空間裡的空氣變質、變味，帶出一股森然的

血腥。

「呼……」吹笛翁的臉幾乎扭曲變形，在火光照射下顯得極度詭異，手臂振出，將長劍從火焰中斜劈而出，帶著奪人魂魄的赤紅，迎向了韓信這霸烈的一劍。

吹笛翁從來沒有遇到如此可怕的劍招，他的閱歷不可謂不廣，見識不可謂不多，但像韓信這般如此無情的一劍，他的確是生平僅見。他目睹著韓信的出手，感受著這一劍帶出的無匹勁氣，有一種被大山壓抑而難以喘息的感覺。更讓人感到可怕的是，這劍中所蘊含的森寒之氣，這種冰寒的感覺，彷彿讓人置身於冰山之下，無邊無際，似乎永遠不能擺脫這冰寒的刺激。

可是當吹笛翁奮起出手時，他的心中更生驚恐，只覺得自己不動則已，一動反而引發了對方佈下的契機，使得更強的壓力如飛瀑狂瀉而來，而自己的劍速之緩，彷彿穿行於千層冰封。

一快一慢，雙劍都以各自的速度在虛空中留下幻痕無數，劍在虛空，誰都明瞭，但劍在虛空的哪一處，誰又知道？

吹笛翁卻明白，這雙劍一旦撞上，自己不死即傷，絕無倖免，因爲對方的劍招已經克制了自己每一個劍式的變化，這是只輸不贏的賭局。換作以前，換作別人，也許這已成定局，但是吹笛翁雖然無法控制住自己內心的驚駭，卻身心不亂，靜若止水。

他送紀空手上竹籃的時候，心裡已存必死之心。所以當對方的劍芒擠入自己三尺範圍時，他的劍鋒

突然爆裂出萬千霞彩，向著天空中劍芒最盛處刺去。

面對韓信這咄咄逼人的劍勢，他沒有躲，也沒有閃，而是迎頭直進。他已不畏生死，所以用的竟是同歸於盡的打法。

這一次輪到韓信吃驚了，吃驚的正是吹笛翁劍上帶出的必殺之氣。一個連自己的生死都不放在眼裡的人，他的殺氣絕對到了容量的極限！韓信千算萬算，都算出這是勢在必得的一劍，但他卻算漏了一點，那就是吹笛翁竟然會使出這樣亡命的一劍！

韓信的劍式如果不變，那麼結果只能是兩敗俱傷，甚至是同歸於盡，這絕對不是他想看到的結局。他使出這驚人的一劍，本是爲炫耀實力，藉此達到飛黃騰達的目的，從而讓自己的生命更好地活在這個世上，所以他只有變招。

幸好他這驚人的一劍本是取流星劍式之精華，還源於本色也就不顯山露水，只是劍中的殺氣比之先前卻差了一層勢在必得的意境。但饒是如此，這空氣之中依然橫溢出令人色變的壓力。

「轟……」雙劍終於在虛空中交會成一點，爆裂出萬千氣流，韓信與吹笛翁同時跌退數步，渾身氣血翻湧，一時間竟然無法再度出手。

天空突然寧靜，肆虐已久的大火也在這一刻被人熄滅，只是無聲的煙塵瀰漫在空氣之中。

吹笛翁只覺得自己的血液被一股侵人的寒氣凝結一般，幾乎有爆裂的可能。他知道韓信通過劍身將

玄陰之氣傳入到自己的經脈中，雖然還不至於置人死地，但至少可以讓他在某一瞬間虛脫無力。

所以他才感到了一種心悸，他並不擔心韓信，相信在這一回合中韓信沒有占到任何便宜，可是他卻害怕一個人，這個人完全有能力抓住這一瞬間的機會將自己陷於萬劫不復之境。

這個人就是劉邦！

劉邦遲遲不曾出手，是因爲他確實有鑒賞韓信真正實力的念頭，只不過他起這個念頭的動機並非如韓信所想，而是想看看韓信的實力是否在自己可以控制的範圍之內。

他之所以要這樣做，是因爲他此刻最需要的就是人才。若與項羽爭霸天下，最重要的一點就是搜羅天下精英，歸我所用，倘若連這一點也做不到，論及實力，論及勢力，論及根基，論及名望……凡此種種，他與項羽相較都是盡落下風，這也是他一直隱忍不發、低調行事的原因，可他並不是無條件地吸納人才，他用人的原則，講究的是絕對控制，如果不能駕馭其心，便是如紀空手這等百年不遇的奇才，他也是殺之不足可惜。

當他看到韓信刺出這驚人的一劍時，心裡不由「咯噔……」了一下，爲韓信演繹出來的劍意而感到吃驚。以他的目力，倘且看不出這一劍式的破綻，那麼韓信的實力實是達到了不可小覷的地步。不過吹笛翁以獨特的方式化去這滅頂之災，卻又讓劉邦將懸著的心放了下來。

「呼……」他沒有猶豫，眼見吹笛翁跌退的同時，他的身形迅速跟進，大手揚起，向吹笛翁握劍的手拍去。

吹笛翁出於本能地向後直退，由於一時氣血不續，行動之緩，與常人無異，而且他這一退之後，身上露出了太多的空門，根本無法擋住劉邦的雷霆一擊。

劉邦並不覺得這是自己絕佳的機會，反而更加謹慎，更加小心。衛三公子曾經說過：「愈是平坦的道路，就愈是容易讓人摔跤。所以得意之時更要小心，否則一失足便成千古恨，追悔莫及！」劉邦始終將之當作至理名言，是以他眼見得手之際，並不為之竊喜，而是勁力陡發，掌幻萬千，封鎖了吹笛翁反擊的任何角度。

劉邦已不想讓吹笛翁糾纏下去，唯一的辦法，就是讓吹笛翁死！只有這樣，他才可以集中精力來對付人在虛空的紀空手。

所以他這一拍要構成致命的絕殺，絕不留情！

「轟……」就在劉邦的巨掌拍近之時，吹笛翁的氣血一滯之下，借外力的擠壓已經恢復如常，當下也不猶豫，揮劍迎向劉邦的掌鋒。

掌與劍一觸即分，吹笛翁慘呼著狂跌而出，他的劍的的確確化去了劉邦這一掌的攻勢，但劉邦的掌勢一變，拍在了劍身之上，吹笛翁只感有一股無可匹禦的巨力如洩閘的洪流般直灌入自己的經脈之中，鼓漲得幾欲爆裂。

吹笛翁心中大驚，這幾乎是沒有想到的結果，他甚至不敢想像這究竟是怎麼一回事。兩人只是隔著劍身相觸的一瞬，對方的勁力居然能有這般驚人的威力。

而更讓吹笛翁震驚的是，他跌飛的身體已經完全不受自己的控制，雖然意識無比的清晰，卻根本不能阻止自己的身形向烈火中飛墜。

足以讓玄鐵融化的溫度熾烤著吹笛翁全身每一個毛孔，剎那之間，他的腦海「嗡……」地一下變得一片模糊，彷彿墜入油鍋煎熬，無論在身體上還是在心理上，都感到了一種生不如死的痛苦。

火海中響起一聲慘絕人寰的慘呼，接著便聞到毛髮皮肉焦糊的味道，緊接一聲更驚人的巨響隨之而起，竟然是吹笛翁身體鼓漲之後的爆裂……

吹笛翁死了，竟然死得如此慘烈，誰也不知道吹笛翁臨死前的那一剎會是一副怎樣的表情，但可以預想，這種死的方式絕對是他做夢也沒有想到的結局。

但是劉邦沒有時間再去理會吹笛翁的死，他的注意力不在吹笛翁的身上，而是人在空中的紀空手。吹笛翁的出現對他來說只能算是一個小插曲，他真正要對付的主角還是紀空手。

所以他抬起頭來觀望著空中氣球離地的距離，二十丈的距離似乎是一個有效的距離，此時動手，既在射程的有效範圍之內，也足以讓紀空手活活摔死。

「放箭！」劉邦回過頭來，看了看驚魂未定的將士們，冷冷地發出了他的指令。

此令一下，數百張弓同時抬起，在最短的時間內調準了精確度，目標只有一個，就是空中的氣球！

「嘯……嗤……」數百支離弦之箭同時標射而出，快如閃電，便像是一道道極速移動的銀光，在陽光的照耀下顯得格外燦爛，而且這些箭矢所取的角度與路線顯然經過了事前的演練，井然有序，毫無疏漏。

韓信的臉色情不自禁地變了一變，心中絲毫沒有喜悅與暢快的感覺。他忽然感到有幾分酸楚，覺得紀空手今日的下場也許就是自己明日的榜樣。

他實在找不出任何的理由，認爲紀空手還能在這種情況下生還。

可是這些精準無比的箭矢並沒有將空中的氣球擊爆，而是一觸氣球表層，迅即彈開，趁著這點時間，氣球又已竄升數尺。

眾人無不訝然，劉邦更是大吃一驚，他怎麼也沒有想到這真皮所製的氣球竟能擋得住勁箭的穿透，這出乎他的意料之外。

他的眼睛禁不住痙攣性地抽搐了一下，瞇成一條線縫。如果他知道這氣球的所用真皮乃是由漠北熊皮經數月浸泡成、涼曬，再以特殊藥物精製而成的話，他就絕對不會讓箭手相距二十丈的距離才開始放箭了。

饒是如此，劉邦手下的這班箭手皆是善射之人，臂力極大，又有準心，假若近距離放箭，這氣球依然難逃爆裂之虞，偏偏劉邦另有想法，才使得這五百箭手雖有勁箭強弓，竟然奈何不了這皮製的氣球。

「再射！」劉邦心有不甘，大手揮道。

眾箭手早已拉弓引箭，爲了避免失敗，無不使出吃奶的勁道，大力發出了他們第二輪射擊。

箭矢標空，無論是速度，還是力道，都大大超出了先前所射之箭，可是一觸氣球，依然對它絲毫無損。

這令劉邦震怒不已，當下從屬下手中搶過一把鐵胎硬弓，深吸一口氣，彎身提聚勁氣，「呼啦……」一聲，弓弦如滿月，長箭在手，緩緩地對準了氣球的中心。

他這一拉，幾乎用盡了身上所有的力道，勁力更是透過握箭的手指，貫注在寒芒閃閃的箭矢之上。他絕不相信，這用獸皮製成的氣球，可以擋得住他這石破天驚的一箭！

「呀……」劉邦暴喝一聲，一支長箭呼嘯而出，奔向虛空。

這是一支充滿了內力的勁箭，誰也不可否認它的霸烈。當它乍現虛空之時，已不再是一支箭，而是一道來自魔界的閃電，這閃電彷彿從地之裂縫而出，在剎那間抽吸著虛空中的一切物質，凍結凝固，所帶出的殺氣在銳嘯聲中張狂地扭曲、旋動，似乎擊射之物已不是那空洞的氣球，而是要撕裂雲層，直指紅日。

眾人無不驚呼，他們都是神射手，浸淫弓箭都有太長的歷史，但他們也是第一次見到如此霸烈的一射！

只怕當年后羿射日的箭法也不過如此，試問這漠北冰熊的肉皮又怎能與之相抗？

這是毋庸置疑的問題。

但是——就在這時，在空中，在那氣球之下的竹籃裡，突然伸出了一隻手，一隻有力而沈穩的大手。

劉邦的眼睛不由跳了一下，雖然相距甚遠，但他仍是一眼就認出了這手的主人就是紀空手。

這太不可思議了！

一個武功全失的人，又怎會有一隻如此有力的大手？

◆

當吹笛翁將紀空手抱入竹籃時，他的手指微微一動，順手點了紀空手身上的幾處穴道，雖然用力不大，但一時半會，紀空手還無法動彈。

吹笛翁用心良苦，紀空手又豈會不知？他只能眼睜睜地看著吹笛翁留在地面，淚已奪眶而出。

此時此刻，留在小樓就意味著死亡，吹笛翁以死報效，又怎能不讓紀空手感動？

他的人坐臥在竹籃上，背靠火盆，眼看著自己一尺一尺地向空中升去。這氣球初時受熱上浮的力道不大，速度亦緩，只升了數丈之高，紀空手只感自己的背部已是大汗淋漓，灼熱難當，就像是一塊架在

火堆上熾烤的肉，十分的難受。

「這可如何是好？若是照這般繼續下去，只怕我人未逃走，烤也將我烤死了。」紀空手不由暗暗叫苦。

以五音先生的智慧，當然不會考慮不到這一點，可是他在設計之時，並沒有想到這氣球會供身無武功之人使用。在他看來，只要有內家真氣底子的人，自然耐得住這點熱力與溫度，而一般的常人，也配不上坐在他精心製作的氣球中。

吹笛翁肯定也是如此所想，全是他與五音先生一樣，也忽略了紀空手此時的狀況。紀空手渾身經脈既有五處受制，此刻便與常人無異，哪裡還能提聚功力來抵禦這熾烤之苦？

紀空手眼見自己處於這般劣境中，心裡大駭之下，苦於身子無法動彈，只得聽天由命。

他雖然靠背火盆，不能看到盆中油火是如何地猛烈，但他背上的皮膚隔了一層衣衫，仍能感受到這火力的厲害，如千百枚銀針一般刺入，讓人疼痛難當，汗水沿毛孔而出，濕透了整個衣衫。

他深深地吸了一口氣，想以堅強的意志來度過這意想不到的劫難，甚至企圖用轉移注意力的方式來減輕自己身體承受的痛苦。

他的眼睛一直在審視著竹籃所用的竹料，心裡極是好奇，似乎沒有想到這世上的竹子竟然還有這種可以耐得住高溫的品種。他卻不知，爲了尋找這種奇竹，五音先生曾經遍遊巴山蜀水，最後才從一座古

老的山谷中發現了數十株這種可以耐高溫熾烤的鐵竹。否則單是這載人之物用何種材料製成，才可以重量既輕，又能耐火，這便不易解決。

紀空手看得百思不得其解，反而隨著氣球的升高，感到呼吸有些困難起來。他體內的經脈雖然受制，但玄陽之氣始終存在，當身體受到外力的擠壓以及高溫的熾烤之時，這股受制的真氣突然勃發出一股生機，在有限的空間裡激烈衝撞，使得經脈隨時有爆裂的可能。

紀空手心中大駭，明白這般下去，自己體內的真氣要麼走火入魔，要麼極度膨脹，引發身體爆裂。但無論是哪種結果，最終都會讓紀空手消失於這個世界！

紀空手的心裡驀然生出一種苦澀的痛楚，他怎麼也沒有想到，自己沒有死在劉邦手中，也沒有死在韓信手裡，卻在無心之中，死於自己人的手上！

這難道是命中註定？

他感到哭笑不得，也是第一次對自己失去了自信。在這一刻間，他想到了紅顏，也想到了虞姬，更想起了昨夜的旖旎。

昨夜的月兒好圓，斟酒一杯，紀空手斜坐窗前，人無醉意，卻有離愁。

分離在即，紀空手的心裡充滿了無限惆悵，他怎麼也沒有想到，人與人之間從相識到相知，從相知到相戀，竟然是如此地簡單，簡單的就像是緣分早定。在他與虞姬長街偶遇的剎那，誰又能想到他們會

相知相惜？

袖兒輕輕的腳步已經離樓而去，整幢小樓中，只剩下紀空手與虞姬。紅燭數根，燃起緋紅的色彩，與暗淡的花香構成一種別有韻味的情調，讓人驀感溫馨。

「好美的月色啊！」虞姬帶著一股淡淡的幽香而來，輕傍在紀空手的身邊，幽幽地道。

「月色雖好，卻不知明日的月下，我在何方？你又在何方？」紀空手輕啜一口酒，依然抬頭望月，臉上流露出一種說不出的傷感。

虞姬輕歎了一口氣，沒有說話，只是靜靜地凝視著月色下紀空手那略帶憂鬱的臉。

「我不知道，過了明日，這世界又會變成什麼樣子。雖然我已經計畫好了每一個細節，但面對強大的對手，我沒有一點把握，甚至心裡還有一些害怕。」紀空手握住了虞姬伸來的柔荑道。

「你是爲了我！紀大哥，我記得你曾經對我說過，你這一生中還從來沒有害怕過。」虞姬的嬌軀一顫，緩緩而道。

紀空手回過頭來，兩人相對而視。

「是的。我從小到大，無論遇上什麼事情，我都沒有害怕的感覺，但是到了今晚，不知爲什麼，我竟然覺得自己害怕起來，這是不是很奇怪？」紀空手的眉頭一皺，隱隱現出一絲擔憂之色。

虞姬深深地看了他一眼，俏臉一紅，低下頭來，近乎呢喃道：「這一點並不奇怪，你愛我，所以才

害怕失去我。」

她絲毫不再掩飾自己的情感，不顧一切地投入到紀空手的懷抱，嬌軀因爲激動和興奮而不住地顫抖著，令紀空手聞到了那股淡淡的撩人心魂的處子幽香。

「是的，這是真的，我真的害怕這是我們的永別！」紀空手心頭一顫，禁不住打了個寒噤。

虞姬仰起臉來，露出鮮豔欲滴的紅唇，堵在紀空手的嘴上，半晌才分開道：「那你就要了我吧！有了這一夜，從今往後，無論我們相隔多遠，分離多久，我都永遠是你的人！」

她的身體在紀空手的懷中輕扭了幾下，似乎充滿著對這浪漫之夜的渴望。紀空手輕輕地透過薄紗撫摸著這動人的玉體，感受著懷中這充滿青春活力的生命，心中生起一股莫名的亢奮。

誰說少年不多情？只是未到情濃時！

紀空手體會著佳人對自己的這番癡情，十分感動道：「其實我也好想好想，只是此刻我身處危局，怕辜負了佳人的這番好意。」

虞姬吐氣如蘭，用力摟住紀空手的腰，將臉緊緊地貼在他的胸前，道：「虞姬雖然不懂男女情事，但卻深知，喜歡一個人並不是要索取回報，而是付出。這些天來，人家每天都在飽受相思之苦，更有感於你是一個君子，才決意以身相許，若是你真是喜歡人家，便不要再推託。」

美人情深，令紀空手好生感動，再也抑制不了心中的情動，攔腰將之抱起，貼住她的耳根道：「我有何德何能，得蒙佳人垂青，若是再推三阻四，豈非真的成了僞君子了？」說著站將起來，向簾幔走去……

虞姬的俏臉如火燒般一片通紅，耳根發熱，將頭深埋在紀空手的胸前，可他的心兒卻「撲通撲通……」跳個不停，對這未知的初夜既充滿了害怕，又有幾分擔心，但更多的卻是無限的渴望。

她絲毫沒有任何的做作，也沒有女人通常所使的欲拒還迎。她的舉止動作一切都源於自然，心甘情願地任憑情郎擺佈，只是嬌軀酥軟，目光迷離，臉上帶出迷人的潮紅，除了短促急速的嬌喘之外，竟然說不出一句話來。

紀空手雖然也是這床戲中的稚兒，但他自小流落市井，走慣聲色場所，耳濡目染，所見所聞並不算少，這會兒面對自己心儀的女人顯出這等情動之態，倒也上手得快。

他本不是一個急色的人，對自己的情感也極有控制，只是一來對這情深義重的嬌娃確實頗具好感，心頭著實歡喜得緊；二來自己也是少年血性，陽剛之氣大盛，又豈能抵擋得了這誘人無比的胴體誘惑？而更重要的一點是，他對自己明日的命運確無把握，這一別之後，前途是凶是吉尚是未知，他絕不想讓自己和虞姬之間留下任何遺憾。

只有把握現在，才能對得住自己，這歷來是紀空手做人的原則，所以他不後悔，心裡只有歡喜。

掀開簾幔，入眼所見便是那張粉紅牙床。

兩人只感心跳加劇，緊張得連一句話也說不出來，腿挨腿地坐在床榻之上，紀空手重新將她緊擁在懷中，讓她溫膩暖人的肉體毫無間隔地緊貼住自己。

然後他俯下頭去，溫柔地吻著她如羊脂般嫩白的粉項與如蓮花般晶瑩的耳垂……

虞姬的情動之處竟然就在她的耳垂之上，所以當紀空手的舌尖輕舔上去的那一瞬，她的嬌軀禁不住顫慄起來，完全融化在他這舌挑之中。

紀空手的牙齒咬在這動人的耳垂之上時，虞姬再也顧不得女兒家的羞澀，「嚶嚀……」一聲，檀口發出一種令人心旌神搖、銷魂蝕骨的呻吟，雖無病卻弱而無力，讓任何男人聞之都會血脈亢奮不已。

紀空手的嘴唇沒有在虞姬的耳垂上作過多的停留，而是滑過她潮熱的臉頰，尋找著那如花瓣般鮮豔的紅唇。虞姬似乎再也難以忍受這誘人的情挑，雙臂一環，緊緊地纏住了紀空手，伸出香舌，作最狂熱的回應。

兩人的身體都在擠壓廝磨，各自的手在無意識下都在對方的身上熱烈地游走……

這些日子以來所壓抑的情感，似乎都要在這一刻間得到釋放。月色下的小樓中，雖是秋日的夜，卻充滿了盎然春意。

此時的兩人似乎都融入了這渾然入夢、神魂顛倒的纏綿中，不分彼此，也沒有主動與被動之分，只是發乎自然，盡情地化入情欲的烈焰中，享受著身心自由的奔放。

紀空手的一雙大手隨著時間的推移，從溫柔逐漸變成了強有力的侵犯。那無處不到、肆無忌憚的愛撫非但不令虞姬反感，反而更加刺激著她的神經，綿軟的嬌軀熱得燙手，顫抖不停。

「我從來沒有這麼舒服過。」虞姬如夢囈般地低呼了一句，人似醉了一般。

「我也一樣，原來男女間的情事是這般的美妙，我真的應該感謝你對我的垂青。」紀空手只覺得自己全身都處於亢奮的狀態下，根本無法抵擋眼前美女這無處不在的誘惑，嘴貼在虞姬耳邊，深情溫柔地道。

虞姬從喉嚨裡「嗯」地發出一聲，繼而轉爲呼吸急促的呻吟，嬌軀情不自禁地發出一陣抽搐式的顫抖，因爲她感到情郎的大手已經順著自己的衣領，滑入進去，觸到了那一對盈盈一握的乳峰。

這無疑是一對從未有人入侵的禁地，高傲而立，富有彈性，唯有處子才具有的堅挺。當紀空手的手背輕輕地搓弄起那硬滑如玉般的乳頭時，虞姬曼妙的身子自然蜷縮一團，光滑的肌膚因緊張而繃得直緊。

「不要！」虞姬幾乎是在失去意識的情況下輕吟了一聲，她本不忸怩，但在潛意識中那種少女的矜持讓她象徵性地抗拒了一下，其實在她的內心，只是希望這一切依然繼續。

紀空手怔了一怔，但沒有罷手，因爲他沒有看到虞姬有任何抗拒的跡象。當兩個人的衣物都一一褪盡時，他們終於做到了「坦誠相見」。

帳外的燭火或明或暗，隔著輕紗帳幔，使得帳中的一切變得朦朧起來。

當羊脂白玉般的胴體毫無保留地出現在紀空手的眼前時，紀空手簡直有些驚呆了。他怎麼也沒有想到上蒼造人，竟然給了虞姬一個如此完美的身體，不僅毫無瑕疵，而且每一個部位都是該大的大，該小的小，充滿著肉慾之美。

「我難道是在做夢？」紀空手眨著自己的眼睛，似乎不敢相信這一切竟是真實的。

虞姬星眸微開，無力地斜了他一眼，道：「人家這些天來總是夢見與你在一起，但願這一次不再是夢。」她的聲音略帶一種糯音，滿溢春情，極是粘人，那自然而然帶出的誘惑，讓紀空手再也無法控制自己的神智。

「我不信，除非你能證明給我看。」紀空手近乎無賴式地一笑，將自己精壯筆挺、健碩有力的身體緊緊貼了上去。

虞姬嚶嚀了一聲，情不自禁地伸出手來，緊緊相擁一起。

第二章　瞬間徹悟

據說在天地混沌初開之時，那時候的人並無男女之分。造人的神每時每刻從不間斷地造人，久而久之，也就厭煩了，於是他想出了一個可以代替他造人的方法，就是將一個人一分爲二，一半爲男，一半爲女，讓他們來繁衍生殖，延續生命。可是這繁殖要經過十月懷胎才能一朝分娩，這男人還要擔負起養育之責，顯然是一件極爲痛苦的事情。造人的神擔心他們會害怕痛苦和麻煩而放棄繁衍的責任，便額外地在他們交合之時賦予他們最大限度的快感，這樣一來，無論是男是女，因爲要追求這份快感，也就擔負起了繁衍的責任。可見上蒼待人，講究利弊均衡，再是公平不過。

而此時的芙蓉帳內，當紀空手將自己的身體壓在虞姬的胴體上時，兩人便同時找到了自己的另一半，肉體間再無半分隔閡。

一聲痛苦的呻吟之後，虞姬不再壓抑自己心中已經誘發的處子熱情，而是忍痛迎合，與紀空手癡纏一起，拚命地抵死纏綿，開始享受這人倫之樂一點一點勃發而來的快感。

只有到了此刻，兩人才真正明白，何以只有情到深處，才會你中有我，我中有你。也只有到了這一刻，他們才算真正領略到了「春宵一度値千金」的意境。

雲收雨散，大汗淋漓，虞姬似乎依舊沈浸在剛才的熱情之中，手足緊緊地纏在紀空手的身上，星眸迷離，小臉兒紅撲撲的透著清純可愛。

紀空手輕輕地拍著她的香肩，感到佳人對自己是這般地依戀，心中好不溫馨。當他好不容易地靜下心來，鼻間忽然聞到了一股淡淡的清香，恰似幽谷中生長的幽蘭散發出來的味兒。

「好香。」紀空手心中生奇，循香而尋，竟然發現這迷人的香味是來自於虞姬的肌膚。

虞姬用力地摟著他，睜開美眸，檀口輕吐道：「你現在才聞到嗎？其實這香味自小便跟著人家。」

紀空手貼著她的臉，柔聲道：「我初時也聞到了這香，只是很淡很淡，渾不似這一刻般濃，想不到你的身體還有這樣的妙處，真個喜煞人也。」

虞姬聽得情郎誇讚，心裡著實歡喜，渾身彷彿又熱了起來，道：「我的人都是你的，這香兒也盡由你聞，若不是你明日還有要緊的事兒待辦，我倒情願讓你玩個夠，也算是遂了你的心願。」

紀空手聞言一凜，雖然這幾句話說得極是誘人，卻在提醒著他要爲明日的計畫盤算盤算，免得出現不必要的麻煩。

他尷尬地點了點頭道：「若非有你提醒，我倒迷戀起這床第之上的纏綿恩愛、男女之歡了，可見世人大多好色，原是因爲這其間的個中滋味。」

虞姬柔情似水，斜倚在他的懷中，道：「這好色原無不好，只要發乎自然，便合人倫之道，關鍵之處還在於人，要拿得起，放得下。這世間的美男子也不知有多少，但真正能使虞姬以身相許、爲之情動的，除了你紀大哥，再無第二個人。人家只望你此次去後，早點來接我相聚，從此長相廝守，也不枉我這一番癡情。」

紀空手大是感動道：「只要我能逃出霸上，絕不虧負佳人的這一番心意！」當下緊緊地將虞姬摟入懷中，心中充滿了甜蜜溫馨，讓人生醉，只覺得所有的困難與危險，已變得微不足道，再也不能影響到自己心中的決定。

……

可是到了此刻，紀空手卻倍受惡劣環境的煎熬，心中既有相思虧欠之苦，身外又受烈火無情侵襲，萬般疲勞之下，頓時徹悟。

他陡然發現，自己自上到竹籃以來，便如入蒸籠，飽受烈火高溫的熾烤，可是當他憶起昨晚與虞姬情熱的這段時間裡，竟然不知不覺地忘卻了身受的痛苦，可見心境的不同，決定著人對苦痛的承受力的不同。因有身體，始有疲累，因有心意，始有苦痛，倘若自己能做到渾然忘我，未嘗就不能支撐下去，逃過此劫。

他心頭一陣狂喜，便不覺得這烈火似先前般的霸道，這也更堅定了他心中所想。當下再不猶豫，深深地吸了一口氣，靜下心來，開始作無我的妄想。

但要做到真正的「無我」，何談容易？人有本相，本相有心，只有做到了無相無心，才能達到「無我」真境。

要想無相，先要守心，唯有將心放在身外，才能做到無心於本相。

紀空手剎那間頓悟一切，盡拋心中凡念，將精、氣、神貫注於自己的靈台之中，無論氣球升至何處，無論烈火有多麼熾烈，總之讓他不存一念，不作一想，混沌之中，彷彿從未開蒙。

在這一瞬間，他沒有任何的感覺，既不知身在何處，亦沒有時間的概念，盡去諸般本相，無內無外，更已無我。

人既無我，那麼肉身所存在的苦痛雖然不減一分，但似乎已經與他沒有太大的關係，這種純以守心的參悟來達到無我無心的境界，從而戰勝一切苦痛的法門，確實高明至極，而紀空手得以瞬間徹悟，既是機緣，亦是定數。

涼風習習，吹在紀空手近乎禪定的臉上，不知過了多久，他緩緩地回過神來，慢慢睜開了雙眼。

背上的高溫絲毫不減，但紀空手已經不覺其熱；氣球升空的高度亦是愈來愈高，紀空手也渾然不覺自己的呼吸困難。而更讓人驚奇的是，他不僅已能動彈，而且體內受制的穴道竟然在不經意間化解，充滿生機，更比受制之前大有精進。

紀空手詫異之下，突然明白了其間的道理。

以劉邦的獨門制穴之法，本是世間無人可解。他制穴之意，並非如常人之法阻斷氣血，而是以本身的內力，化作一道道閘門，橫亙於紀空手體內的經脈走向間，既不融於紀空手體內的真氣，也不會與之相斥，而是永久地存在下去，斷絕紀空手經脈的流程走勢，令他再也無法提聚真力，等同廢人一般。

但是機緣巧合的是，五音先生與吹笛翁在無心之中都忘記了這一點，所以才會將紀空手送上氣球。

這氣球升空之法乃五音先生自創，是以在此之前，普天之下並無此物，根本無法參透其中玄理。五音先生試驗之時，所用之人皆是內力深厚之士，雖然經歷高溫熾烤，卻並無大礙，並沒想到若是常人乘之，卻是生死一大劫難。

之所以有如此一說，一來是因爲只有足夠的火熱，才能令氣球中的空氣排出，從而產生向上的浮力；二來這氣球由地面升上空中，氣壓驟減，容易使肺腑內臟遭到外力擠壓。紀空手此刻與常人無異，又怎能憑普通的體質來抵抗這兩種苦痛的折磨？

但世間萬事萬物就是這般難以預料，紀空手人在絕境之中，想到昨夜的萬種風情，又從其中領悟到痛由心生的禪理，雖然他身受高溫久烤，又受大氣擠壓，體內的真氣鼓漲欲爆，但他卻以無我的心境，耐住了這苦痛的折磨，反而使身體極度舒張，逐漸將劉邦注入自己體內的異力由毛孔逼出，逢凶化吉，恢復了自己的功力。

紀空手思及此處，猶有後怕，只覺自己能夠活於世間，簡直就是一個奇蹟，要是在這個過程中某個環節稍有錯位，那麼等待他的，就唯有九死一生！

「紅顏，虞姬，連上天都如此眷顧於我，我又怎能捨棄你們而一個人獨去？」紀空手情不自禁地笑了，似乎從來就沒有笑得這般悠然，這般溫馨。

但他並沒有因此而放鬆自己，他知道，等待自己的，還有更大的困難與危險，只要自己稍有不慎，就還在危局之中，難以脫困。

「呼……呼……」空中驀然響起一片呼嘯之聲，羽箭穿空，呼嘯而至，凜凜生寒的箭簇照準氣球標射而來。

紀空手臉色一變，心中驚道：「敵人果然狠毒，假若讓他們狡計得逞，豈不是要我活活摔死？」此刻氣球離地已有二十丈的高度，縱算紀空手功力已經恢復，只怕也唯有徒呼奈何。

他絕不甘心讓別人來掌握自己的命運，在最短的時間內作出決斷，雙掌一翻，將全身的內力貫注於氣球的皮層之中，形成一種向外的擴張力。

這一手果然有效，加上氣球本身具有堅韌的皮質，使得對方的箭矢一觸球體立馬彈開，絲毫無損於皮質的完好。

但紀空手的心裡並沒有因此而欣喜，反而更加緊張，因爲他十分清楚，對於真正的內家高手來說，這點距離算不了什麼，他得隨時提防對方高手的襲擊。

「呼……」就在紀空手念頭一轉時，他的耳朵顫了一顫，入耳所聞的，是長箭穿透虛空所發出的隱隱風雷之聲。

如此霸烈的一箭，確有沛然不可禦之的威勢，才從弦上射出，眨眼間已如一道電芒逼至，凜凜箭身上，充滿無限殺氣。

紀空手心中一驚：「能夠有這等功力者，放眼天下，已是寥寥無幾，此箭若非衛三公子的手筆，便是劉邦親自出手，捨此二人再無第三者可以射出這一箭來！」他對劉邦有如此高的修爲一點也不懷疑。當日救起劉邦時，他根本不知具傷在誰人之手，也不知那時劉邦爲了取信陳勝王而自封五成功力。

隨著箭的逼近，紀空手心中暗忖：「看來今日我如果不盡全力，只怕這一箭就足可要了我的命。」

他終於伸出了自己的大手，這隻大手沈穩而有力，誰也不敢相信，就在這一刻前，這隻大手不僅軟弱無力，而且根本就無法動彈。

但在此時此刻，當這隻大手出現在虛空時，它卻顯得那麼地富有生機，那麼地充滿活力，而更讓人心驚的是，不知什麼時候，一把七寸飛刀已經緊緊地握在了這隻大手的手心。

紀空手出刀，驟然而現，毫無先兆，更沒有一絲的猶豫，就在他聽到腳下傳來弦響之時，他的飛刀已出。

刀出，猶如夜空中的一道閃電，炫耀奪目，以一種玄乎其玄的角度，沒入虛空。

飛刀的出現只是一瞬間的事情，如一片暗雲，又似一縷清風，但它的陡然現身帶出的那種狂野的氣勢，足以讓每一個觀者動容。面對這瞬息間的變化，劉邦的表情依然冷峻如初，但他的內心卻有一股說不出來的驚駭。

他並不為這一刀的霸烈感到驚駭，而是驚駭紀空手何以會在這個時間使出這樣的一記飛刀！天下間凡是經過了他獨門制穴手法的人，根本就無法化解，更不要說還能使出如此霸烈的飛刀了。

他的獨門制穴手法乃是問天樓不傳之秘，唯有歷代樓主才能擁有這手法的秘訣。據說自這手法問世以來，曾經使用過六七十次，在受制的這六十七人中，不死即廢，無一例外。所以他才敢大膽地答應虞姬的要求，以博美人一笑，藉此來達到自己的目的。

可是紀空手卻化解了他種下的制穴之法，這是怎麼一回事？難道說這紀空手真的是一位天生的武者，僅憑悟性與天資就能創造這種絕不可能發生的奇蹟？

這才是讓劉邦感到擔心的事情，他雖然從未與紀空手有過真正的交手，但是他對紀空手出道江湖以來所做的每一件事都並不陌生。在他看來，紀空手就像是一個不倒翁，也許實力未必太強，勢力也未必龐大，但無論遭受多麼大的壓力，紀空手卻總是能奇蹟般地站著，永不屈服，永不倒下！這也是劉邦為什麼要將紀空手排在項羽之上，列為自己平生的第一大敵的原故。

劉邦曾經目睹過紀空手與人交手的場面，是以，他對紀空手的實力從來都不敢低估。不過，當紀空手真的奇蹟般化解了自己的獨門制穴手法之後，此刻再見飛刀，他的心裡禁不住產生了一種強烈的震撼。

他之所以震撼，是因為紀空手這一刀的速度以及它與生俱來的氣勢，雖然此刻他們相距甚遠，可是他卻從虛空的氣流中感到了紀空手這一刀的霸殺之氣。

那是一種君臨天下、睥睨眾生的霸氣，大有捨我其誰的王者之風，同時它也是一種感覺，可以讓人的心裡產生震撼的感覺。

劉邦的眼睛幾乎瞇成了一條縫，擠出一道銳利的厲芒，死死盯在那穿行虛空的飛刀上。

他在等待，等待著飛刀與自己射出的那一箭的相撞。他倒有心想看，究竟是飛刀霸烈，還是勁箭有力！同時他的手上已經扣了三支勁箭，隨時準備發出第二輪的攻擊。

虛空之中，他聽到了隱雷的輕嘯，見到了電閃的軌跡，卻沒有看到那刀、那箭。刀在哪裡？箭在何處？其實他知道，刀在電閃的軌跡之中，箭在隱雷的輕嘯裡。

「轟……」半空中傳出一聲清脆的暴響，如悠揚的鐘聲劃過天際，劉邦怔了一怔，他看到了刀，也看到了箭。當刀箭在半空中悍然撞擊時，他分明看到了一團火星，隨著洶湧的氣旋轉個不停。

「他發出的飛刀竟然能阻住我的箭勢，這已經說明他恢復了自己原有的功力，這究竟是怎麼一回

事?!」劉邦搖了搖頭，似乎完全糊塗了，但在他的心裡卻十分明白，那就是不管紀空手遇上了什麼事，他都絕對不會讓紀空手再次從自己的手裡逃脫！

「嗖……嗖……嗖……」他不再遲疑，以最快的速度射出了他手中的三支勁箭。

一弓三箭，雖同發卻分先後，並且各有各的角度，以電芒之勢破空而出，這一手端的漂亮，引起全場將士齊聲喝彩，就連劉邦自己，臉上也露出滿意之色。

他之所以得意，是因爲他相信自己的這三支箭的確演繹出了箭術的極致。雖然他並沒有專門練過箭術，但在他這種武學大高手的眼中，任何兵器都有共同點，只要稍加用心，自然可以通曉其中玄理。

三箭雖是齊發，但各有一尺間距，而且它們的目標顯然一致，都是那個懸在半空的氣球！只是它們的落點卻有細小的偏差，這樣一來，加上奇快的速度與驚人的力道，紀空手要想出手阻住箭的去勢，恐怕有不小的難度。

「完了！這種箭法簡直是聞所未聞。如果它是衝我而來，我或許還有辦法，可是它不是，它只想射爆氣球，然後讓我活活摔死！」就在劉邦拉響紀弦的刹那，紀空手已看到了這一箭可能引發的後果。他的身上不僅有離別刀，還有數把例無虛發的七寸飛刀，可是他心裡十分清楚，單憑這些，還不能阻擋這一弓三箭勢在必得之勢。

他不得不佩服起劉邦來，其實他在沛縣之時，就覺得劉邦是個了不起的人物，年紀輕輕，卻少年老

成，遇事不亂，處亂不驚，的的確確是塊幹大事的材料。在紀空手的眼中，雖然劉邦性格陰沈，辦事圓滑，但仍不失爲自己的朋友，如果不是劉邦想借神農之手除掉自己，或許他們至今還是維持著親密朋友的關係，而不是這般一拚生死的敵對關係。

他始終認爲，若要與劉邦爲敵，絕對不是明智的選擇，在作出這個結論的時候，他並不知道這位永遠都是以冷靜姿態對人的人的武功究竟如何，但就憑他的這副冷靜，已經展示了作爲高手的自信。所以當劉邦露出這一手神奇玄妙的功夫時，紀空手似乎並不感到太過驚訝。

雖然紀空手算到了劉邦的真正實力，卻沒有把握破解對方這兇狠的絕殺。眼看著這三支離弦之箭呼嘯而來，愈逼愈近，紀空手握刀的手也緊張得直冒冷汗。

十五丈、十丈、五丈……

箭頭每逼近一尺，紀空手的心便不自然地跳上一跳，感到有一股無窮的壓力緊緊擠壓著身體。

「想要我死？沒那麼容易！無論如何，我都要搏上一搏！」紀空手不再猶豫，一隻手握住離別刀的同時，另一隻手已經扣著三把飛刀。

「呼……」但是誰也沒有料到，就在這時，半空中陡然生出一股勁風，其勢之猛，竟然帶動著氣球快速地向南飄移。

劉邦只能眼睜睜看著自己發出的勁箭射了個空，他簡直有些不敢相信自己的眼睛，更恨這風，爲什

麼早不來，遲不來，卻偏偏在這個緊要關頭來了！而且來勢之猛，令人咋舌。

難道這就是天意？

望著愈飄愈遠的氣球，劉邦覺得眼前發生的這一切實在是太不可思議了，如果說紀空手化解自己的獨門制穴尚有情理可循的話，那麼這狂風來得如此不合時宜，莫非真的是天不絕紀空手嗎？

「就算你有老天幫助，我也不會就此放棄！」劉邦在心中狠狠地忖道，當下糾集人馬，跟著氣球向南追去。

行到南門處，這一路上行人翹首望天，議論紛紛，見到劉邦領人橫衝直撞而來，俱皆避讓。

「回稟沛公，閥主已經率人追了過去，而且讓屬下轉告沛公：紀空手之事雖然重要，但當前迫在眉睫的，還在於虞姬，希望沛公不要因小失大。」鎮守南門的一位將軍迎上前來道。

劉邦心中一凜，當下勒馬駐足。

韓信悄聲道：「閥主既有此言，自然有他的道理，此時距午時不過幾個時辰，我們還是盡早打算，讓虞姬準備一番，好隨我們上路。」

劉邦搖了搖頭道：「沒有紀空手，虞姬又豈肯輕易隨我們赴鴻門一行？當初虞姬答應隨本公前往鴻門，下嫁項羽，乃是因爲紀空手在本公控制之下，如果讓她得知紀空手已經逃逸，她又怎會心甘情願地任我擺佈？」

他的臉上現出一絲少有的隱憂，接道：「所以本公對紀空手是勢在必得，不然也不會調動如此強大的力量來對付他了。本公現在所擔心的是，以閥主所帶的人手是否有把握能擒住紀空手！」

「這一點沛公大可放心，就算紀空手足智多謀，最多也是一隻狐狸，遇上閥主這等好獵手，只怕難逃被獵殺的命運。」韓信深知衛三公子的厲害，很有信心地道。

「可是……」劉邦的眉頭皺了一皺，欲言又止。

「沛公若是擔心紀空手還有接應之人，不如就讓屬下帶人趕去增援，以作策應，這樣一來，可保萬無一失。」韓信忙道。

劉邦沈吟片刻道：「本公所擔心的，是這接應之人的身分，雖然閥主武功蓋世，倘若對方是五音先生，只怕這一戰便兇險異常了。」

韓信驚道：「五音先生？他怎麼會出現在這裡？」

劉邦道：「如果本公所料不差，五音先生根本沒有回川，而是一直就在關內居中策劃，若非如此，項羽如此器重於我，又怎會輕聽人言，對本公產生懷疑？」

韓信豁然悟道：「原來如此。怪不得那一口不見五音先生，難道說那個時候他的人就在項羽的軍中？」

劉邦點頭道：「知音亭歸隱江湖已久，早無爭霸之心，是以在五閥中人緣極好，與流雲齋一向有些交情，假如以五音先生出面煽動，說出本公與問天樓的關係，就算項羽從不疑我，只怕聽了五音先生的話後，也難免不無顧忌。因此這段日子來，項羽調兵遣將，對我形成合圍之勢，又召本公親赴鴻門，其實就是要給本公一個解釋的機會。」

「這麼說來，若非情不得已，其實項羽並不想與沛公翻臉？」韓信若有所悟道。

「換作本公，亦是如此。」劉邦淡淡一笑道：「此刻正是爭奪天下最爲關鍵的時候，大秦氣數雖盡，但諸侯並起，戰亂頻繁，假若在這個時候出現內亂，便宜的是別人，吃虧的是自己，以項羽的眼光，豈會看不到這一點？」頓了一頓，又接道：「不過項羽縱然不想看到內亂發生，但若是讓他知道本公與問天樓確有淵源，只怕又另當別論了。流雲齋與問天樓爲了稱霸江湖，爭奪天下，這百餘年來結下了太多的樑子，早已是勢不兩立，他絕對不會容我們問天樓借他的勢頭發展壯大，反而會不顧一切，先行將我們悉數剿滅！」

「這才是本公最擔心的問題！」劉邦長歎一聲道：「因此紀空手約戰霸上的確讓我們陷入了一個前所未有的困境中，若非有非常之手段，實難化險爲夷。」

韓信還是第一次看到劉邦能推心置腹地說出自己的心事，不由得微微一笑。他知道這意味著劉邦已經開始對他有了一定的信任，只要好好地把握機會，自己就能得到企盼已久的權力。

「屬下明白了，促成虞姬下嫁項羽，這自然是這非常手段的一部分，不過沛公您大可不必擔心，

屬下心中有一個計畫，無論紀空手是否在我們手中，屬下都可以讓虞姬赴鴻門一行！」韓信不慌不忙地道。

「有這等好事？」劉邦喜出望外道。

韓信湊過頭去，在劉邦耳邊嘀咕了幾句，劉邦的臉上不再如先前般冷峻，而是流露出一絲欣賞之意。

「果然是一條妙計！此事若成，你居功至偉！」劉邦拍了拍韓信的肩頭，召來寧戈道：「你速速率領一部人馬，趕往曉關，與閥主會合。務必謹記，無論最終結果如何，請閥主在午時前一定趕回霸上！」

寧戈領命而去。

劉邦衝著韓信笑了一笑道：「你隨我來，按計而行。」

曉關，是關中出入巴蜀的一道門戶，也是一道雙峰夾峙下的十里峽谷。

當衛三公子率領問天戰士趕到曉關時，那一直在空中飄移的氣球已經不見了，準確地說，是消失在這峽谷之中。

這峽谷怪石嶙峋，林深草密，地形十分險惡。衛三公子等人眼看到它時，心裡就有一種不安的感覺，彷彿聞到了這林石之中隱伏的殺氣。

這絕對不是空穴來風，而是他經過推斷而得出的對形勢的預判。這氣球既然選擇在曉關降落，那麼可以肯定，這曉關一定埋伏了接應紀空手的人馬。

只有進行有力的狙擊，才能為紀空手的逃逸贏取時間，衛三公子對此當然不會不懂，他之所以出現片刻的猶豫，並非心中生怯，而是在思考著以怎樣的手段來粉碎對方的阻截，從而將紀空手一擒而獲。

他明白紀空手此時的重要性，只有將紀空手控制在手，才能控制虞姬，從而達到他們的目的。否則今日鴻門一行，劉邦的確是凶多吉少，這絕不是他想看到的結果。

所以他的心神一直繃得緊緊的，不敢有半點鬆懈，帶著訓練有素的戰士，作有效而繁瑣的搜索。秋風掠過，吹動山林，捲起暗影無數。當他們行至峽谷中段的一片深潭時，衛三公子突然感到一陣心緒不寧，就像是野獸遇到危機所產生的本能一般，立生感應。

他之所以生出警兆，是因為他雖然不能確定氣球的下落方位，但以他的目力，測算出應該是在這片範圍之內。他雖然不知道接應紀空手的人物中究竟有誰，但他明白，這些人至少都不是弱手，假若有五音先生在，便是單此一人，已足夠讓他頭痛了。

不過他一點也沒有慌，也不亂，他相信自己訓練多年的問天戰士的實力。這些人原本已是江湖上少有的高手，經過精心調教之後，已具備了極強的應變能力與戰鬥力，更難得的是，他們都對問天樓忠心耿耿，完全值得他去信賴。

峽谷很靜，靜得令人心悸，偶有幾聲虎嘯狼嗥響起，更讓人感到這氣氛之凝重。

「一切小心，前後呼應，一旦發現異狀，立刻攻擊。」衛三公子的眉鋒一立，發出了指令。問天戰士很少見過衛三公子如此凝重的表情，無不心中一凜，更加小心翼翼地向前搜尋。

「按照時間來推斷，紀空手落地未久，必然還未走遠，可峽谷中卻這般安靜，可見對方是想以靜制動，攻我們一個措手不及！」衛三公子不由得更加提起警覺，對四方流動的空氣都絲毫不漏，盡在耳目掌握之中。

他明明感覺到了危險的存在，卻不能洞察危險的來源，這在他一生當中，殊屬罕見。能讓衛三公子這樣等級的高手尚且不能尋出蛛絲馬跡，可見其對手的確是經過了精心的準備。

「小心……」他剛要轉過一株大樹，忽然耳中聽到一陣怪異的風響，他沒有猶豫，滑退數步，高聲示警。

「轟……隆……」一時間頭頂上響起如驚雷般的巨響，無數塊大石從峽谷兩端的峰頂上飛滾而下，其勢之烈，猶如萬馬奔騰，無可阻擋，峽谷內的光線也時明時暗，讓人觸目驚心。

「呀……」眾人無不神色大變，紛紛飛退避讓。腿腳稍遲者，便被大石當場砸住，壓成肉醬，也有被巨石擦傷的，忍不住痛便慘呼起來。

一時間，峽谷中亂作一團，這些戰士縱是訓練有素，但倏乎間遇上這等驚變，也是再也無法保持原有的冷靜。

衛三公子沒有想到危險竟會來自於頭頂，臉色氣得近乎發白，但他很快鎮定下來，叫道：「不要自亂陣腳，保持隊形，以防敵人偷襲。」

他的命令果然重要，可惜就是遲了一步，等他話音一落，忽然間漫天竹影飛殺而來。

「呼……呼……」之聲大作，天空中竟然真的湧現出成百上千的竹影，只是已無竹子的婀娜多姿，反而竹頭削尖，每一竿都帶著無窮殺氣，呼嘯而來。

「呀……呀……」這些巨型的竹箭顯然要比滾石更具殺傷力，許多人閃躲不及，當場立斃，更有慘嚎不斷，淒厲呻吟。

衛三公子心中大駭，面對這接一連二的突然變故，他的心陡然懸空。

還沒有見到一個敵人，自己反而折損了幾員幹將，這可是衛三公子始料不及的事情。

「此地不可久留，大夥兒一股作氣，衝過這段峽谷，在前方攔截。」衛三公子果斷地下達了命令。峽谷的盡頭，便是五方寨，那裡的寨子雖然很小，小到只有幾十戶人家，但是衛三公子顯然知曉這五方寨地勢的重要，事先有所佈署。

眾人一聽，不敢耽擱，迅速列隊，他們心中有數，知道必須盡快闖過這段詭異的峽谷，照眼前已經發生的情形，誰也不能預料再待下去，等待他們的會是什麼。

可是他們沒有立刻行動，而是面面相覷之後，將目光全都投在了衛三公子的身上。

因爲隨著一陣徐徐而來的清風，他們聽到了一種如訴如泣的簫音，這簫聲悠遠而淒寒，令人在不經意間感到了一股可怕的殺意。

衛三公子面上的肌肉不自禁地跳動了一下。

吹簫之人顯然是一個內家高手，簫聲一出，殺氣橫溢，所佈下的氣場似乎充斥了峽谷中的每一寸空間，以內家真氣來駕馭音律，又通過音律的變化控制聲音所達的範圍。這種功夫，江湖上並非沒有，但能如此人這般從容自如，而且吹出的音律曼妙絕倫，只怕唯有一家了。

衛三公子的臉色「刷……」地一下變得異常難看，心中陡然不安起來。他聽這簫音，感受這殺氣，讓他想到了一個人來。

他深深地吸了一口氣，大手一揮，作出原地待命的手勢，然後將手緊緊地按住腰間有容乃大鐧的鐧柄，大步向前邁去。

「嘩……」他的步幅大而有力，衣衫鼓漲，獵獵作響，每一步踏出，猶如戰鼓般充滿殺意，整個峽谷山林頓時死寂。

踏出數十步後，轉過一道山彎，便聽到飛瀑隆隆之聲，衝入深潭，其聲之烈，卻掩蓋不住那悠揚的簫聲。當衛三公子感應到對方的存在時，抬眼望去，只見飛瀑之下的一方巨石上，一個身著白衣的清癯

老者置身煙雲般的水霧中，靜立吹簫，神情怡然，宛若真正的神仙。

衛三公子的眼睛不自禁地一跳，迅速鎖定在此人臉上，其實他早已猜到對方是誰，只是不願承認這個事實罷了。因爲他覺得，有了這樣的一個大敵，今日一戰的勝負已難預料。

兩人相距十丈的距離，靜立不動，就像是兩座相對而峙的山峰，在沈默中感受著對方施加而來的壓力。

衛三公子還復了自己鎮定自若的神情，但心神依然繃得很緊，不敢有半點鬆懈。他側耳傾聽這穿越於飛瀑之中的音律，並沒有生出閒雲野鶴般的意境，倒是從這變幻莫測的節奏中，聽出了陣陣殺伐之意。

一曲吹起，終有盡時，曲終音在，繞樑三日。白衣人的嘴唇雖然離開了他所持的洞簫，但那悠遠的簫音還在峽谷之中盤旋不去……

「簫好，吹簫的人更好！音兄的風采依舊是那般瀟灑，那般從容，真正羨煞衛某了。」衛三公子淡淡一笑，似乎並不因五音先生的出現而有任何的驚訝。

「衛兄謬讚了，五音一介山野村夫，怎敢蒙衛兄如此推崇？倒是衛兄胸懷大志，深謀遠慮，放手一爭天下，其情之豪，實非五音堪比。」五音先生人在飛瀑水霧之中，從容而道。

「音兄是在笑話衛某，以音兄的才情武功，若不是在盛年之下歸隱江湖，到了今日，又怎能輪到衛

某強行出頭？只是衛某有一事不明，想請音兄賜教，不知可否？」衛三公子冷笑一聲，以咄咄逼人之勢問道。

「難得衛兄這般抬舉，但有所問，無不盡答。」五音先生毫不動氣地道。

「爽快！」衛三公子拍掌道：「既然如此，衛某有心相問音兄，時值亂世，音兄是否已動了重出江湖之心？」

他問此話，有所針對，是因爲他素知五音先生自出道江湖以來，從來是一言九鼎，一諾千金。如果五音先生不想自毀招牌的話，那麼今口峽谷一戰，他就唯有置身事外，而無形之中，衛三公子也就去一大敵。

「衛兄何有此問？莫非在衛兄的眼中，我五音倒是一個說話放屁、從不守信的小人？」五音先生眉頭一皺道。

「衛某絕非此意，只是心想音兄爲了愛女，出手救援紀空手，這也是人之常情。若是音兄爲此而出手，相信誰也不會怪罪音兄失信於江湖。」衛三公子慢條斯理地道，其實話裡藏話，步步進逼，企圖用話來套住五音先生，讓他無法出手。

「衛兄如此說話，還是小瞧了五音，既然你心中有些疑惑，我就當著天，當著地，當著你再說一遍：五音既然歸隱江湖，當然不聞江湖中事。這樣一來，衛兄當可放心了吧？」五音先生肅然道，眼芒一閃，直射衛三公子，兩人的目光在虛空中悍然交錯。

衛三公子心中更是生疑，真不知自己是該信五音先生的話呢，還是不信，心裡委實琢磨不定，不過他雖有心事，臉上卻絲毫不露，反而哈哈一笑道：「這麼說來，剛才的高山滾石和竹竿長箭並非音兄給我的見面禮？那我倒想請教音兄，這些東西又是何人所為？」

他原以為五音先生既然如此說話，必定會出言抵賴，孰料五音先生竟然點了點頭道：「不錯，那些東西的確是五音派人預備的，想不到竟然用來招待了衛兄，得罪之處，還望莫怪。」

他深深地作了一個長揖，臉上滿懷歉意，似乎剛才發生的一切只是無心之過。衛三公子哪裡會相信他這一番託辭？冷笑一聲道：「這倒讓衛某有些糊塗了，音兄既然已經歸隱江湖，何以所作所為件件事情不離『江湖』二字？這種掛羊頭賣狗肉的行徑，難道就不怕天下人恥笑嗎？」

五音先生絲毫不動真氣，淡淡笑道：「何謂江湖事？其中的界線只在人心，誰又真的能夠分得清？我總不能任由衛兄你以一閥之主而去欺凌一個江湖後輩吧？衛兄不愛惜五閥的聲譽，我五音還愛惜得很哩！」

「這麼說來，今日之事，你是非管不可了？」衛三公子的眼芒一寒，冷冷地道。

「豈止是今日之事？這數月以來，五音所管之事多了，在五音的眼中，可沒有江湖之分，只有善惡與公道。」五音先生挺胸昂首，大義凜然地道。

衛三公子心驚之下，不怒反笑：「原來如此，這數月以來，衛某做事總是不順，每每成功在即，便是功敗垂成，心中還在納悶，試想這紀空手縱然是一代奇才，畢竟是初出茅廬，勢單力薄，何以竟敢與我作對？現在想來，倒也見怪不怪了，有音兄與知音亭撐腰，他又有什麼事情做不出來的？」

五音先生道：「衛兄所言差矣，這絕對不是是否有人撐腰的問題，而是在於這紀空手本就是人中龍鳳，就算沒有人襄助於他，他也絕不會默默無聞地度過他的一生。他的出現，本來就註定了會有一段轟轟烈烈的傳奇，你唯一的不幸，就是成爲了他的大敵。」

衛三公子心中一凜，不得不承認五音先生所說的都是事實，正因爲如此，他才不敢輕易讓紀空手逃去。所謂虎入深山，平添雙翼，若是這一次放走了紀空手，一旦他不在這個世上，勢必會給劉邦構成最大的威脅。

所以他絕不會就此放棄，就算眼前有五音先生這種最強的對手，他也在所不惜，一拚到底。

他已無話可說，唯一要做的，就是出手！

在衛三公子的身後，數十名問天戰士已經整齊站立，一臉剛毅。在他們的身上，根本看不到經過兩次劫難的痕跡，反而多出了一股悲憤與肅殺，只要衛三公子一聲令下，他們完全可以不惜生命。

五音先生沒有動，也沒有任何表情，只是靜靜地站立在那一方巨岩之上，如一株蒼松般傲然挺立。他的臉上已有少許的皺紋，鬢髮斑白，卻帶著幾分滄桑與剛毅。他的眼睛微微瞇起，顯得堅決而深邃，便像是那遙不可及的星空，又像是大山中獵人的眼睛。

問天戰士迫於五音先生這般驚人的氣勢，情不自禁地退了一步，不知爲什麼，五音先生的身材並不高大，可是他的人一站在那裡，就像是一座險峻的大山橫亙前方，讓人爲之震撼，爲之心悸。

五音先生的眉鋒一揚，泛出一絲不經意的笑，像是這秋日裡肅殺的風，又像是此刻天上那變幻無端的雲，沒有人能讀懂這笑中的含義，卻無人不識這笑中的殺機。

衛三公子的臉色變了一變，稍縱即逝，彷彿並未發生，但他的心裡卻一下子繃得很緊，就像是開弓的箭弦，因爲他感到了五音先生湧動飛溢的殺氣與生機。

這是一種唯有高手之間才會產生的感應，衛三公子驚奇地發現，眼前這位歸隱多年的江湖大豪，並不因遠離江湖而不思進取，反而比起自己來，更多了一份從容不迫的氣度。

五音先生所帶出的氣勢，已經滲入虛空，每一個人都清晰地感應到了這一點，同時爲自己所感受到的壓力而心驚。

衛三公子只有在靜默中等待，大手緊握於鐧柄上，眼眸中流露的是一股訝異。在他這一生中，幾乎沒有打過毫無把握的仗，可是這一次，卻是例外。

江湖傳言，五閥閥主的武功之高，已到了駭人聽聞的地步，很少有人親眼目睹過，就連五閥之中，也是只聞其名，不知其實，所以在衛三公子的心中，他很想見識一下同爲五閥之一的五音先生的身手。

可這只是他的一個想法，當他想付諸行動的時候，卻忽然發現，十丈距離雖然不遠，但要跨越它，卻很難很難。他根本就不知道自己一日出手，孰勝孰負，殊無把握。

這已不是關係到個人生死的一戰，而是涉及到了問天樓與知音亭的榮譽，以及他與五音先生一世的英名，身爲五閥之一的衛三公子，焉敢冒進？

他必須謹慎，必須小心。

「久仰音兄以一曲『無妄咒』揚名江湖，是以所用神兵便是『無妄尺』，簫就是簫，何言爲尺？想必其中必有緣故吧？」衛三公子在這個時候談起這樣的話題，實在不合時宜，但五音先生似乎懂得其中的玄機，並不訝異。

在如此緊張的氣氛之下，衛三公子這樣做當然有他的道理，一來可以放鬆情緒，調節心態，二來在談笑聲中出手攻擊，當可取到突然之效，雖然這種方法未必能對五音先生有效，但卻能給對方不斷地施加壓力。

五音先生淡淡一笑道：「衛兄所使，是有容乃大錮，取你所修內力之名而得名，所以就認爲天下武人也該同你一般，其實不然，我之所以將它叫做無妄尺，只是取它本身長度而得名。」

「原來如此，所謂一寸短一寸險，音兄敢以用尺長短刃與我相搏，可謂藝高人膽大，佩服佩服！」

衛三公子言不由衷地道。

「不敢。」五音先生微微笑道：「但是衛兄倘若要試，五音定當奉陪。」

衛三公子輕哼一聲，「刷……」地一響，將鐧緊握在手。

五音先生眼芒一亮，卻依舊凝立不動，彷彿任何事情已不足以讓他心動。

此時正是殘秋，落葉凋零，滿山殘黃，整個峽谷一片肅殺。天空中雖有驕陽當頭，卻讓人無法感受到溫暖，更多的，是那侵入骨子裡的冰寒。

肅殺之下的天地，出現了一片寧靜，但正是這看似無波的寧靜，卻潛藏著無窮的殺機。

風冷，風漸疾，就在這死寂的一刻，五音先生突然動了，腳下橫移了七步，如一陣清風般挺立在峽谷的中央。在他移動的過程中，幾乎所有的問天戰士的心都繃得緊緊的，眼神放亮，企圖從中找出可以攻擊的破綻，可是他們失望了。

五音先生雖然橫移了七步，但整個動作如行雲流水般一氣呵成，沒有一點停頓或是呆滯的地方。他的每一個動作看似平淡，但連貫起來，卻能易守爲攻，給人的感覺就是隨時會在頃刻間瀑發。

衛三公子的眼睛幾乎瞇成了一條縫，臉色變得有些難看起來。他忽然想到了五音先生的用意，知道五音先生此時所做的一切都是在給紀空手爭取時間，等待下去的時間愈長，紀空手逃走的機會就會愈大。但是，面對五音先生這等傲視天下的強手，他又豈能貿然出擊？

這似乎已形成了一個相持之勢，也是五音先生希望看到的局面。

他此刻的目光寧靜致遠，恰似那寒夜中的蒼穹，空洞深邃。他的目光所及之處，就像是一陣刺骨的寒風，讓每一個人的心裡都感到了一股從未有過的淒寒。

沈悶緊張的僵持之局，在靜默地等待下只維持了短暫的時間，衛三公子似乎已經失去了他應有的耐性，手腕一振，將鋼鋒緩緩地向虛空延伸而去……

他不能因爲五音先生而讓紀空手逃逸，所以他必須出擊，無論結果會是怎樣，都已無法讓他動搖擊殺紀空手的決心。

「準備放箭！」衛三公子冷冷地向自己的屬下發出了命令。他最大的長處，就是無時無刻不把握著自己原有的優勢，讓它發揮出最大的功效，至少在這一刻，他佔有著人數上的優勢，當然懂得如何利用才能有效。

同時他的鋼橫亙於虛空，蓄足勁力，就像是斜掛虛空的一彎明月，充滿詩情，也不無滲入人心的至寒之意。

衛三公子一動，他身後的問天戰士也同時行動，一時間弓開弦滿，蓄勢待發，數十道寒芒對準同一個目標，殺氣瀰漫，只等衛三公子一聲令下，便要將這峽谷變作一個殺戮場。

但是就在這行將爆發的一刻，一陣健馬急馳的聲音轟然響起，迅如疾雷般由遠及近，直迫衛三公子的身後而來。馬蹄揚起漫天塵土，如旋風般地捲飛上半空，遮天蔽日，時隱時現出數百名強悍的騎士。

他們個個表情肅穆，充滿殺氣，背上負著長弓箭筒，手中各持鋒利兵刃，正是寧戈率領的五百鐵騎增援而來。

五音先生的臉色微變，將手中洞簫朝虛空一揚，遙指衛三公子的眉心，道：「數十年不見，衛兄倒長進了不少，懂得了怎樣以多欺少！承蒙衛兄如此看得起五音，以千人之眾來對付我區區一人，真是佩服之至，亦是不要臉之至！」

衛三公子雖未回頭，卻已知曉來人的身分，不由心中大喜，認爲寧戈能在這個僵持的時候領兵而來，無疑可以助長己方的氣勢。

「音兄此言差矣，對於敵人，不必講究合情合理，也不必強求信義，而是應該不擇手段，以最小的代價摧毀敵人，才是真正的制敵之道。音兄說我不要臉之至，可見真是衛某的知己，可是衛某卻不曉得音兄是否是衛某的敵人，是以舉棋不定，倒不知該用怎樣的手段來對付你。」衛三公子一聽五音先生說話，臉色數變，冷哼一聲道。

五音先生不怒反笑道：「無論用什麼樣的手段，只怕你都沒有足夠的時間了。」

衛三公子的眉鋒一展，沈聲道：「你這話是什麼意思？」

「什麼意思？你應該心知肚明。」五音先生淡淡一笑道：「就算你現在動手，以你我之間的了解，只怕不到千招難分勝負。這樣一來，你是否還能有足夠的時間趕回霸上？」

衛三公子渾身一震，似乎正被五音先生的話擊中了要害，怔了一怔道：「你好狠，竟然設下這樣一個局讓我去鑽！」

五音先生搖頭道：「你錯了。這個局雖然五音也參與佈置了，卻不是我的主意。只是紀空手說出這個局的時候，我覺得實在有趣，所以才答應前往項羽軍中，說動項羽派人來霸上調查你和劉邦勾結的證據。再說，這個局並非死局，還有必解之道，關鍵在於你衛三公子是否下得了這個狠心，所以主動權還在你的手中，你有權選擇你自己的結局。」

「你認爲我還有其他的選擇嗎？」衛三公子的眼中噴出一股怒火，竟似要將對方燒成灰燼。

「這我就不清楚了。不過我爲衛兄多年未竟的夙願著想，已經指點了一條明路，認爲唯有如此，才可化解此局。」五音先生悠然道：「以我對項羽的了解，他絕不亂懷疑自己的屬下，也絕不輕信於一個屬下。劉邦爲了取得他的信任，曾經付出了血與汗的代價，才有今日的聲勢與地位，項羽當然不會就此聽信謠傳，革去劉邦的兵權。但是如果說他的手上掌握了一些證據的話，只怕又另當別論了。」

「你是在威脅我？」衛三公子的眼中露出十分複雜的表情，死死地盯在五音先生的臉上，似乎想找出某個問題的答案。

「你不是那種容易受人威脅之人，我五音又豈是威脅於人的小人？我這麼說，只是因爲我了解你，你是那種只要利益大於生命，就會不惜生命去追求利益的人，爲了問天樓，爲了已經消亡多年的衛國，生命對你來說，並不重要，這也是我真心佩服你的原因。」五音先生一臉肅然，只有在這一刻，他才說出了心裡的真心話，臉上流露出惺惺相惜的表情。

衛三公子無話可說，他已明白，無論是五音先生，還是紀空手，他們都已找到了他性格中的弱點，所以才會給他佈下這麼一個永遠解不開的死局。此刻的他，就像是一個過河的卒子，只能前進，不能後退，根本就沒有任何選擇的餘地。

不過衛三公子就是衛三公子，即使面臨這種絕境，他也不會輕言放棄。

「音兄能如此清楚地了解我，算得上是衛某的知己。不過就算我要去死，也得先找一個人墊背，音兄何不成全了我？」衛三公子冷笑著道，將全身的功力提聚於掌心，便要出手。

五音先生哈哈大笑起來，竟然雙手背負，似乎根本不相信衛三公子會貿然出手。

衛三公子一時間僵在當場，思維在高速運轉，權衡利弊，以求在最短的時間內作出正確的判斷。

寧戈帶著人馬飛馳而來，見了這種場面，心驚之下，大手一揮，命令屬下在百步之外原地待命，自己單人一騎，緩緩來到衛三公子的身後，翻身下馬行禮。

「屬下奉沛公之命前來增援，有何指令還請閥主吩咐！」寧戈沈聲道。

「沛公此刻人在何處？」衛三公子問道。

「他已經到了虞府，正在安排鴻門之行的準備工作。屬下臨行之前，他還再三囑咐，希望閥主能夠在午時準時趕回霸上，以免貽誤大事。」寧戈答道。

衛三公子心中頓時泛起一股難言的滋味，又悲又喜。悲的是愛子的無情，喜的亦是愛子的無情，劉邦能夠爲了大計而拋棄個人情感因素，這正是衛三公子期望看到的，雖然他拋棄的是自己，衛三公子卻也感到了幾分欣慰。

從這一點上來看，這至少說明劉邦思想上的成熟，可以理智地看待一切問題，「能忍常人不能忍之事，從而出人頭地。」這一句話說來容易，但真正能夠做到的，放眼天下，又有幾人？衛三公子深知要做到真正的無情是何等的艱難，是以他面對劉邦的無情，反而多了幾分寬慰與放心。

「我知道了。」衛三公子沈默半晌，才緩緩說道。他的目光自然而然地轉向了五音先生，卻見五音先生抬手弄簫，吹起了一曲「無妄咒」。

這「無妄咒」源自佛門禪理，與「獅子吼」有異曲同工之妙。它的音律平和，寓意卻高深莫測，一曲奏起，彷如汪洋大海，可以容納百川，其包容之氣度，可使所有的言語都變得空洞乏力。

忽然間，衛三公子的意識似乎渾然超越了他的本身，整個人游離於自己的意識之外，忘卻了其他的所有人和事，將自己置身於一個充滿回憶和幻想的時空，完全把現在的自己迷失在這個峽谷之中。

第三章　復國大業

衛三公子整個人彷彿都在一段時空中倒退，不在峽谷，而是到了一個非常清幽和古舊的小樓中。那時的他，只有四歲，卻跪在一排立滿牌位的神像前，聽著父親講述著一段幾乎沈重得讓人窒息的歷史。他的表情是那麼地虔誠，那麼地嚴肅，根本與他的年齡不符，但在他的肩上，第一次感到了自己作爲衛氏傳人所擔負的責任與使命。

他不知道別人的童年是什麼樣了，所以也不知道自己的童年是否幸福，他只知道，如果時間能夠倒流，他寧可不變作人，也不願意在自己的大名之前加上「衛」這個姓氏。

身爲衛氏傳人的他，實在經歷了太多心理上與生理上的苦痛，更飽受了太多非人的折磨，如果有選擇，他真的不想當這個江湖豪閥的接班人，哪怕就是做一個沿街乞討卻無憂無慮的小乞兒。

他的思緒繼續隨著簫音而變，他越過了自己的童年，進入了自己的成人時期，不僅娶妻成婚，而且終於登上了閥主之位。他原想自己可以隨心所欲地做一些自己喜歡做的事情，可是不久之後，他才驀然發現，權勢與地位的變化並不代表他的心靈可以作自由地放飛，反而因爲肩上的責任更使本不自由的心

靈多了幾分禁錮，甚至連剛出生的愛子，也必須爲了將來的責任而隱姓埋名，送出千里之外，讓他承受自己曾經承受的太多的苦痛。這本不是一個父親可以做出來的事，但爲了使每一個衛氏傳人都能很好地將問天樓的大業順利延續下去，衛三公子只能忍痛割愛，別無選擇。

爲了復國大計，他幾乎費盡心血，竭盡所能，拋棄了一切的個人喜好和恩怨，終於讓他等到了這難得的多事之秋。數十年的辛苦眼見就會有所回報，偏偏在這個時候，出現了紀空手。

對他來說，在爭霸天下的道路上，既沒有絕對的朋友，也沒有絕對的敵人，可是這紀空手卻不同，他一出道，已經顯現了其咄咄逼人的王者氣勢，衛三公子幾經考慮，還是決定除掉他才是最穩妥的方式，卻不料此人大難不死，反而給他們製造了最大的麻煩。

這個麻煩實在太大了，不僅可以讓衛三公子這一生的心血付之東流，甚至會影響到問天樓百年的根基，正如紀空手與五音先生所料的，衛三公子絕對不會看著自己爲之奮鬥一生的事業毀於一旦，若真是到了萬不得已，他也會隨時準備犧牲自己，以保全大局。

所以他不會輸，也不可能輸，他是衛三公子，他與劉邦一樣，他們都能做到對自己的無情！

簫音依舊，勾起了衛三公子所有的回憶，他從這簫音中得到的感覺與想像空間，令他的心情深深地陷入到悲涼與滄桑之中，甚至感到了自己的蒼老。

他的意志經過了無數的折磨與訓練，已經變得比鋼鐵還要堅強，但不知是爲什麼，當他一聽到這曼

妙絕倫的簫音，就覺得就算傾盡所有的語言，也不如這簫音更能打動他的心弦。

他的心已可靜若止水，可惜的是，他遇上的是五音先生。五音先生以音律冠絕天下，又有雄渾的內力相輔，所謂「音由心生」，縱是鐵石心腸，又怎能擋得住這簫音的魅力。

五音先生婉轉淒迷的簫音回盪在這峽谷之中，完全不受固有韻律的影響，也不受地域環境的局限，如天馬行空，任意爲之，以近乎本能的連接將天地間的神韻勾勒出來，漸漸地將你帶入到他所賦予你的世界中，去感受其中的喜，其中的悲，並在悲喜之中進入原已封閉的心靈禁地。

變幻無窮的簫音，從五音先生置身的岩石處如一朵朵鮮花般初露綻放，神奇地將衛三公子與外界的聯繫隔斷開來。高亢激揚處，彷如在九天之外，和著飛瀑的水沫，隱隱傳來，直透人心深處；低緩時，則若沈潛淵海，深不可觸，震動起水中漣漪，一波一波地有若無形。簫音中的情感，緊緊地纏住衛三公子的心神，每一個音符都如一把開鎖的鑰匙，似要解開他心中的結，又似要打開他心靈之門，音與音之間所發出的令人心悸的共鳴，令人難以排抑。

寧戈驚詫於衛三公子的表情，只覺得自己從來就沒有看到過衛三公子的臉上竟然有一種說不出來的哀傷，透過那黑白混雜的鬢髮，他甚至第一次感覺到這位曾經不可一世的豪門巨閥有了一種從未有過的老態。

此刻的衛三公子，呆望著五音先生持簫獨奏，眼神好生淒迷，不由得感歎自己心中那份迷茫與孤

寂，他甚至覺得自己就像是一匹受傷的老狼，獨自徜徉在一片已經失落的荒原之上。

「閥主，你怎麼啦？」

寧戈再也不能沈默下去，他雖然不能參透五音先生簫音的奧妙，卻懂得內家高手完全可以通過對音律的控制來掌握別人的情緒以及思維，衛三公子臉上的表情似乎已說明問題。

衛三公子渾身一震，驀然還復清醒。他是何等之人，微一沈吟，已經明白了自己剛才的處境。

「『無妄咒』果然名不虛傳，便是連衛某也不能倖免，領教了！」衛三公子的眼芒一寒，直射向遠在十丈開外的五音先生。手，已緊握鐧柄。

他絕對不能容忍別人如此放肆，就算這人是五音先生，他也必須爲此付出代價。

可是衛三公子還是沒有出手，他不僅看到了五音先生那悠然地淡淡一笑，還看到了那水潭中的一幅讓人難以忘懷的畫面。

簫音漸長，水波不興，但就在這平靜的水面，卻泛起了點點魚肚，成百上千的游魚浮在水面，懸凝不動……

這種以內力傳送，使聲音變得極具殺傷力的手段並不稀奇，至少對衛三公子來說是這樣。他甚至認爲自己還可以做得更好，但是讓他吃驚的是，當這簫音散盡之時，這些魚兒忽然魚尾一擺，又恢復了活力，悠哉遊哉地在水中沈浮起來。

這份對自己的內力達到駕馭自如的功夫，的確讓衛三公子大開眼界，能將自身內力控制得如此完美者，恐怕放眼天下，唯有五音先生。

這不得不讓衛三公子有所猶豫。

他此刻心中所想，是在權衡著這一戰是否值得，沒有把握的事，他不會做，也不能做。

但五音先生沒有給他太多考慮問題的時間，就當衛三公子還在猶豫的時候，他的身形突然動了。

五音先生的身形猶如一陣清風，動得很快，卻似乎不著痕跡。他的腳尖微點，踏在水中的游魚身上，既不驚擾那游魚自由地浮沈，又借著這似有若無的一點反彈力，行過數丈遠的水面，猶如滑行於薄冰之上。

這彷如仙人般曼妙的輕功身法，讓在場的每一個人都看得目瞪口呆，幾疑置身夢中，而更讓人吃驚的是，五音先生的動作雖快，卻不進反退，竟然從容地向後而退。

寧戈與數百騎士無不張弓以待，箭矢同時對準目標，只待衛三公子一聲令下。

一時間峽谷中的氣氛緊張到了極限。

衛三公子卻冷靜下來，只是雙目收縮成線，眼芒鎖定在五音先生的背影上，直至再也不見。

良久之後，他才輕輕地歎息了一聲，就在寧戈等人以爲他要下令之時，他的大手離開了鐧柄，一揮手，轉身沿著原路而返。

這一路上，他一直保持沈默，似乎在思索著什麼問題，直到快至霸上之時，他突然開口問道：「寧戈，你是不是覺得奇怪，剛才在峽谷之中我何以會在可以出手的情況下沒有動手？」

這個問題一直也是寧戈心中所想的，他當然希望能知道其中的答案：「是的，五音先生雖然展露了不凡的武功，但若是閥主決意出手，再加上屬下這些人全力一拚，我們至少也有七成勝算。」

「七成勝算？」衛三公子的眼神中流露出一絲置疑的神情：「你錯了，如果我們真的動起手來，勝負最多只是五五之數。我之所以遲遲沒有動手，是因爲在那峽谷之中，除了五音先生之外，至少還潛藏了數十名一流好手，我們唯一的一點優勢，就是在人數上占優。」

寧戈吃了一驚，道：「屬下自問學藝多年，在內家修煉上有一點心得，如果真是有數十名高手蟄伏谷中，按理來說屬下絕對不會毫無察覺。」

衛三公子微微一笑道：「你們寧家的家傳武學在江湖上也算一絕，難怪你心中會有不服。事實上我也是在聚精會神之下偶然發覺，這些人或伏水中，或藏於飛瀑之後，或掩於泥石之中，隱身手法極是高明，如果我所料不差，其中定有來自匈奴的『龜宗』高人。」

「龜宗高人？」寧戈大驚道：「這些人一向遠在西域、北域活動，怎地會突然現身關中？」

寧戈之所以有驚詫的神態，實是因爲衛三公子的判斷太過匪夷所思，據他所知，「龜宗」創派已有千年歷史，其武學路數有別於中原武林，因其門中代代都有高人出現，每隔十年便會有人現身江湖，揚名一時。只是到了近百年間，龜宗一門內部因爲出現對武道理解上的分歧，繼而按照地域的劃分形成了西域龜宗與北域龜宗兩宗，這才絕跡江湖，退出關外，成爲江湖中人的一段記憶。

龜宗門中不僅武功怪異，舉止特立獨行，而且善於隱身，精通偷襲，是以寧戈才感到心驚，喃喃而道：「就不知這些人究竟是來自北域還是西域，如果是北域龜宗，只怕我們的麻煩就來了。」

「難道說這還有什麼區別嗎？」衛三公子皺了皺眉，似乎對龜宗不甚了解，他希望能從寧戈的口中知道答案，因爲寧戈是問天樓中專門負責打探消息的，對江湖軼事及各種門派非常了解。

「龜宗之所以可怕，是因爲這一門派的練氣法門、武功套路都是借鑒龜的生活習性與生理特點創制的。它遠不同於江湖中的一般門派，又處於偏僻陰冷之地，是以這一門派的人舉止怪異，行事更是如烏龜蟄伏一般，有極強的忍耐力。不管花費多長的時間，只有找到機會，才會出手，而且出手必將置對手於死地！」寧戈如數家珍般一一道來，言語不著一絲停頓，只是眉間隱現憂慮道：「這龜宗之中，又分西域與北域，近些年來，北域龜宗的掌門是一個名叫李秀樹的高麗王族成員，不僅權勢極大，而且野心勃勃，聽說早有心思逐鹿中原，只是一時找不到進入中原的契機，才一直按兵未動。如果五音先生與這李秀樹聯手，這無異於引狼入室，不僅找問天樓多了一大勁敵，而且這天下的形勢必將大亂！」

衛三公子陷入一陣沈思之中，良久才搖頭道：「以我對五音先生的了解，他應該對天下此刻的形勢早有了解，絕不會爲了對付我問天樓而請來北域龜宗這等有野心的門派。他心性雖然淡泊，但一直心繫

天下蒼生，目睹這流年戰火已有不忍，又怎會忍心添亂？」

寧戈道：「那麼這些人就是西域龜宗無疑了。屬下揣測，西域地靠巴蜀，以五音先生的聲望，要想請西域龜宗出手相助，應該不是問題，據說此時執掌西域龜宗的是一個名爲車侯的匈奴人，早年藝成，曾經向五音先生約戰於大雪山峰。雖然未知勝負如何，但經此一役，這車侯便再也沒有踏足江湖一步。當時江湖傳言，車侯是敗在五音先生手中，但不知什麼原因，兩人竟然惺惺相惜，成爲知己。」

衛三公子沈吟片刻道：「照這麼看來，這些人顯然是來自西域龜宗，而且看他們的內力修爲，必定是精英盡出，不留餘力。五音先生的知音亭裡已是高手雲集，何以又會請來這些龜宗高手？莫非他在近段時間內有大的行動？」

他的懷疑並非空穴來風，這些天來，他一直都在思索，似乎想從近段時間發生的一切事情裡面尋找到一個問題的答案，而這個問題就是：紀空手究竟想幹什麼？

自大王莊一役之後，紀空手就銷聲匿跡達三個月之久，以他的個性，絕不會甘於寂寞，那麼這三個月來他策劃了一個怎樣的行動？

他首先在項羽大軍進入關中的這一敏感的時間裡約戰霸上，無疑是想將衛三公子與劉邦之間的關係公諸於眾。這樣一來，已經使衛三公子與劉邦處於非常被動的不利局面，接著他又成功逃出了霸上，並且請來了西域龜宗的高手，這讓衛三公子隱隱感到了不安。

「以知音亭的實力，縱然在人數上與我相比略占劣勢，但要作為一支接應的力量，還是有極大的把握，何以五音先生會請來西域龜宗的高手前來助陣？難道說五音先生與紀空手算定可以逃出霸上，所以其意並不在狙擊我，而是另有圖謀？」衛三公子想到這裡，禁不住冷汗直冒，一種淡淡的恐懼油然而生，因為他實在不明白對手的意圖會是什麼。

即使這樣，留給他的時間也已不多，他心裡明白，只要他與劉邦再見之時，就是他遠離這個人世的時刻，他別無選擇。

他唯一的結局，就是用自己的頭顱，讓劉邦作為取信項羽的唯一代價，這看上去十分殘酷，卻十分有效。至少可以為劉邦贏得數年的時間，來完成問天樓爭霸天下的宏願。

這是一個死局，人人都明白的死局。無論是五音先生，還是紀空手；無論是劉邦，還是衛三公子自己，其實大家心裡都十分清楚，這是他衛三公子必走的一條路。

如此悲情的一個結局，竟然最終會落到自己的頭上，這是衛三公子始料未及的，自他出道江湖以來，他想過自己生命的千萬種結局，卻從來沒有料到有一天自己會割下自己的頭顱！

在這一刻，他想到了數十年前那位大秦叛將樊於期。當荊軻提出要借他的頭顱一用時，肩負滿門深仇的樊於期那時的心情，只怕與衛三公子此刻的心情別無二樣，同樣是充滿了悲情，充滿了期待，更充滿了一種別無選擇的無奈。

他抬起了頭，望著城門上豎著的那杆寫著「劉」字的帥旗，心中深深地歎息一聲道：「為了這面大旗最終能插遍天下，犧牲我個人的生命，又何足道哉？」

然後他便看到了劉邦，那一臉堅毅剛強的劉邦，雖然他從那一臉剛毅堅強之中看到了一絲哀傷，但他心裡更願意看到的，是一個無情的劉邦！

只有無情之人，才能最終奪得天下，對衛三公子來說，這是一句祖訓，若能如此，衛國也就不會滅亡！

他希望劉邦能夠記住這一句話。

◆

當五音先生重新站到那潭水之畔時，在他的身後，不僅站著紀空手、紅顏等一干知音亭精英，還有一位滿臉鋼髯的胡服漢子，在這位胡服漢子的身後，至少站列了八十名匈奴壯士。

「這位衛三公子不愧為五閥之一，能在如此形勢之下洞察危機。而最讓人佩服的是，以他的身分地位，居然能夠忍得下這一時之氣，並不輕舉妄動，可見此人的確是一代梟雄，深謀遠慮，善於權衡利弊。」那位滿臉鋼髯的胡服漢子情不自禁地讚道。

五音先生微微一笑道：「衛三公子身居問天樓閥主，風頭最勁，是以一向與入世閣、流雲齋不和，這是人所共知的事情，可是他卻能在五閥之中生存下來，這本身就說明此人的心計之高，不可揣度。我

雖然在此設下埋伏，但是並沒有期望憑此一役來挫其銳氣。對於每一個武者來說，要想戰勝衛三公子，還需要出現奇蹟。」

那位胡服漢子正想接話，五音先生已接著說道：「車兄，你可知我最稱手的兵刃是何物？」

車侯微微一怔，道：「這還用說，你『角羽』之犀利天下震驚，難道你還會有別的兵器更甚其一籌嗎？」

五音先生笑道：「所以我說，對付衛三公子此人，若無奇蹟出現，必將很難成功，你可知他剛才以『無妄尺』爲我稱手兵器之說套住我，不能以『角羽』應敵？」

車侯恍然大悟，怒道：「此老鬼如此狡詐，但難道以你我二人聯手，還不足以取其性命？」

「車兄主掌西域龜宗，功力之深，已是罕有對手，如若你我聯手，那天下還有誰能匹敵？可惜的是你我不僅是江湖上有名的人物，又是頂天立地的漢子，無論是爲了聲譽還是個人的面子，只怕都不願意承擔這以多凌寡的敗名之舉。」五音先生拍了拍那人的肩道。對他來說，車侯能在自己的一封書柬之下召之即來，這份盛情實是令人感激，他又怎會忍心看著這樣一位有情有義的漢子爲了自己而不惜一世英名呢？

車侯淡淡一笑道：「此人既然能驚動音兄不惜結束多年的隱居生活而重現江湖，可見此人之厲害已是非同一般，萬不得已之時，採用非常手段亦無不可。」

他的言談舉止豪爽直率，天性中透著十足的血性，讓人一看便知是生長於苦寒之地的匈奴人。他年已四十有餘，執掌門派經年，按理說應該精通世故，可是世間禮法於他，根本如過眼雲煙，不屑一顧，紀空手雖只是第一次與之見面，卻大覺兩人脾性相投，深深地爲車侯天馬行空、不拘一格的風采而折服。

「車宗主快人快語，行事更是痛快，空手今日雖是初次與宗主相見，但久慕宗主之名，知道宗主乃敢作敢爲的好漢子，真正讓空手佩服不已。」紀空手不由得拍掌讚道。他的人一落地，就被紅顏帶到了峽谷之中，是以對五音先生與車侯佈置埋伏的整個過程看得清清楚楚。在他的眼中，還是第一次看到西域龜宗的高手們紀律嚴明、訓練有素的風範，更從行動中看到了匈奴人天性中的驍勇善戰、不畏生死的一面，忍不住在心中暗道：「若能擁有這樣的一支力量，加上我的神風一黨、知音亭精英，何愁大事不成？看來天終將助我，讓我完成天下蒼生共同的夙願。」

「紀小哥言重了，前些日子車某與音兄閒聊時，談起小哥來，心中還道音兄英雄一世，到頭來依然不能免俗，心愛紅顏侄女，愛屋及烏，是以才會沒來由地誇讚起你這個女婿兒。可是到了今日一見，方知音兄眼力果然精闢，紅顏侄女的目光更是犀利，竟然尋得了紀小哥這般人才，著實讓車某豔羨不已之下，不由扼腕歎息。」車侯皺了皺眉，輕歎一聲道。

五音先生聽他話出有因，心中生奇，忙道：「車兄如此誇讚年輕人，只怕助長了他的驕氣，倒是你

最後這一句話，讓五音有些不明白了。

車侯並不答話，而是揮手叫出了身後一位年紀尚輕的匈奴漢子道：「雲峰，你上前一步。」

這位名叫「雲峰」的少年長相粗豪，臉上自有一股勃發英氣，極是豪邁。當下踏前一步，拱手見禮道：「小侄見過世伯，紀公子。」

五音先生微一詫異，驀然醒悟道：「原來是世侄，怎地直到今天才出來見面？所謂虎父無犬子，真是一點不假。」

車雲峰微微一笑道：「多謝世伯誇讚，讓小侄未免承受不起。小侄自那天見到世伯之後，早有心思想來相認，無奈家父一向管教嚴明，是以不敢，還望世伯原諒則個。」

他雖然年紀只有十五六歲，比之紀空手小了幾歲，但言談舉止十分得體，外相粗豪，心思卻細。說這一番話時整個頭低下斂眉，不敢亂瞧張望，由此可見車侯的家教極嚴。

五音先生忙還禮笑道：「世侄無須多禮，在我看來，你父親如此嚴厲地管教於你，說明你是一個可造之材，有言道：教之深才責其切。若是你是無用之人，他又何必如此煞費苦心來栽培你呢？」

他望了望車侯道：「車兄，你說是嗎？」

車侯道：「音兄切莫寵壞了小孩子，我之所以叫他出來，只是看到了紀公子，心中只恨自己只有這麼一個兒子，若是有個女兒長得像紅顏侄女這般可愛動人，車某倒有心要與音兄爭一爭這個女婿兒了。」他說完哈哈大笑，引得眾人無不莞爾。

紅顏聽了這話，滿臉羞紅道：「世叔這般拿侄女開玩笑，我可不依。」嬌嗔之態煞是可人，紀空手看在眼裡，心中為之一蕩。

車侯嘻嘻一笑，以示歉意，然後臉色一變，肅然道：「音兄，下一步應該如何行動，還請示下！」

五音先生道：「照車兄所看，我們當如何行事？」

「擒賊先擒王，當然要緊追衛三公子不放，只要除此大敵，問天樓只怕也就名存實亡了。」車侯的眼中陡露殺氣，顯得非常果斷，不負宗主風範。

五音先生看了一眼紀空手，兩人相視一笑，他這才緩緩搖頭道：「車兄所言，正與五音所想略同。的確，除掉衛三公子還是當務之急，可是若要我們動手，剛才已經動了，又何必等到現在？空手對此早有安排，所謂借刀殺人，我們可以不費一兵一卒，就足以置他於死地。」

車侯驚問道：「借刀殺人？借誰的刀？誰的刀有如此鋒利？」

五音先生淡淡一笑道：「要殺衛三公子，當然是借他自己的刀，若非如此，試問天下，有幾人可以在他的有容乃大鋼下全身而退？」

車侯眼中流露出一股詫異之色，顯然不明其意，更不明白衛三公子何以會好端端地自己砍下自己的頭顱，但他的目光從五音先生與紀空手的臉上看到了一種自信。

「這樣一來，問天樓便從此在五閥之中可以除名了。」車侯沒有再問下去，他相信五音先生，就像相信自己一樣，否則他絕對不會因爲五音先生的一封書柬，而千里迢迢地從西域趕到關中。

五音先生道：「事情並沒有這麼簡單，就算衛三公子死了，我們依然還有劉邦這個大敵，衛三公子既然敢放心而去，當然知道劉邦有足夠的實力來主持人局，否則他又怎能這樣草率地放棄生命？因此，我們接下來的目標，就是劉邦。」

車侯人在西域，可是對中原發生的一切大事並不陌生，「劉邦」這個名字，對他來說並不陌生。他只知道此人從一名小小的亭長爬起，未經幾年，便已成爲了這個天下可以呼風喚雨的幾個大人物之一。雖然他不知道這其中究竟有什麼背景，也不知道這其中究竟發生了怎樣的故事，但是他心裡十分清楚，這一切就像是一個奇蹟，而奇蹟的發生，不僅需要運氣，還需要實力。

所以他的心一沈，神色頓時凝重起來：「以我們這點人馬，要想在十萬大軍中找到劉邦，已是一件非常困難的事情，如果還要出手對付他，這無異於登天攀月。」

紀空手平靜地一笑，道：「車宗主的擔心不無道理，如果要想在十萬大軍中與劉邦決戰，我們不僅毫無勝算的把握，而且會有全軍覆滅之虞，這當然不是我們所希望看到的結局。不過如果對方只有千人之數，這事便變得相對容易了。」

車侯深深地看了紀空手一眼，神色中依然帶出一絲疑惑，他並不是不相信紀空手的實力與能力，而

是覺得紀空手的話太過匪夷所思，因爲誰也不是劉邦，所以又怎麼能掌握劉邦行動的時間與規律？

「此刻的劉邦，無疑已是驚弓之鳥。」車侯思慮再三，說出了心中的疑惑：「他明知有我們這股力量的存在，一旦衛三公子死了，更會讓他小心翼翼，提高警惕，步步設防，他又怎會留下可趁之機讓我們輕易得手呢？」

「他當然有所顧忌，不過平心而論，他此刻最大的顧忌不是我們，而是項羽，如何取得項羽的重新信任，已是他的當務之急。」紀空手的眼神中透出一絲微笑，似乎一切事情盡在掌握之中，非常自信地道：「據我所知，今日午時，他將護送虞姬前往鴻門，我們就在戲水設伏，將之一網打盡！」

車侯搖頭道：「就算他會在戲水出現，誰又能保證他的人馬只有千人之數？萬一打虎不成，反被虎傷，實在有些得不償失。」他雖然相貌粗豪，實則心細如髮，行動之前，必將計畫周全，若非如此，他掌管下的西域龜宗也不可能成爲西域武林中的一支翹楚。

紀空手與五音先生相視一眼，臉上露出贊許之色道：「這個問題問得好，我之所以敢斷定劉邦此行的人數不會超過千人之數，實則是因爲此刻劉邦的心理。試想一下，劉邦此行最大的目的，就是爲了解釋項羽對他的懷疑，以重新獲取項羽的信任。他爲了顯示自己的誠心，所帶人馬自然不多，否則此刻項羽的大軍已對霸上之軍形成合圍之勢，萬一引起項羽的疑心，以爲劉邦有所企圖，反令劉邦得不償失。憑劉邦的心計，他當然不會想不到這一點，所以我才會想到在戲水設伏。憑我們的實力，完全可以取到意想不到的奇效。」

他這一番話極有道理，有根有據，聽得車侯也佩服不已，當下哈哈笑道：「有紀公子這般的推斷，我車侯就放心了。從今日起，凡我西域龜宗之人，便任由紀公子調遣，不必客氣。」

紀空手與五音先生一臉欣然，以神風一黨與知音亭原有的人手，若要對抗劉邦與問天樓一干精英，未免有些勢單力薄，此刻能得到車侯的這等承諾，真乃虎添雙翼，由不得紀空手心中不喜。

「如此多謝了！」紀空手拱手作揖道。

「你無須謝我，要謝，你就謝五音先生，謝你自己那無處不在的個人魅力，更要謝謝你自己這顆拯救天下蒼生於水火的善心。誰說無情才丈夫，真正的大丈夫，就是需要你這種有情有義的漢子！」車侯凝視著他的臉，一字一句地道。

紀空手的心中一動，只覺得有一股暖流從心頭流過。他忽然發現，無論是至理，還是名言，絕不是一成不變，雖然張良與五音先生這般人物斷定自己會與天下無緣，可是不到最後一刻，誰又能預料到未來的命運呢？

難道說只有無情的人才可以成爲這個亂世的真主嗎？

「這絕對不是唯一的答案，我相信自己，更相信人性中會有美好的一面。只要生命不息，我絕不放棄！」紀空手在心中喃喃道，這一刻，他突然發現自己在不經意間湧起了一股強大的自信。

他之所以自信，是因爲他本就不是甘於屈服命運的人，在亂麻一般的未知世界裡，他似乎隱然看到了一線生機。

◆

「你似乎受過極重的內傷，可是不知出於什麼原因，卻奇蹟般地好了，難道說你遇上了奇遇不成？」五音先生微閉眼眸，伸手搭在紀空手的脈息之上，神色變了一變道。

他們此刻已出了峽谷，正在一處高地上歇息。在紀空手的提議之下，他們並不急於趕路，而是在等待著神風一黨的到來。

神風一黨負責清除五方寨中暗藏的敵人，在扶滄海的率領下，他們已經摸清了對方的人數，與五音先生約定同時動手，所以如果沒有意外發生的話，他們應該正在趕往這裡的路上。

紀空手之所以並不急於行動，一來是此地離戲水並不太遠，過早設伏，一旦對方有人探路，容易暴露；二來他與虞姬早有約定，按照霸上的婚俗規矩，從娘家上路，途中須有三日行程，就算男女兩家相鄰，亦要等足三日方可成親，以合二三之數，遵循人倫。這樣算來，等到劉邦到達戲水，還有兩日之數，時間上並不緊迫；三來他此次的行動，必須要借助神風一黨的眾多精英，譬如土行、水星等身懷絕技之士。此次行動，已經關係到生死存亡，對紀空手來說，絕不能出一點紕漏，否則自己這一番心血便要付諸流水。

在紀空手的身邊，正靜靜地坐著紅顏，她癡癡地望著紀空手略顯消瘦的臉型。經過了這一次的生離死別，她終於明白，今生今世自己恐怕是再也離不開這個男人了。

當她聽到父親的說話時，忍不住低呼了一聲道：「你原來吃了這麼多的苦頭，難道說這個天下的歸屬，對你來說真的這麼重要嗎？」

紀空手輕拍了一下她的香肩，眼神一暗道：「你生在名門豪閥，遠不知百姓疾苦，可對我這樣一個出生市井、長於市井的乞兒無賴來說，卻深知一個明君對於天下蒼生的重要。一個真正的明君，他是不會想到他個人的安危榮辱的，其一言一行，隨時可以影響到這天下間每一個人的一生命運，所以我自小衣食無靠、夜宿街頭之時，就暗暗地在心裡對自己發誓：有朝一日，如果我成為天下之主，我一定要讓天下的百姓都過上好日子，再也不用為衣食而愁，再也不用為病痛而苦。」

他滿含深情地說著自己心中的抱負，彷彿從前的一幕幕往事又在眼前流過。這幾年來他行走江湖，走過千村萬鎮，目睹了天下百姓流離戰火之中，飽受兵災之禍，承受著妻離子散、背井離鄉的災難，這不僅勾起了他的切膚之痛，同時也更加堅定了他爭霸天下的決心！

他的每一句話，都令五音先生唏噓不已。雖然五音先生還沒有紀空手這種感同身受的經歷，但是他對天下百姓遭受的苦難深深同情，他始終認為，一個人生於世間，就擁有生存的權利，如果說一個人連自己生存的權利都不能保障，那麼這是社會的悲哀，也是人類的悲哀。

這也是他何以會鼎力相助紀空手的原因，如果說他有私心的話，爲了愛女，他寧願紀空手歸隱鄉田，不問世事，就這樣平安幸福地度過今生一世。可是到了現在，他卻發現，這只是自己一廂情願的想法，因爲紀空手並不是他想像中的那種甘於寂寞之人，而是一條人中之龍，可以騰飛於九天之外的一條巨龍。

更讓五音先生感到驚訝的是，自從紀空手出道江湖以來，他所經歷的每一戰都兇險萬分，可以說九死一生。無論他當時的武功是否高明，無論他遇上了怎樣的敵人，最終他都奇蹟般地化險爲夷，在這江湖之上留下了一段段令人瞠目結舌的傳奇。

五音先生人在江湖數十年，閱歷不可謂不豐，見識不可謂不廣，就他而言，面對紀空手創造的這些傳奇，連他也不得不嘖嘖稱奇。

他忽然想道：「這也許就是運氣使然吧！」既然是運氣使然，他突然悟道：「一個人既有這等運道，莫非上天註定了他就是這個天下的主宰之人？」

這無疑是一個非常膽大的假設，甚至推翻了他原有的固定思維模式。他歸隱多年，每每翻閱史書，便會驚奇地發現自軒轅黃帝開創史前文明以來，歷朝歷代，但凡是憑武力爭奪天下者，無一不是唯我獨尊、冷酷無情的獨夫，便是大秦始皇一統天下之時，也令行天下，自稱「寡人」，可見這絕對不是歷史的巧合。

以五音先生所擁有的大智慧，既然這不是巧合，就必定有規律可查。在他翻閱了歷代史書之後，終於得出一個結論：無情之人未必能得到天下，得天下者卻必是無情之人！

這也是一直他不看好紀空手的原因，為了讓紀空手打消爭霸天下的念頭，他甚至用上了非常手段，可是在這一刻，他忽然改變了主意，暗暗揣度道：「凡事總有例外，以紀空手多情多義的性情，或許爭霸天下尚有不足，但他的運道不錯，或許可以彌補。」

想到這裡，五音先生的心情豁然開朗。如果紀空手能夠成為這亂世中最終的勝者，未嘗不是天下百姓之福，以他悲天憫人的性情，以他超越常人的智慧，也許從此之後天下太平，盛世復現，百姓安居樂業。

五音先生聽著紀空手講述著他對天下百姓飽受疾苦的感受，深深地凝視著紀空手深沈的臉龐，緩緩地道：「要想把拯救天下蒼生作為自己一生的抱負追求，說來容易，做起來難。它不僅需要此人有鋼鐵般的意志，堅韌的毅力，還要能吃得苦中苦。所以在這個時候，你一定要想好，進則爭霸天下，是否有終，尚是未知，但其中所受之苦，只怕是聞所未聞，見所未見，是以必須要有十分的心理準備；退則歸隱山林，攜妻生子，盡情於山水之間，一生無憂無慮，可以頤享天年。」

紀空手默默地沈思了一會，這才答道：「這是一道不易解答的難題，也是我自己心中的一個結，我也不知道自己的選擇是對是錯，但是我想——」他緩緩地抬起了頭，眼中閃現出一道激動的神情，滿腔

豪情地道：「如果我此時放棄，我這一生之中都不會原諒我自己，因爲我沒有爲了自己的理想而全力以赴！」

紅顏一臉平靜地看著他，秋波盈盈，似有一分幽怨，更有幾分理解，輕聲道：「只有胸懷天下的男兒，才是女兒家心儀的對象，我想自己也不例外吧，所以無論你走到哪裡，都請帶上我！」

她的話語很輕很淡，但聽在紀空手的耳中，卻感到了她對自己的這一腔癡情。他已無言，只是輕輕地拉住了紅顏伸來的小手，似乎天地間再無任何東西可以將他們分離。

五音先生只能默默地離去，他知道在這一刻，自己只是一個多餘的人。能看著自己的愛女如此享受著溫情的一刻，他心裡著實高興，並不想因爲自己的多餘而影響到他們，自討沒趣。

「唉……」就在兩人默默相對之時，紅顏輕輕地歎息了一聲，其中的幽怨之情，讓紀空手驀感心驚。

「顏妹，你怎麼啦？莫非你心中有事？」紀空手緊緊地將她摟在懷中，極是愛憐地道。

紅顏搖了搖頭，淡淡笑道：「我的心中只裝得下一個你，難道你還不明白嗎？我只是覺得，這次回來，你彷彿變了一個人般，心事重重的，讓人見了好生不忍。」

紀空手心中一驚，沈吟半晌，終於下了決心道：「我的確心中裝了一樁事情，卻不知當講不當講，但是顏妹，我不想瞞你，也不想騙你，因爲在我的心裡，我始終把你當作是自己這一生中最最親近的

人。」

紅顏的臉上抹出一層淡淡的紅暈，酡紅如醉，深情地凝視著紀空手的眼睛道：「有你這一句話，我便知足了！紀大哥，我也有一句話，不知當問不當問？」

紀空手道：「你縱不問，我亦要說。」當下將自己與虞姬的這段感情一五一十地講述出來，說完之後，心中雖然忐忑不安，但臉上卻無怨無悔。

「你又何必說出來呢？其實你縱然不說，我亦感覺得到，只是我怎麼也沒有想到虞姬這般有情有義，敢作敢爲，比起她來，我可差得遠了。」紅顏輕輕一笑道，似乎毫不著惱。

「你難道一點也不怪我嗎？」紀空手又驚又喜，紅顏此舉大出他意料之外。

「我怪你做啥？莫非在你的眼中，紅顏是一個不明事理、只吃乾醋的惡婦？」紅顏嬌聲一笑，嗔道。

紅顏的反應簡直令紀空手無所適從，不知是福是禍，當場僵立，呆若木雞。

「我只恨當時自己不能陪伴著你，不能像虞姬那般爲你做些什麼。能如虞姬這般，心中想到什麼，便敢作敢爲的奇女子，讓紅顏好生敬佩，我又怎會這般小家子氣，好端端的怪起人來？」紅顏輕靠在紀空手的肩上，很是大度地道。

紀空手沒有想到自己心中的難題竟然如此輕易地解決了，心中的喜悅真是無以復加，他環摟紅顏細

腰，手落處柔若無骨，溫暖膩人，真個是愛煞人也。

紅顏的身體頓起一陣強烈的顫抖，以微不可聞的低聲道：「你怎地不問問我，剛才我想問你的一句話究竟是什麼？」

紀空手雖與紅顏相識已久，但這般親近實在少有，想到懷中美人如此體貼自己，心中只覺得有種說不出來的舒服，迷迷濛濛中，乍聽紅顏開口說話，不由怔了一怔，道：「你想問的不就是這件事情嗎？」

「非也。」紅顏的聲音低如蟲蟻，如蘭香般的呼吸愈發急促起來，柔聲道：「我想問的是，紀大哥，你既然這般疼我、愛我，爲何又不親親人家？」說到最後幾個字時，已是幾不可聞，整個臉頰一片通紅，情不自禁地低下了頭。

紀空手驚喜地捧起了她的俏臉，深情地道：「我怎會不想呢？簡直日思夜想，偏偏又怕你著惱，若是得你允准，從此之後，便是將你整日含在嘴裡，猶嫌不夠。」

他不再猶豫，而是採取了最霸道的方式，以最直接的方法尋到了紅顏的香唇，深深地吻了上去。香舌入口，舒捲有度，兩人身體相貼，雙口並舉，這般廝纏下去，只要是成年男女已難消受，何況這兩人之間你情我願，正是愛煞對方的時候？

個中反應，可以想像，這一吻之長，讓雙方俱有窒息之感，只有到了這一刻，在紀空手與紅顏之

間，才將一腔相思之苦盡化甜美，在雙嘴之間交流著情熱的滋味。

「呵！紀大哥，不要！」紅顏突然「唔……」了一聲，將嘴掙脫，又羞又急地道。因爲她在情熱之間，已經感到有一隻大手伸入了她的衣領之間，按住了她溫膩堅挺的處子肉峰之上。

她掙扎了一下，整個人愈發顯得嬌軟無力，自懂人事以來，從沒有一個男人的舉止會令她這般意亂神迷，手足發顫，胸口處更似有隻兔子般七上八下地跳個不住。

而更讓她感到驚慌的是，在紀空手輕重有度的揉捏下，自己的酥胸愈發硬挺，感受著這隻有力的大手遞傳過來的無限快感，她實在不曉得面對情郎的這番熱情的愛撫，自己究竟是該拒還是該迎。

她無力地「嚶嚀」一聲，心中的防線近乎崩潰，她終於明白了一件事情；面對愛，任何抗拒都是蒼白無力，因爲自己根本就抗拒不了這種讓人銷魂的滋味。

她不再言語，而是微一用力，往紀空手的身上緊貼過去。這一次，她是自動地獻上了嬌豔欲滴的紅唇，任憑這使自己心醉的情郎品嘗個夠。

兩人的熱情與愛意如爆發的火山般噴發開來，燃燒著各自的身心，情到深處，發乎自然，誰也不想讓這充滿濃情的慾火就此熄滅。

兩個年輕的軀體在瞬間相擁，劇烈地交纏廝磨，就在雙方都無力控制住自己心中的慾火之時，一陣急促有力的馬蹄聲從峽谷深處隆隆傳來。

紀空手的頭腦忽地清明起來，整個人冷靜下來，輕輕推開紅顏道：「扶滄海他們回來了。」

紅顏似乎依然還沈浸在情熱之中，「唔……」了一聲，將頭深深地埋在紀空手的懷中。

劉邦終於率隊走出了霸上。

果然不出紀空手所料，劉邦這一路人馬的數量不逾千人之數，但這數百人卻全是問天樓的精英，除了鳳五、欒白等幾張時常出入江湖的熟臉之外，劉邦幾乎傾盡了問天樓一樓之力，可見他對這次鴻門之行的看重。

在這一路人中，除了問天樓的精英之外，還有兩人卻並非樓中之人，但在劉邦的眼中，這兩人的重要性更在樓中人之上，因爲他們就是謀臣張良與將軍樊噲。

樊噲之所以能得到劉邦的器重，是源自於他的忠心與辦事幹練得力。他最大的弱點，就是太講義氣，是以紀空手約戰霸上一事，劉邦根本就沒有讓他知道。不過此次深入項羽軍中大營，凶吉未卜，身邊若無一員猛將相伴，是謂不勇，所以劉邦毫不猶豫地將他也帶在身邊，希望在關鍵時刻能派上用場。

而張良從軍不過半月之久，劉邦能對他另眼相看，一來是因爲張良的確是軍事上的一大奇才，機謀善變，思慮周全，而且可以審時度勢，洞察危機，頗有急智；二來則是他與紀空手在得勝茶樓的那段對話由密探口中傳給劉邦後，終使劉邦放下了心理上對他的防範。因爲在劉邦看來，一個人能夠捨棄個人

的好惡情感而去追求遠大的理想，無疑是自己難得的知音，更是同道中人。所以唯有這樣的人物，才是自己可以最值得信賴的，所以他將張良引為心腹。

在劉邦的身邊，韓信也是一個不可多得的將才，經過數次接觸之後，劉邦愈發覺得韓信才堪大用，絕不是衛三公子口中所說的應該小心提防之人。就拿這一次出行來說，若非韓信出謀劃策，虞姬又怎會心甘情願地隨之前往鴻門？

韓信的計謀說奇不奇，說怪不怪，它的靈感竟然出自於紀空手身上。當時他之所以有把握說動虞姬出嫁，無非是選用了「李代桃僵」之計。

既然紀空手已經出逃，那麼虞姬肯定還不能知道紀空手確切的消息，既然如此，只要派人假扮成紀空手的模樣，然後讓虞姬在無意之中遠遠看到，她怎麼也想不到這竟會是一個騙局。

只要讓虞姬確信紀空手落在了他們手中，也就可以以此作為要挾，逼迫虞姬下嫁，等到她事後知道真相，那時木已成舟，悔之晚矣。

當時劉邦一聽此計，便覺可行。因為他始終覺得，一個女人為了自己心愛的男人連死都不懼，也必然不會在乎自己的名節與身體。為了逃過眼前的劫難，他連父親的生命尚且不惜，何況是一個女人的名節？

照計施行，虞姬果然中計。她此刻坐在一輛四馬並行的豪華大車之內，手撐粉頸，眼斜窗外，似乎

還在擔慮著紀空手此刻的安危。

「小姐，吃點東西吧，你快整整一天未進食了，這樣下去可不是辦法。」袖兒托著一盤精美的茶點，跪坐在虞姬身前，輕聲勸道。

「我不餓。」虞姬回過頭來，淡淡一笑。她的臉似乎紅了一紅，抹過一絲動人的嬌羞，因為她剛才所想，竟是那一夜與紀空手的閨房之樂，她可不想讓人看透她的心思。

袖兒自小侍候虞姬，兒時為伴，長大為婢，又怎會猜不透自家小姐的心思？不由輕歎一聲，道：「為情而癡，為情而苦，也只有紀公子這樣的男兒，才值得小姐這般情動，茶飯不思。」

虞姬嘴角泛出一絲甜甜的笑意，道：「像紀大哥這樣的男兒，難道你就不動心嗎？」

袖兒臉上一紅道：「所謂佳人配英雄，像紀公子這等英雄，豈是我這等奴婢可以癡心妄想的？也只有小姐你這般的國色天香，與紀公子才是天設的一對，地造的一雙。」

「可惜的是，造化弄人，天不遂人願。」虞姬神色一暗，幽然歎道：「如果說我和紀大哥真是天設地造的一對良配，就應該讓紀大哥遠走高飛才對，可惜的是，他還是沒有逃出劉邦的手心。」

「為了紀公子，所以小姐才答應劉邦，前往鴻門？」袖兒皺了皺眉，似乎並不理解虞姬的這個決定。

「換作是你，只怕你也會這般決定。」虞姬的眼光透過窗外，望向無盡的天際，淡淡笑道：「只要

你真的深愛著一個人，就會發現，愛一個人並不是要得到什麼，而是在於付出，付出你的感情，付出你的身心，甚至付出你的生命，這才是最重要的，而且一旦付出，不求回報，唯有如此，你才算真正愛過一回。」

「可是小姐爲了紀公子而嫁給項羽，紀公子又怎能理會得小姐你這片苦心呢？」袖兒搖了搖頭，依然不解地道。

虞姬笑了笑道：「他能否理會在於他的心，你是否爲他作出犧牲在於你，只要心中無怨無悔，又何必計較這些事情？」

袖兒似懂非懂，點了點頭道：「原來如此，這愛既然如此痛苦，不如當初不愛。」

虞姬「噗哧……」一笑道：「你還小，當然不會明白這其中的滋味，等到你遇上了自己心愛的男子，只怕你就會說，雖然愛是這般痛苦，明知如此，卻無悔當初愛過。」

她的臉上洋溢著一種甜蜜，並不爲自己未來的命運感到悲傷，當她不經意間看到袖兒臉上似笑非笑的表情時，忽然醒悟，袖兒已是二八年華，正是情竇初開的年齡，又怎會不懂這愛的含義呢？她之所以這樣做，無非是想讓自己開心一下。

馬車夾在這支隊伍之中，一路上只聽得馬蹄得得，車輪轆轆，除了虞姬與袖兒之間偶爾交談幾句外，竟然不聞半點人聲，可見劉邦帶兵軍紀之嚴，能在數年之內躋身強豪之列，並非偶然。

劉邦才出霸上未久，就隱隱感到心中有些不太對勁，但是他卻不知問題出在哪裡，只能嚴令三軍，嚴陣以待，以防突發事件。

當他與衛三公子見過面後，就似乎產生了一種不祥的預兆，認爲在自己與紀空手之間的恩怨並未了結，真正的惡戰還在後面。

此刻衛三公子的頭顱，已經用香粉、樟腦等防腐藥物特殊處理之後，靜靜地躺在劉邦身邊的一個正方形的檀香木匣之中。當衛三公子命令鳳五出手的那一瞬間，劉邦並不悲傷，只是感到渾身麻木，整個人異乎尋常地冷靜。

誰也不會看著父親死在兒子的面前而無動於衷，就算一向無情的劉邦，也不例外，不過在他的心中，更多的是一種無奈，因爲爲了復國大計，他們父子已別無選擇。

「您安息吧！總有一天，孩兒會讓敵人的鮮血來祭祀您在天的亡靈！」劉邦暗暗在心頭發出復仇的誓言，面對這檀香木匣，他再也忍受不住心中壓抑已久的苦痛，無聲地流下了淚水。

他也是人，自然就有人的感情，雖然在人前，他要保持自己剛毅堅強的形象，可是當他一個人獨處車中時，才露出了自己身心俱疲的真相。

不過縱然是真情流露，也只能是限於一時，此刻的他，已經沒有多餘的時間來供他揮霍，他必須在這幾天的行程中，尋找到對付項羽與紀空手的辦法。

正如紀空手所言，對付項羽，唯一有效可行的辦法只有衛三公子的頭顱，只要劉邦獻出衛三公子的首級，誰還會懷疑在劉邦與衛三公子之間存在著不同尋常的關係？而且有了虞姬，項羽有懷抱美人歸的得意，又豈會讓這事情煞了風景？

所以要對付項羽似乎不難，難就難在如何對付紀空手。

對劉邦來說，他從來就沒有小看過紀空手，以前如此，現在更不敢有絲毫的大意。一個紀空手已足以讓他感到了頭痛，而一個擁有神風一黨、知音亭以及新出現的西域龜宗這數股力量的紀空手，就不僅僅讓人感到頭痛那麼簡單了，不僅可怕，而且恐怖！

他相信衛三公子的判斷，紀空手約戰霸上，只是一個陰謀的開始，而不是一個陰謀的結束，而這個陰謀顯然是針對自己而來的。現在最大的問題，是劉邦根本不知道這個陰謀究竟是什麼，也就無從知曉它會在什麼時候發生。

這讓劉邦感到一種從未有過的心驚，現在他唯一可做的事情，就是步步小心，隨時防範，這使得劉邦的心頭異常沈重。

不過第一天的行程很快結束，並未出現劉邦預想中的危險，可是當他們穿過一片廣闊無邊的平原，來到戲水河畔時，他的眉鋒輕輕一跳，莫名之中感到了一股濃烈的殺機，已經瀰漫了戲水兩岸的整片荒原。

第四章　無法彌補

這是高手的直覺，更是一個超一流高手所擁有的預判能力，雖然誰也不知道劉邦的武功究竟如何，但不可否認的是，他絕對是一個超級高手。

「通知隊伍立刻停止前進，等待探報的消息！」劉邦沒有猶豫，而是迅速作出了反應，雖然他還不能確定這股殺氣的來源，卻可以肯定這股殺氣的真實存在。

這已足夠，只要證明殺氣的存在，就預示著危機的來臨，雖然劉邦不能推斷出危機爆發的時間，但他心裡清楚，這將是他這一生中從未經歷的一場大危機。

他下車觀望，似乎想找到這股殺氣的來源，可是當他靜心運氣，將自身發出的氣機滲入空中時，他卻驚奇地發現，自己根本就無法找到這股殺氣的來源！也就是說，就在他下車的一刻，這股殺氣竟然收斂無形，彷彿是這個世間從來都未曾有過這股氣息的存在。

河水東流，舟楫橫渡，輕風舞動，林木輕搖，放眼望去，這荒原之上一片美景，顯得異常靜謐，但這並不能消除劉邦心中的戒備之心。

此刻已是秋末冬初，黃花凋零，樹木肅殺，在夕陽斜照之下，大地一片金黃。

劉邦並沒有欣賞這種盎然秋意的雅興，雙手背負，昂首觀天，看似極度悠閒，其實在用心去感受著那股殺氣的再次出現。他相信只要那股殺氣一旦出現，絕對逃不出他異常靈敏的感官捕捉。

可是他卻失望了，他沒有等到這股殺氣的出現，卻等來了探子的消息：「方圓五里之內，並無異常情況。」

「再探，範圍擴大到十里之內！」劉邦冷冷地看著這十幾名氣喘吁吁的探子，絲毫沒有一絲同情。探子已去，樊噲卻來了。

「稟沛公，屬下已經率領手下準備好了架橋所需的樹木，只待一聲令下，可以在半個時辰之內實現通行。」樊噲走路便如一陣急風，就像他的人一樣，永遠保持著極高的效率。

「再等等看。」劉邦眼中露出一絲欣賞之意，一閃即沒，代之而來的是冷峻：「你準備用三分之一的人馬架橋，所需時間不變，其他的戰士擔負警戒，隨時應付突發事件。」

樊噲臉上流露出一股詫異，並不明白劉邦何以會這般小心翼翼，不過他對劉邦的命令從不置疑，毫無條件地堅決執行。

劉邦繼續在等待著那股殺氣的出現，卻依然一無所獲，似乎那暴露殺機的敵人，突然間就融入了這荒原中的草木之間，讓人根本無法察覺。

劉邦面對這種現象，甚至有些懷疑起自己的直覺只是一種錯覺，心中暗道：「難道說自己這些天來一直處在高度緊張之中，才致使神經錯亂，在判斷上出現了誤差？」

重新等到探子的回報之後，他決定不再猶豫，因爲按照計畫，他必須在今天渡過戲水。

「架橋！」劉邦發出了命令。

一聲令下，近三百名戰士霍然而動，十數人同時抬起一根巨木，步伐整齊地向河道衝去。

這些人無疑都是訓練有素的戰士，是以工程進展的異常順利，其餘的近六百名戰士無不揮矛持戈，列隊整齊，護住七八輛大車，對劉邦下達的命令不折不扣地執行著……

只有在這一刻，劉邦的臉上才微微露出了一絲笑意。這些問天樓的戰士雖是江湖之人，但問天樓的紀律一向嚴明，是以這些戰士更是劉邦十分器重的精銳，雖說人數不多，但身負武功，個個都可以一擋十。

「我有這般驍勇的戰士，面對強敵，又有何懼？」他放下心來，對剛才的那股殺氣已不似先前那般在意。趁此閒暇，他回頭看了一下載著虞姬主婢的大車，卻見張良一身儒衫，策馬跟在車後，正指揮著一幫戰士團團將大車圍在中間，以防敵人偷襲。

劉邦不由得點了點頭，很是滿意張良能在短時間內作出如此反應。毫無疑問，此次鴻門之行的重點就在虞姬與衛三公子的頭顱之上，張良能急他所急，事先防範，可見目力犀利，不愧是謀臣之才。

「若要得天下，像張良、樊噲這等良臣猛將該是多多益善才是，唯有如此，才可以分我之憂，不至讓我費盡心血卻徒勞無獲。」劉邦有所感觸地心中暗道。

樊噲大步行來，拱手見禮道：「沛公，橋已架好，還請示下！」

劉邦微微一怔，道：「怎麼速度如此之快？」他自入關中之前，已經對關中各地的地勢河流了若指掌，以戲水的河道寬度，若要架好一座木橋，半個時辰已是最少的時限。他絕對沒有想到此橋架得如此之快，大大出乎了他的意料之外。

樊噲忙道：「這河道並不如事先預計的那麼寬，河水也淺了許多，是以架起橋來並不費力。」

劉邦微一沈吟道：「莫非這是因爲到了初冬時刻，正是枯水之期？縱是如此，據本公了解，戲水歷年的水位紀錄似乎也並沒有這麼少的流量！」

「屬下也不明就裡，也許是今年氣候不同，是以流量減少也說不定。」樊噲覺得劉邦實在太過小心，畏手畏腳，怕東怕西，像是一個喋喋不休的老太婆一般，渾不似他往日雷厲風行的行事作風。

「既然原因不明，我們就應該更加小心。」劉邦晃了晃頭，似乎想打起精神道：「不知爲什麼，本公心裡總有一絲不祥的預兆，覺得這地方總有些古怪，所以爲了保險起見，傳令下去，隊伍分三撥行動，由本公與張良打頭陣，你與韓信居中，寧戈護著虞姬押後，間距相隔百步左右，以最快的速度過橋。」

樊噲雖然心中覺得劉邦此舉未免多餘，但見他一臉肅然，只得領命而去。

軍號響起，三軍整裝待發，劉邦緩緩地回頭看了一眼隊伍，大聲喝道：「出發！」手腕一振，馬鞭在空中旋了一個圈兒，當先向橋上而去。

踏上這臨時架設的木橋，聽著流水潺潺的聲音，劉邦望著戲水兩岸初冬的風景，也似乎爲自己的擔心感到多餘。

他的目光所到之處，正是對岸的一片土地，光禿禿的枝椏伴著漸寒的河風，與荒原上大小不一的山石構築了一種肅殺的基調。他的目的不在於這些山水，而是在乎那山水背後隱藏的東西，雖然他也覺得自己的擔心有些多餘，但在這種關鍵時刻，他寧可自己多餘，也不願意毫無防備地遭人襲擊。

他一路小心地踏馬前行，快至對岸時，突然眉鋒一跳，看到了岸邊的河灘上一種非常奇怪的現象。

若非是他在無心中看到，其實這種現象並不能引起他太大的注意，可是既然被他看到，卻引起了他極大的興趣。

這河灘之上，出現了兩道水線。低的一道水線正是此時河水流過的痕跡，而高的一道水線卻緊貼著河岸的草地。在這兩道水線之間，除了一片光禿禿的鵝卵石外，還有水漬未乾的痕跡。

這種現象若換在平時，絕對沒有太大的問題，可是劉邦此時心中卻吃了一驚，迅速地尋求這種現象存在的原因。

出現兩道水線，這說明了河道落差的高度，在水線之間出現水漬未乾，說明了這種水深落差的形成就發生在一二日之間。如果說此時是在雨水充足的夏季，河水暴漲暴落，尚有因可尋，可是問題在於，此時是在枯水的冬日，哪裡來的這般大起大落的流量？

這只能說明，這一切只是人爲而成！

想到這裡，他幾乎嚇出了一身冷汗，大喝一聲道：「加速前進，趕快過橋！」

他的話音未落，便聽得河水上游傳來隆隆之聲，一道白色的蒼龍奔騰而下，捲起怒濤無數，以風馳電掣般的速度沖瀉而來。

劉邦簡直不敢相信自己的眼睛，無論自己如何算計，最終還是落入了對方的圈套中。

瞬息之間，他全然清楚了對方的詭計：對方算準了自己等人通過戲水的地點，然後在河道上游選擇了水道狹窄的一處，築堤攔水，一旦自己等人架橋通過，立刻決堤，以水淹爲奇襲，可以達到事半功倍的奇效。

他不由恨起自己來，明明對方的詭計在樊噲架橋之後已現端倪，可是自己一時不察，竟然還是掉入陷阱。

不過他迅速清醒過來，知道此時不是後悔的時候，現在需要做的，就是怎樣使己方的損失降到最低的限度。

他揮鞭奮蹄，躍上河岸，迅速發出指令，命令已經上橋的戰士以最快的速度向兩岸飛退，耳中聽著怒濤驚吼，眼中所見狂浪滔天，水勢之急，令劉邦感到人力的渺小，自己枉爲一軍之帥，卻只有聽天由命的份兒。

「嘩……嘩……」水聲愈發逼近，從劉邦發現怒濤狂浪，到水勢沖向木橋之時，整個過程最多不過三息時間。

三息的時間，是多麼的短暫，數百名戰士根本不可能在這個時間裡作出太快的反應。當劉邦的示警聲喝出，只有少數的戰士迅速向橋的兩端作出了進與退的動作，餘者甚至還不知道發生了什麼事情。

如潮之水捲起數丈巨浪，飛瀉而下，由數百根巨木連接的橋身根本承受不了巨大的衝擊之力，只聽「轟……」地一聲巨響，白浪沖過，木橋頃刻間化爲無形。

數百名戰士身不由己，迅速被狂浪席捲而去，只有幾十名水性好的戰士強行搏浪，拚命掙扎，無奈在如此湍急的水流中，一切努力都是徒勞。

頃刻之間，數百名驍勇善戰的勇士在這洪流衝擊之下，沒有作出一絲反抗，便葬身魚腹。其情其景，慘烈之至，便是劉邦的臉色也陡然一暗，似乎不能接受這樣殘酷的現實。

但是他根本沒有時間來宣洩自己心中的悲痛，就在這時，他又在莫名之中感到了一股濃烈的殺機！唯一不同的是，這股殺氣已經很近很近，彷彿就在眼前的這片山石林木之中。

他的心中一凜，環顧身邊，除了張良、韓信之外，就剩下幾十名僥倖生還的戰士，雖然這突至的洪流只捲走了劉邦三分之一的戰士，可是餘者全在對岸，隔著一條大河，根本不能起到救援之效。

他深深地吸了一口氣，直達肺腑，盡快地讓自己從這場突變中冷靜下來。他心裡清楚，此時此刻，任何失誤都有可能導致自己英名不再，對方既然已動殺機，那麼真正的危險馬上就會來臨。

當他冷靜下來時，心裡忽然又湧現出一個問題：「對方是誰？是項羽還是紀空手？」

不過他很快就將項羽排除在外，原因十分簡單，如果項羽真的有心對付他的話，無論採取什麼樣的方式，他都死定了，又何必這樣費力地安排這個陷阱呢？

他與韓信的目光相對一起，半晌之後，韓信似乎明白了他的意思，臉色沈凝地點頭道：「沒錯，只有紀空手才會想出這樣可怕的陷阱！」

劉邦的牙齒頓時咬得「喀喀……」直響，恨不得將紀空手身上的肉一口一口地撕咬下來，方才解心頭之恨！他怎麼也沒有料到，一個流落市井的小無賴，竟然會成為自己今生最大的對頭。

他有很多的理由來恨紀空手：自從紀空手現身江湖以來，不僅與問天樓爭奪登龍圖，而且害得他為了取信項羽而不得不將自己父親的頭顱也作為釋疑的證據獻上，並使自己此時處於一種風雨飄搖般的險境！他甚至恨虞姬何以喜歡的是紀空手，而不是他劉邦！可是他從來沒有想過，如果不是他先借神農之手想害死紀空手，紀空手又怎會不認他這個一向敬重的兄長與朋友呢？

有果必有因，這是一個非常簡單的道理。做人如果不懂得這個道理，他又怎能做成一個真真正正的人呢？

就在此時——

「嗖……」地一聲弦響，一支羽箭破空而出，如一道電芒迫至。這一箭不止是快，而且準，更讓人心驚的是，當箭芒迫至劉邦面門一丈處時，突然箭杆一爆，斜分三支，一箭射向劉邦的胸口，另兩箭卻對準了劉邦的座騎。

「流星子母箭?!」劉邦心中驚叫了一聲，會使這種箭法之人，出在西域龜宗，但能使得這般精妙者，這世間似乎就只有一個人，那就是車侯！

這箭不僅手法巧妙，而且力道奇大，一入虛空，便帶出無數的氣旋，呼嘯而至……

劉邦沒有拔劍，也不能拔劍，而是抬起了手，似乎想憑一隻空手來接下這三點箭芒。他心裡清楚，車侯的箭出，絕對是不同凡響，即使自己拔劍，也未必有十足的把握將之擊落，可是他別無選擇。

他此時身處險境，面臨敵人的層層埋伏，已到了生死攸關之際，現在最需要的是鼓舞起手下戰士計程車氣，唯此尚可一搏。

所以他的手已抬起，平伸虛空，體內的勁力瞬間提聚至整條手臂，關節暴響間，猶如一場即將爆發的大雪崩，隨時準備崩裂……

風徐徐吹來，擠不進這充滿霸殺之氣的空間。既然擠不進，這空間裡又怎會有風？

不僅有風，更有無數氣流在交織竄動，猶如惡魔狂舞，更似群鬼跳動，整個空間充斥著一股濃濃的死亡氣息。

地上的草木、泥石、枯葉、水漬，彷彿也在剎那之間變得狂野，瘋狂地跳入空中，扭曲變形，幻生成一個巨大的漩渦，一個黑洞！

「呀……」就在這令人窒息的緊張時刻，劉邦發出了一聲驚天暴吼，終於出手！

他的出手之快，根本無法用言語來形容，所拿捏之角度，更是妙至毫巔。當他的手臂一振時，就彷佛在虛空中同時多出了三隻手，一抄之下，箭芒盡沒無形。

天地似乎在瞬息間陷入一片死寂。

誰也沒有想到劉邦的功力之深，竟然一精至斯，縱是車侯射出的「流星子母箭」，也只能震得他身體晃動了一下，渾似沒事一般。

「有容乃大！」劉邦手下的戰士無不大聲驚呼，精神也為之一振。他們跟隨衛三公子多年，也曾經見過衛三公子的出手，可是當他們見到此刻劉邦的出手時，才驚喜地發現，劉邦對「有容乃大」的理解，似乎已在衛三公子之上。

這簡直是不可能發生的事情，唯一的解釋，只能說明劉邦對武道的理解有一種天才般的悟性，也就

是說，劉邦是個天才，一個練武的天才，甚至是百年不遇的奇才。

這是他修成「有容乃大」以來的第一次出手，因爲這是車侯的「流星子母箭」，所以他已是全力以赴，但饒是如此，他體內的氣血依然翻湧不停，若非他用一口真氣鎮住，只怕當場吐血。

「好手法，好功夫！」一個熟悉的聲音突然在一片山石之間響起，伴著幾聲稀稀落落的掌聲，紀空手悠然地站到了十丈開外的一塊草地上。

他的腳步不丁不八，雖是隨意地一站，但整個天地卻彷彿爲之一暗。

紀空手的臉上掛著一絲淡淡的笑意，似乎他面對的不是劉邦，不是韓信，不是數度想將他置於死地、背信棄義的兄弟，而是面對多年不見的朋友。他雙手緩緩地背負於後，意態悠閒，如觀花賞月，身上絲毫不沾一絲殺氣。可奇怪的是，他似無心插柳，但是他的人一出現，整個人便自然而然地帶出一股無可匹禦的王者霸氣，猶如雲天之外的蒼龍，凌駕於萬物之上。

在場的每一個人似乎都爲紀空手帶來的氣勢所震撼，雖然這種氣勢並不霸烈，也不瘋狂，但正是這種近乎於無形的氣勢，卻顯示出了一種勢不可擋的信心。

劉邦人在馬上，眉鋒一跳，與此同時，數十匹戰馬「希聿聿……」地狂嘶起來，彷彿禁受不起這氣勢帶來的壓力，顯得無比狂躁。

「這是紀空手嗎？數日之前還是任人擺佈的紀空手，怎麼會忽然一變，成了擺佈他人的紀空手？」

劉邦緩緩地吸了一口氣，壓制住胸中翻湧的氣血，在心裡不住地問著自己。他怎麼也不敢相信，站在自己面前的這個人，半個月前就只剩下了一口氣。

可是當他看到紀空手那嘴角處泛出的滿不在乎，很是自信的笑意，他就知道，眼前這人的確是如假包換的紀空手，因爲只有紀空手，才有這種招牌式的笑容。

「我也許犯下了一個永遠都無法彌補的大錯，而這個錯誤會讓我後悔一生。」劉邦心裡「咯噔」了一下，情不自禁地忖道。當日在虞府的後花園中，他完全可以殺了紀空手的，可是卻沒有這樣做，因爲他並不想因此而得罪虞姬。其實在他的心裡，還有一個重要的原因，是因爲他太自信自己的制穴手法了，以爲受了他制穴手法的人，永遠都只可能是一個廢物。

用如一個廢物般的紀空手來控制虞姬，這個想法在當時那種情況下並沒有錯，而且絕對划算。可是到了今天，劉邦的心中隱隱生出了一絲後悔之心，就像一個從來都是大贏的商賈，做了第一樁虧本的買賣。

「劉兄、韓兄，我們又見面了！這天下說小不小，說大不大，爲什麼總是要讓不想見面的人遇上呢？」紀空手的神情中多了一份調侃，顯得極是從容。

「這也是沒有辦法的事情，有些人總是陰魂不散，死纏爛打，讓人想不見面都難。」劉邦微微一笑，話有所指，語帶譏諷。

「有這等不知趣的人嗎？他莫非是不想活了？以劉兄方才那接箭的功夫，再加上這位韓兄慣使的身後劍，天下有誰敢這般糾纏？」紀空手故作驚訝地道。

「紀少所言，實在風趣，本想多談幾句，只是天色漸晚，本公還有要事待辦，這便失陪了。」劉邦心繫對岸虞姬的安危，不想與之廢話，反而以退爲進，逼得紀空手先行出手，他再隨機應變。

「這就是劉兄的不是了。」紀空手依然不慌不忙地道：「故人相逢，不願多談也就罷了，總不能收了故人老大的一份見面禮，卻連謝也不道一聲，未免不合情理吧？」

他此話一出，劉邦能忍，但他手下的戰士卻早已破口大罵起來，經歷了剛才九死一生的場面，見到仇人，便是再好的涵養只怕也只有暫時丟到九霄雲外。

「你想怎樣？」劉邦大手一揮，壓下了眾人罵聲，冷冷地道。

「我想怎樣？哼！」紀空手臉色陡然一沈道：「我想要回登龍圖，你能給嗎？我想要回虞姬，你甘心嗎？我還想要你去死，你情願嗎？」

「要我死？」劉邦眼芒一寒，冷笑道：「就憑你嗎？」

「是的，對付你這位名動天下的沛公，有我這位淮陰街頭的小無賴便足矣。可是，你敢嗎？」紀空手狂傲大笑起來，似乎有意在激怒劉邦。

劉邦緩緩地下了馬，臉色變了一變，無論他的心機如何深沈，當他聽到紀空手的這句話時，也不可避免地動了真氣。

他緩緩地向前走了七步，不多不少，剛好七步，每一步的間距似乎都經過了精確的計算，然後才穩穩當當地站立不動。

當在場的每一個人都認爲這是劉邦即將出手的先兆時，他卻笑了，心平氣和地笑了。他利用這走出七步的時間讓自己的心冷靜下來，思索著紀空手這樣做的目的，這是衛三公子臨終之前再三囑咐的，只有制怒，才能不犯錯誤，他覺得這個方法的確不錯。

因爲他似乎看出了紀空手的用意。

就在眾人都認爲他不會動手的時候，他果然沒有動手，而是出腳！

「轟……」他一腳踹起一塊重達數百斤重的巨石，呼嘯著向紀空手衝去，當這塊巨石快到紀空手面門時，卻突然下墜，重重地向地面砸去。

這方圓丈餘的地面似乎是空心的，根本經不起這巨石下墜的力道，轟然坍塌，塵土漫舞之下，一個大坑彷如惡獸的大嘴，赫然出現在眾人的眼前。

煙塵散盡時，眼快之人甚至看到了坑底佈滿了密密麻麻的刀鋒，刀尖向上，寒光凜凜，富於想像的人不由得打了個寒噤，都在心中思忖著：「假如這不是一塊石頭，而是人……」

「你故意激怒本公，無非是想讓本公再次落入你的陷阱。」劉邦不動聲色，淡淡地道：「雖然這種

陷阱對本公無用，可是當本公踏入之時，難免心驚。這樣一來，你出手的機會就來了，是不是？」

紀空手並未對自己的意圖暴露感到意外，而是拍掌笑道：「聰明，一猜就透，有你這樣的對手，實在是一件有趣的事情。」

「可是本公卻覺得這實在無趣，此時此地你已占盡優勢，何不痛痛快快地與本公大戰一場，豈不快哉？」劉邦的手已按在了劍柄之上，這一次他再也不想放過紀空手，因爲如果是一對一的決戰，他自問應該有七成勝算。

「不行！」紀空手好像並沒有感覺到劉邦身上湧出的殺氣，搖了搖頭道：「至少現在不行，我還要再等下去。」

「等？你還等什麼？」紀空手的話讓劉邦吃了一驚，一股詫異之色出現在劉邦的臉上。

「我在等一個動手的信號。」紀空手笑了笑道。

「如果本公不願意再等下去呢？」劉邦冷哼一聲道。

「那就只有動手。」紀空手的回答出乎劉邦的意料，但是紀空手後面的話似乎卻擊中了劉邦的要害：「不過我想，你絕對不會這麼做，以我對你的了解，在你還沒有完全猜到我的意圖之前，絕不會主動出手。」

劉邦的眼睛眯成了一條線縫，厲芒逼出，凝視著數丈之外的紀空手。他不得不承認紀空手已經琢磨

到了自己的心理，事實上，他看上去步步緊逼，卻是採取的後發制人的戰略。

他一時無言，默然以對，但是他並不是消極等待，而是充分利用這點閒暇，將自己的氣機滲入虛空，去感受紀空手身後那段空間的異動。

紀空手似乎看穿了劉邦的意圖，淡淡一笑道：「其實你大可不必如此費神，我可以告訴你我的身後並沒有埋伏，就連車侯，他也是一時好奇，想試一試你的武功而已，現在只怕他已在數里之外了。」

劉邦當然不會相信紀空手築堤攔水，煞費苦心，只是爲了消遣自己，他不急，他有時間等待下去。身後的河水已經恢復了往日的平靜，唯一的區別，只是水面抬高了數尺而已，等到對岸的人馬跨過河來，到了那個時候，就算紀空手不動手，他也會主動出擊。

「沛公，這小子太囂張了，讓屬下來會會他。」韓信卻等不及了，一抖劍柄，跨上一步道。

「不用。」劉邦一擺手道：「既然紀少覺得這樣有趣，我們就奉陪到底。」

紀空手拍掌道：「好，劉兄不愧是劉兄，有這種耐心，紀某實在佩服。順便想說一句，劉兄這樣等待下去，絕對是物有所值，到時你便知道紀某所言非虛。」他神秘地一笑，但在劉邦的眼中，彷彿沒有比看到紀空手這張笑臉更爲頭痛的事情。

如果說劉邦知道真相的話，他一定會大吃一驚：所謂真真假假，虛虛實實，紀空手或許以前說過假話、謊話，可是這一次，他的的確確說了一個大實話，那就是此時此刻，在這河的對岸，真的只有他一個人。

因爲紀空手這一次的目標並不是劉邦，而是虞姬，所以他埋伏的重點，是在河岸的那一方。

當扶滄海率領神風一黨歸來之時，正是劉邦離開霸上的時間。

在峽口的一處高地上，五音先生、車侯、扶滄海和紀空手、紅顏五人席地而坐，討論著下一步的行動方案。

他的話很突然，讓不知內情的車侯、扶滄海吃了一驚，但紀空手卻知道他所問的話題，與紅顏相視一笑道：「是的，我已經決定了。」

五音先生看了一眼紀空手，沈默半晌道：「告訴我，你是否已經決定了？」

五音先生緩緩地站了起來，雙手背負道：「其實一直以來，我都認爲你並不是爭霸天下的最佳人選，雖然你對武道的理解愈發深刻，而且智計過人，假若是爭霸江湖，成就必在五閥之上，可是爭霸天下，你卻少了一份無情，一份毒辣。」

他的話說得很慢，卻精闢地剖析著紀空手性情上的優點與缺陷，引得在場的每一個人都側耳傾聽，頗以爲然。

「音兄所言極是，對此我有切膚之痛的感受。」車侯深有感觸地道：「就算是爭霸江湖，如果你下

手不狠，心腸不毒，只怕也難有作爲。以我龜宗爲例，當年若不是我念在李秀樹與我有同門之誼，一時心軟，又怎會造成今日龜宗兩分之局？而更惱人的是，他另立北域龜宗不過十數年的光景，仗著自己是高麗王室成員，其聲勢迅速壯大，竟隱然有與我西域龜宗形成分庭抗禮之勢。」

「車兄不必自責。」五音先生似乎深知龜宗這些年來的歷史，沈聲道：「當日你不殺李秀樹，乃是重情，今日他反過來意欲吞併西域龜宗，雖爲不義，卻是形勢使然。」

車侯一怔道：「此話怎講？」

「高麗雖小，又是蠻野之邦，但它畢竟是有國有君，李秀樹一向野心勃勃，他之所以自小捨棄榮華富貴，投身龜宗，只是想借龜宗的勢力，先取高麗，再虎視眈眈，逐鹿中原。」五音先生搖了搖頭道：「權勢一物，可以讓人喪盡天良，若是爲一己之私而爭天下，試問車兄，那人又還有什麼事情做不出來呢？如果我所料不錯，不出兩年，這李秀樹必然攜北域龜宗進入中原。」

車侯「哎呀……」一聲，臉上不無擔憂之色道：「若是如此，只怕這北域龜宗的子弟難有保全之策，終有一日，他們是難回故土了。」

「這就是我們與項羽、劉邦、李秀樹等人最大的不同之處，縱觀歷史，凡能成就一代偉業者，多爲無情之人，爲了追求權勢，可以不擇手段，更可無情無義。也只有這種人，最終才可以無情於天下，將百萬臣民踩於腳下，開創其帝王霸業，留名史書。」五音先生的眼芒一抬，穿過眼前的虛空，瀏覽那悠

悠白雲，良久才道：「這也是我息隱江湖數十載得出的一個結論，江湖人言，五音是心傷亡妻之痛，是以才歸隱江湖，這委實不錯，亦是我當日歸隱的初衷。可是當我目睹天下亂勢，百姓陷於水深火熱之中時，我其實一直在尋求一種王者之道，尋求一個仁義之君，以求能平息天下戰亂，從此歌舞昇平，讓百姓耕有其田，居有其所，安居樂業，開創前所未有之盛世，這就是我重出江湖最大的心願。」

他的目光鎖定在紀空手的臉上，一種亢奮的情緒油然而生道：「這看上去實在是非常的矛盾，完全是沒有共同之處。試想一下，以無情之人大治天下，只能是苛政橫行，又怎能開創一個太平盛世？而以有情之人爭霸天下，追名逐利，殺孽橫生，又怎能算得上是有情之人？我一直想從這兩者之間找到一個契合點，歷多年思索，終至無果。可是到了今天，我也幡然悟道，或許我這多年的苦思一開始就走入了一個歧途，試圖從人性上去詮釋這王者之道，殊不知這王者之道最重要的是運勢。而你，正好就具備了這種運勢。」

「運勢？」紀空手的眼中閃過一絲疑惑神情道：「莫非這就是你最終同意我去爭霸天下的原因？」

「是的，你已經具備了這種良好的運勢。」五音先生一字一句地道：「自你出道江湖以來，你有沒有發現，你踏出的每一步都是別人這一生中可遇而不可求的。首先是丁衡在你生命中的出現，他身為天下第一神偷，天地之大，何處不可容身？卻偏偏機緣巧合，到了淮陰，而且認識了你。據說丁衡性情怪僻，從不收徒，他與你雖非師徒之誼，卻將他一生最得意的『見空步』與『妙手三招』傾囊相授，這難道是一種巧合?與其如此，倒不如將它歸於運道；其次便是玄鐵龜中的秘密，自玄鐵龜現世以來，不知經歷了多少人的手，其中不乏有聰明絕頂之士，可是他們窮盡一生心血，最終卻毫無收穫，而你卻能在無意之中窺得內中玄機，盡收其精華所在，這又豈能是一個巧合可以解釋得清楚的?」

他的每一句話都有根有據，具有很強的說服力，而且思路清晰，顯然是經過深思熟慮之後才說出這番話來的。

「但單憑這些，並不能說明你有好的運勢，而只能是你的運氣不錯，如此而已。所謂勢者，乃是一鼓作氣。正如高山滾石，只有當大石從高山滾下，以它本身的力道，借助高度與速度的條件，才能形成銳不可擋之勢。」五音先生淡淡一笑，斜了一眼近靠在紀空手身上的紅顏道：「接著你又遇上了紅顏。我一直感到很奇怪，以我女兒一向眼高於頂、視男子爲無物的性情，怎麼會憑數面之緣便看上了當時落魄江湖的你?也許可以說這就是一見鍾情，兩情相悅，可是有些人相處一生，卻依舊互不了解，這難道也是一種巧合?」

紅顏甜甜地一笑，與紀空手相視一眼，不勝羞怯，低下了螓首。

五音先生微微笑道：「現在想來，你能認識紅顏，其實是你的運道向運勢的一個轉變，這就叫借勢。借著這個勢頭，你幾經磨難，不僅能在這亂世之中得以生存，而且隨著登高廳一役的結束，你得以揚名天下，構築了你爭霸天下的勢力，從而穩成五閥之外的又一股強大力量。」

「可是，我卻失去了登龍圖。」紀空手的眼神一黯，甚爲惋惜。他始終認爲，只要擁有登龍圖，就得到了支撐他這股勢力的財富與兵器。這兩樣東西在暴秦之後的亂世，都是奇缺之物，誰若得之，必平添三分把握。

「在你眼中，失去了登龍圖是一件非常可惜的事情嗎？」五音先生問得很是奇怪，不要說紀空手，就是車侯、扶滄海也覺得這是理所當然的事情。

「當然！」紀空手道：「有了登龍圖，我想我們就可以建立起一支強大的隊伍，問鼎天下，指日可待。」

五音先生搖了搖頭道：「塞翁失馬，焉知非福？其實過早的得到登龍圖，並不是一件好事，反而會成爲眾矢之的，引火自焚，招來很多不必要的麻煩。而我們現在主要的精力應該保存實力，然後伺機而動，這才是真正的上上之策。」

扶滄海一直沒有說話，聽到這裡，有些不解地道：「世伯的每一句話說得極是精闢，讓小侄有茅塞頓開之感，只是對這後面的意思有些不太明白。照理來說，此刻大秦將亡，項羽、劉邦的勢頭正盛，我們應該奮起直追，擴張自身的實力才對，何以反而採取保守觀望的策略？」

這也是懸於眾人心中的一個問題。

五音先生的目光從每一個人的臉上巡逡一遍，緩緩而道：「問得好，不過我也有一個問題想問問你

們，如果我們現在起步，著手擴充實力，需要幾年時間才能趕上劉、項二人的勢頭？」

扶滄海道：「在座的諸位，都是當今江湖上最有實力的人物，就拿紀大哥來說，自登高廳一役之後，聲名之隆，一時無人可及。再加上世伯的知音亭名列五閥之一，又有車宗主的西域龜宗相輔，如果按最保守的估計，五年之內，我們可以籌到一支完全可以與劉、項抗衡的軍隊。」

五音先生搖了搖頭道：「這不是最保守的估計，而是最樂觀的估計。開營徵兵，行軍打仗，絕不同於江湖上的開宗立派，它不僅需要深諳指揮之道的將才，還要有與之配套的戰略戰術，加之軍餉糧草，一應後勤，平日訓練，屯兵地形……這些無一不是需要有專門的人才，更是門門都有學問，而且就算我們做到了，誰又能保證五年之後就足以與劉、項兩路大軍抗衡？」頓了頓，又接道：「況且最重要的是，我們爭霸天下的宗旨，就是平息戰亂，解救百姓於水火，開創一個太平盛世，又怎能添薪加火，反而讓戰火愈燒愈旺呢？如果說我們這樣做了，豈不是爲求目的而不擇手段？與劉、項二人又有何區別？」

五音先生的話引起在場的每一個人的共鳴，可是另一個問題也就應運而生了：爲了達到不擾民的目的卻又無所作爲，這並非是他們這些人走到一起的目的。爲了怕跌倒而不去走路，這種愚人之舉，根本就不是他們願意做的。

他似乎看穿了每一個人的心思，淡淡一笑道：「其實我們坐地觀望，並不是毫無作爲，而是等待機

會。我之所以有這樣的想法，是因為這幾個月來，空手每逢大難，都能逢凶化吉，甚至於劉邦獨鬥的制穴手法，也被他在無形之中得以化解。如此好運連連，是不是預示著他的運勢已成？如果真是這樣，我倒有一個大膽的計畫，可以一試。」

對這個計畫，其實當時還在咸陽之時，他就開始策劃，只是關係重大，所以他深埋心中從來沒有向第二個人說起。即使是現在，他也沒有打算全盤托出的意思，這並不是他不相信車侯、扶滄海，而是此事著實有些駭人聽聞，更關係到今後天下的形勢，他不能不小心謹慎。

「而這個計畫，在時機沒有成熟之前，我不會告訴第二個人，如果你們相信我的話，那麼今日刺殺劉邦的行動，我們就要取消，而且必須馬上離開關中這塊是非之地，退守巴蜀，再行觀望。」五音先生近乎是信心十足地道。

對他的提議，除了紀空手之外，沒有人有半點不服之意，雖然他們根本就不知道這究竟是一個怎樣周密而有效的計畫，但五音先生的為人與聲望，他們卻從不懷疑。

「空手，你不相信我嗎？」五音先生的目力驚人，一眼就看出紀空手有所猶豫，他並不介意，而是微笑地徵詢道。

紀空手忙道：「我雖然不知道你所說的這個計畫的內容，但卻相信你所說的每一句話，經過這些日子的共處，使我更加認識到您有一顆悲天憫人、心懷天下的善心。我之所以猶豫，是因為我自己的事情，而這件事，無論如何，我都必須去做，否則我一定會抱憾一生。」

紅顏看了他一眼，似乎明白紀空手要說的事情，可是她沒有說話，只是伸出手來，緊緊地握住了紀空手的手。

「說出來吧！你的事就是我們大家的事。」五音先生用慈愛的目光看著他，就像是父親看著兒子一般。

紀空手感激地看了紅顏一眼，這才緩緩說道：「我們可以不殺劉邦，但我卻必須在他到達鴻門之前，將一個人帶走！」

「你說的人是虞姬？」五音先生淡淡一笑道。

「是的，這是我對她的承諾。」紀空手看不出五音先生的神情是喜是怒，壯著膽子道：「她可以爲了空手不惜一切，空手又怎能輕言辜負？大不了賠了這條性命，也要將她救出！」

五音先生的臉色一沈，沒有說話。

紀空手緊緊地把住紅顏的小手，相視一眼，滿懷歉疚地道：「對不起，我只能這樣，換作那個人是你，我也會毫不猶豫地做出這樣的決定。」

「我知道，紀大哥，我從來就沒有怪你。」紅顏深情地道：「我願意跟著你一起前去，去看看那位有情有義的奇女子。」

紀空手的眼中似有一絲激動的淚光閃現，輕輕拍了一下紅顏的香肩，以示感激，然後站起，深深地向五音先生行了個禮，道：「我明知說出一定會惹您老人家生氣，可是我還是說了出來，希望您能原諒我的行為。」

五音先生似乎從沈思當中醒來，怔了一怔道：「你在說什麼？我不明白，我只是在想，要想從劉邦的手中救出虞姬，並不是一件容易的事情，此事只怕要好好計畫一番才行。」

紀空手不由大喜道：「難道您一點都不為這件事情生氣？」

五音先生微微一笑道：「我高興還來不及呢，又怎會生氣？這證明我女兒的眼力不錯，沒有看錯人！」

「父親，此話怎講？」紅顏一臉釋然，笑瞇瞇地靠了過來。

五音先生輕撫著她的一頭黑髮，愛憐地道：「你紀大哥的確是一個有情有義的好漢子，絕非薄情之人，他能對虞姬如此，對你自然也不例外，這就讓為父放心了。」

紀空手忙道：「先生能夠如此理解，實在讓空手感激不盡，事不宜遲，我想我現在就要動身前去，趕在劉邦之前佈置一切。」

扶滄海也站了起來道：「我馬上召集神風一黨隨你同往。」

五音先生微一沈吟，擺擺手道：「你們不必心急，此事我已有了計較。」他說出了自己初步的行動計畫，幾經斟酌之後，終於定了下來。

「此事只許成功，不能失敗！否則我們有何臉面去面對這樣一位有情有義的奇女子？」這是五音先生說的最後一句話，說完之後，數百人按計行事，悄悄地趕往戲水，在經過一夜的忙碌之後，只等著劉邦一路人馬的到來。

第五章　激情之刀

就在劉邦與紀空手相持不下的時候，在河的那一方，隨著夜色的降臨，形勢正發生著悄悄的變化。

虞姬人在車中，當車外傳來驚呼與慘叫聲時，她雖然不知道發生了什麼事情，卻一臉平靜，彷彿車外的事情跟她絲毫沒有半點干係。

她的心似乎已死了，就在她遠遠地看到紀空手被人押著送入軍營的時刻，她的心便已死了。

「在我答應你之前，我想再見他一面。」虞姬的臉上一片煞白，毫無血色。她根本就沒有想到劉邦會用一個冒牌貨來欺騙她，因為她心裡十分清楚，以紀空手的廢人之軀，要想從重重包圍之中逃出霸上，除非是出現奇蹟。

「你要見他，本公並不阻攔，不過有一句話，不知當講不當講？」劉邦顯得非常鎮定，微笑而道。

「但講無妨。」虞姬沒有想到劉邦這麼爽快就答應了自己的要求。

「有一句話，叫作相見不如不見。本公知道，你對紀空手確是一片癡情，但是你既然答應了下嫁項大將軍，便是名花有主，而你們之間的這段情感便成了有始無終的情債。明知不可為而為之，是謂不智，你又何必自生煩惱呢？」劉邦深知虞姬的個性，是以早已想好了一番託辭來應付她。

誰知一試之下，果然見效，虞姬幽然歎道：「我心裡只是放不下他罷了，其實我也知道，若非為了他，我寧死也不會前去鴻門。我只是想在臨行之前，好好地看看他，將他的樣子好好地裝在心裡，不敢相忘。」

「小姐的這番癡情實在讓人感動，不過依本公之見，若是你真的為他著想，這一面還是不見為妙。」劉邦勸道。

「為什麼？」虞姬奇道。

「不為什麼，只因為本公也是一個男人，所以懂得男人遇到這種事情心中的感受。」劉邦故弄玄虛，頓時引起了虞姬的好奇。

「還請沛公說來聽聽。」虞姬追問道。

劉邦知道魚兒已經上勾，佯裝傷感，輕輕地歎息一聲道：「如果說你們真是兩廂情悅，這一面委實是不能見的，這絕非是本公危言聳聽。試想一下，如果說一個男人明知自己心愛的女人要嫁給別人為妻，而他又毫無辦法，只能接受這樣殘酷的事實，那麼他的顏面何在？自尊何在？假若他知道心愛的女人是因為自己才委曲求全，下嫁他人，這豈不是要讓他傷心自責一輩子嗎？所以說……」

「不用再說了！」虞姬心中一陣酸痛，淚水再也抑制不住，悄悄地從面頰滑過。

劉邦心中暗笑，嘴上不住勸慰道：「小姐何必如此傷心呢？只要你隨本公到了鴻門，本公可以向你保證，紀空手一定毫髮無損，無憂無慮地過完他的下半輩子！」

「我能相信你嗎？」虞姬收住淚水，冷冷地看了他一眼，滿臉不屑地道。

但是不管如何，無論虞姬多麼不相信劉邦，她還是相信劉邦的話很有道理，所以當她離開霸上之時，也便沒有見紀空手一面。

不為什麼，只是為了不讓自己所愛的人傷心！

「紀大哥，但願從此之後，你能忘了我吧，然後開開心心地活著。」虞姬人在車中，近乎癡了一般。

一陣雜亂的馬蹄聲和著吆喝聲不斷響起，車外已亂作一團，便在此時，一聲馬嘶長鳴驚起，將虞姬從一片癡想中喚醒。

「袖兒，出什麼事了？」虞姬奇問道。

袖兒撩開窗簾問了幾句，才知道車外發生了大變，同時有人吆喝道：「圍住馬車，謹防敵人偷襲！」可見外面的情形亂作了一團糟。

虞姬心中好生納悶，覺得事發突然，太過蹊蹺，此時的關中地區，暴秦將亡，正逢亂世，雖然馬賊橫行，盜匪遍及鄉村城鎮，但任誰的膽子再大，也絕不敢以卵擊石，來惹沛公劉邦的車隊。

「難道這是項羽的人？」她想了想，又覺得不像，雖說紀空手霸上約戰，已經使項羽對劉邦生了疑心，但若真要動手，大可不必選擇荒郊野地，只須待劉邦到了鴻門再行動手也還未遲，可是如果不是項羽，那麼是誰敢對劉邦的車隊實施偷襲？

她也曾想過會是五音先生與紅顏，但在她的內心深處，卻情願對方不是爲了自己而來，因爲她不想看到對方爲了自己，卻耽誤了營救紀空手的時機。

就在她憑空亂想之際，忽然「嗡……」地一聲，從車板下面傳來。

袖兒臉色一變，剛要驚叫出聲，虞姬已捂住了她嘴道：「噓！」要她噤聲。

兩人同時向那發聲處望去，只聽得「嘶嘶……」一陣輕響，好像是利刃劃過木板的聲音，接著便聽得「喀……」地一響，在她們的腳下突然出現了一個一尺見方的洞口。

◆

驚變發生時，樊噲人還在岸上，他目睹著數百戰士消失於一瞬，心中的驚懼真是無以復加。不過他很快穩定了自己的情緒，與寧戈一起，指揮著戰士對虞姬的大車實施了層層保護。同時分派出一幫人手，伐運樹木，重新架橋。

雖然只隔一河之寬，但隨著天色漸暗，樊噲只能隱隱約約地看到一些人影，卻根本聽不到對岸有任何的動靜。

大河發出的流水聲掩蓋了一切的聲音。

「樊將軍，此時天色已暗，是否可以燃起篝火，用以照明？」一名頭領模樣的人上前請示道。

樊噲搖了搖頭道：「敵人顯然就在左近，遲遲未動，就是爲了尋找動手的時機，如果此時點火，敵在暗，我在明，萬萬不可。」

此刻的他，已經感到了潛藏在黑暗之中的危機。以他征戰多年的經驗，對方耗費如此之大的精力來築堤攔水，顯然不是爲了消滅他們幾百名戰士就能了事，真正的危機肯定還在後面。可對方究竟是什麼人？又有多少人？會在什麼時候出現？他一點都不知道，只能命令手下的戰士加強警戒。

可是這種平靜並沒有維持多久，樊噲便從一件很小的事情上看到了問題。

「丁阿貴！」他大喝一聲，丁阿貴是他派去伐運樹木的頭領。他忽然發現，時間過去了好大一會兒功夫，可是河灘上堆放的樹木並不像他想像中的那麼多。

丁阿貴連走帶跑地一路過來道：「將軍有何吩咐？」

「你帶了多少人去伐運樹木？怎麼半天功夫還沒有準備齊整？要是貽誤了軍機，老子可不客氣！」樊噲心繫劉邦在對岸的安危，心中早有一團火氣，正好宣洩在丁阿貴的身上。

丁阿貴嚇得打了個哆嗦，搔搔頭道：「這似乎有些怪了，屬下帶了一百多號人去，按理說費了這些時間，應該備齊了才對呀？」

樊噲一眼掃去，往不遠處的樹林環視一遍道：「你真的帶了那麼多人嗎？」他的眼力不壞，即使是在黑夜，亦能看到數十步外的動靜，可是當他望向樹林時，卻發現人數明顯少了許多。

「千真萬確，屬下可不敢有半點欺瞞！」丁阿貴忙不迭地道。

樊噲心中「咯噔……」了一下，終於明白敵人開始動手了。

對方選擇從這些伐運樹木的戰士下手，一來可以拖延己方架橋的時間，截斷自己與對岸的聯繫；二來與自己相距遠些，不易察覺。可見對方心機縝密，經驗豐富，無疑是一班勁敵。思及此處，樊噲再不猶豫，當下帶了上百名戰士，與丁阿貴一道，悄悄向那片樹林圍靠過去。

這片樹林極大，沿河谷而生，一直延綿到遠處的大山之中。此時夜風吹過，枝搖葉動，暗影斑駁，平添一股肅殺之氣。

樊噲愈是靠近樹林，心中就愈是感到吃驚，他之所以感到吃驚，並不是因爲這林木之中有驚人的殺氣，而是這林中除了空氣與夜風之外，根本就沒有殺氣存在。

對於這種現象，通常只有兩種解釋，一種是這樹林裡沒有人，所以自然就不會有殺氣；另一種則是敵人的武功高到了可以將殺氣內斂的地步，一般的高手根本就無法察覺。

如果是前者，還只是虛驚一場，如果是後者，那麼敵人就太可怕了！想到這裡，就連樊噲這種天生膽大之人，也驚出了一身冷汗。

「呀……」

一聲淒厲的慘叫劃破這可怕的死寂，聲音出自丁阿貴之口，似乎遇到了一件十分恐怖的事情，令他驚駭莫名。

樊噲大驚，拔出鬼頭大刀，飛速地向聲音來源處掠去，等他趕到丁阿貴身邊時，只見丁阿貴早已癱軟在地，一臉驚懼，指著數丈外的草地道：「看……看……看……那裡，全……是……死……人……」

樊噲順著他手指的方向望去，只見數十名伐運樹木的戰士竟被人不知不覺地弄到了這片草地，橫躺豎放，擺了一地。這裡的林木稠密，若非是刻意搜尋，倒也不易發覺。

樊噲一步一步靠近，俯身下去，以手相探，卻驚奇地發現，這些戰士竟然還活著！只是穴位受制，形同死人罷了。

這是怎麼一回事？樊噲覺得自己的頭腦有些昏亂起來，似乎看不懂敵人的意圖。

以敵人放水沖橋的用意，顯然手段殘忍，並不留情，何以卻會對這些戰士留了活口？如果說他們是怕殺人時露出動靜，憑他們的點穴手法，只須輕輕一點，隨便按在哪個死穴上，這些戰士也就嗚呼哀哉，何必這般麻煩？

「啊……」丁阿貴突然色變，彷彿見到了天下最可怕的事情，喉嚨咕咕直響，偏偏連半點呼聲也叫不出來。

樊噲正與他正面相對，驀然見得這幅場景，禁不住背上的肌肉一陣發緊。

他在這一剎那間，感到了一股令人心悸的殺氣。

他想都沒想，一握大刀，整個人如箭矢標前，一呼一吸之間已經前移了十丈距離，兩旁樹影急退，風聲呼呼灌耳，他幾乎是將自己的體能發揮到了極限。

可是身後的這股殺氣依然緊迫，如影隨形，彷彿就緊緊地貼在自己的身後，不多加一分，卻也不減一分，不管樊噲衝前的速度有多快，這股殺氣都能無時無刻地向他發出真正的威脅。

樊噲的心中大駭，知道自己遇上了高人，若是繼續這般前衝，終究逃不出氣竭人亡的命運，在這種非常時期，唯有使用非常手段。

「嗖……嗖……」樊噲不再猶豫，雙肩一聳，兩道陰森森的寒芒陡然出現在夜空，如閃電般直撲身後的敵人。

飛刀！又見飛刀！

紀空手的飛刀曾經戰勝過不少江湖中一流的兵器，見過他的飛刀的人，無不驚訝他出刀的那一瞬彷如驚電破空。

韓信的飛刀也曾數度揚名江湖，刀過虛空，黯然無聲，煞氣過處，天地一片肅寒，沒有人不稱讚他的飛刀可以與紀空手相媲美。

可是不管是紀空手，還是韓信，他們的飛刀都學自於樊噲。

也許樊噲出手的氣勢不及紀空手，也許樊噲出手的速度及不上韓信，但論及飛刀線路的變化，飛刀出手的時機，他們似乎又遠遠不及樊噲。因爲他在飛刀之上已浸淫了十數年，自小玩起，已經給他手中的飛刀注入了生命的激情。

一把擁有生命激情的飛刀，有誰不怕？

當樊噲的飛刀出手時，他明顯地感受到了自己背後的壓力窒了一窒，他沒有猶豫，揮刀連劈，在身後佈下三重刀氣，用來阻緩對手之用，然後才回腰轉身，橫刀於胸。

他終於看到了敵人的影子。

只有一道影子，根本看不清對方的面目，如此漆黑的夜裡，樊噲感到了一股刺骨的寒意。影子的手中有一杆長槍，寒意就來自於那凜凜的槍尖之上。此人藏身在那些不能動彈的戰士中間，突然出手，若非樊噲見機得快，只怕早已受制。

「你是誰？」樊噲緊了緊手中的大刀，眼睛瞇了一瞇，擠出一道厲芒迫向對方而去。

「你就是樊噲？」對方淡淡一笑，不問反答。

樊噲怔了一怔，似乎感到有些吃驚。

「能使出這般絕世飛刀的人，普天之下，除了紀空手與韓信，當然就只有樊噲了，這似乎並不難

猜。」對方好像猜到了樊噲的心理。

樊噲渾身一震，沈默半晌，方才輕歎一聲道：「他還好嗎？」

他的問話似乎很是突兀，但對方卻知道他問的是誰，語帶嘲諷道：「你現在問起他來，不覺晚了嗎？」

樊噲心中有些內疚，搖了搖頭道：「我也是不久前才知道他的消息，在我的眼中，不管是劉邦還是他，都是我樊噲的兄弟，我又怎會坐視兄弟有難而袖手旁觀呢？也許劉邦正是深知我的這點秉性，才會瞞著我，生怕我壞了他的大事。」

對方似乎也爲樊噲而感動，道：「原來如此，怪不得他對我說，樊噲是一個有情有義的漢子，讓我千萬不要爲難你。」

樊噲的眼神一亮，激動地道：「他真的是這麼說的嗎？他難道不怪我嗎？」

對方笑了一笑道：「他的確絲毫沒有怪你的意思，還說，在他與劉邦之間，你很難作出一個選擇，因爲你太講義氣了，無論要你背叛誰，你都絕不會答應的。」

「謝謝！」樊噲輕輕地點了點頭道：「難得他對我如此了解，也不枉我與他之間的這份兄弟情義。」

他的話剛落，陡覺一股森寒之氣襲來，照準他的面門抖顫出無數寒芒。

樊噲心中大駭，他怎麼也沒有想到，對方竟然說打就打，而且是在這種情況下出手，令他根本就沒有防備的心理。

他的大刀在手，卻沒有機會出擊，對方選擇了自己心理上的軟檔，然後才陡然出手，他只有一條路可以選擇，那就是等死。

他緩緩地閉上了眼睛，心中似乎多了一份淒寒，更爲這人性中的醜陋感到了一絲悲哀。

「嗤……」就在樊噲以爲自己必死的時候，他卻沒有死，只感到一種針扎肌膚的刺痛，被一道勁風掃在臉上，而那凜凜的槍鋒擦著他的身體，刺向了他身後的虛空。

「呼……呼……」衣袂飄動，當對方的身形雷閃般撲出時，樊噲的心中突然想到了一個人，只有這個人，才會是他心中牽掛的人的朋友，也只有這個人，才能使得出如此霸烈的長槍槍法。

這個人當然是南海長槍世家的傳人扶滄海，他之所以出手，並不是針對樊噲，而是在他與樊噲對話之間，看到了寧戈的出現。

寧戈本來不該出現的，他站在虞姬所乘的大車之前，全神貫注，擔負著守護之責。可是丁阿貴的那聲慘呼實在是太恐怖了，這頓時勾起了他心中的好奇。

他自問武功不弱，所謂藝高人膽大，所以根本想都沒想一下，就循聲而來。但讓他詫異的是，這林子裡並沒有出現生死相搏的打殺，卻讓他聽到了一段莫名其妙的對話。

「難道說樊噲竟是敵人的內應，今日發生的事情與他有關？」寧戈心中湧出了一個可怕的念頭，更讓人可怕的是，他決定掉除這個奸細。

他之所以作出這樣的決定，也是形勢所逼，因爲他已看出，這兩人一旦聯手，自己絕不會是他們的對手，與其如此，倒不如先發制人。

拿定主意，他悄悄躡步至樊噲身後丈餘之地，這才提聚真力，奮起一擊。

「叮……」他自問自己的出手已經夠快，可是他沒有想到扶滄海的反應也絲毫不弱，當禪杖與槍尖在空中相撞出一連串的火花時，兩人同時一震，各退數步，似乎都爲對方表現出來的神勇感到心驚。

但真正感到震驚的人，卻是樊噲，等到他反應過來扶滄海的出手竟是爲了救自己時，他的頭腦似乎「轟……」地一昏，根本分不清哪一方是敵，哪一方是友，更不明白寧戈何以要對自己偷襲。

他僵立當場！

但是扶滄海的長槍並沒有停止攻擊，一退之後，陡然發力，幻生出無數朵淒寒的槍花，迎面向寧戈斜刺而去。

槍鋒未至，銳利的殺氣已經席捲虛空，冰寒刺骨，讓人心寒。

寧戈的目光緊緊鎖住長槍刺過虛空的軌跡，心中雖寒，卻極爲冷靜，他的思維在不斷地變幻錯位，判斷著自己最佳的出手時機。他既已出手，就絕不後悔，必須要防範到樊噲的介入，應付隨時可能出現

的夾擊。

「呼……」當寧戈全力出手時，這一擊幾乎提聚了全身的勁力，他的禪杖遠比對方的長槍要重，充分發揮他兵刃上的優勢，無疑是一個明智的選擇。

「叮……」雙方的兵刃再次交擊，卻沒有寧戈預想中的暴響，彷彿無聲無息，他陡然心驚，因爲他發現自己的禪杖毫無著力之處，而對方的長槍一點之後，借助一股慣性之力將自己禪杖中的力道引向一邊。

「轟……」禪杖掃向了一棵大樹，枝葉狂舞，如木盆粗的大樹竟被攔腰截斷，轟然而倒。

而扶滄海卻槍鋒迴旋，爆發出萬千寒芒，趁機罩向寧戈的每一個要害之處。

他的長槍之快，猶如閃電，變化之多，更似雨前天上的烏雲，逼得寧戈只有一個選擇，就是拖著禪杖，退！

退不是敗，而是暫避鋒芒，有時又是以退爲進，所以退不是怯懦，倒有些像一門藝術。

擁有這種觀點的人並不止寧戈一個，但對這種觀點了解得如此透徹的人似乎只有寧戈。因爲對退的這門藝術的研究，一直是寧氏家族世代相傳的祕密，寧戈對自己的退一向極有自信，也是常用的一種戰略。

何時退，怎麼退，退到一個怎樣的程度，這就是退所涵括的內容，看似簡單，但真要做到完美，卻不能相差一絲一毫。

當扶滄海的槍鋒逼入他面門三尺處時，他才開始退。他退的速度與槍鋒行進的速度保持一致，退出七尺之後，他倏然出手。

這一切都是經過周密計算才付諸行動的，只有當他出手的那一刹那，扶滄海才明白寧氏家族的人何以會選擇禪杖來作爲他們的兵器。

寧戈之所以在槍鋒擠進三尺時才開始退，是因爲他手中禪杖的長度有五尺左右；他退的速度之所以要與扶滄海保持一致，是因爲他不想改變這三尺的距離，而退出七步所需的時間，正好可以讓他將全身的勁力提聚到手臂。當這一切都準備就緒時，他的手臂一振，禪杖插地反彈，在空中的這一端杖鋒以無與倫比的速度迎向了扶滄海的槍鋒。

禪杖兩頭爲鋒，都可實施攻擊，這就是寧戈要使禪杖的原因。

而且這以退爲進的變化實在太奇、太快，根本超出了扶滄海的想像範圍，等到扶滄海想到變化時，已經遲了。

◆

雖有一河之隔，但在紀空手與劉邦之間，已經隱約聽到了河岸那端傳來的兵刃交擊聲。

劉邦的臉色變了一變，他似乎有些明白了紀空手的用意，那就是將他隔在對岸，然後拖住他，讓他

根本無暇顧及那一端發生的事情。

他心繫虞姬，不敢再耗下去，以他與韓信的功力，要渡河過去並不難，難就難在紀空手既然有心拖住他，自然有非常的手段。對這位紀少的實力，他實在領教太多了。

他向紀空手望去，只見他臉上依然帶笑，眼睛微瞇，似睡非睡，不過劉邦不敢有任何的大意，叫來韓信，耳語了幾句。

韓信微微點頭，斜眼看了紀空手一眼，恰巧紀空手也在這個時候睜開眼睛，微微笑道：「時間也不早了，劉兄，請借一步說話。」

劉邦微一沈吟，點了點頭道：「這就動手嗎？」

「難得你我兄弟重逢，動手動腳也不怕煞了風景？」紀空手顯得極是從容地道：「請！」

他先自向左邊的草地橫移了十丈，然後站定，劉邦遲疑了片刻，心懷狐疑，與他相距數尺而立。

「我今天來，絕對不是爲了霸上的點小事而來尋仇殺人，也不想再與劉兄結下樑子。經歷了這麼多的事情，我對這江湖上的打打殺殺也厭了倦了煩了，什麼逐鹿中原，什麼爭霸天下，也看得很淡很淡，所以劉兄大可放心，只要劉兄交出一個人來，從此之後，你我就各不相干，恩怨兩斷。」紀空手刻意壓低了聲音，以防隔牆有耳，雖然以他二人的功力，別人要想近身實在很難，但紀空手還是帶了三分小心。

「這可不像是你紀少的爲人，不過就算你肯講和，本公也未必同意。在你我之間結下的血仇，又豈是僅憑幾句話便可以化解得了的？」劉邦冷哼一聲，思及衛三公子再也不能存活於世，他的心便痛如刀絞。

「如果真要深究，只怕劉兄首先對不住的人就是我吧？我和你無怨無仇，而且爲你鞍前馬後，出謀劃策，你卻想借刀殺人，這未免也太無情了吧？」紀空手冷笑一聲，強壓怒火。對他來說，被朋友出賣是他平生最恨之事，他本無心投身這亂世的漩渦，偏偏這漩渦將他捲了進來，走到今天這一步，原是他不曾預料到的。

劉邦淡淡一笑道：「自我生於這個人世，就已經是身不由己了。如果要我選擇，我又何嘗不需要一個你這樣的朋友？可是造化弄人，卻偏偏讓你中了流雲道真氣，幾成廢人。對我來說，既然涉入江湖，已經沒有有情無情之分，只有朋友與敵人！而朋友有兩種，就是可以利用和不能利用，你當時傷勢極重，又深諳我『造神』底細，無論是誰，只怕都要除之而後快，你又怎能說我無情呢？」

「說得好！」紀空手不氣反笑道：「這麼說來，你我更有盡釋前嫌的必要。因爲我接下來要說的事情，不僅可以讓你免去殺頭之災，而且還可以讓你逢凶化吉，從此青雲直上。」

「你認爲我會相信嗎？」劉邦覺得自己完全有一種遭戲弄的感覺。

紀空手微微一笑道：「我是寧可失信於小人，也不肯失信於君子，信與不信，只在於你是君子還是小人。」

「你……」劉邦的眉間騰出一股怒火，便要發作。

「能忍別人不能忍之事，方為大丈夫，你若是想爭霸天下，難道連這點氣也忍不了嗎？」紀空手悠然而道。

劉邦心中一凜，頭腦頓時清醒了不少，拱手道：「不管是君子還是小人，我都想聽一聽你的高見。」

他突然改變了主意，是因為憑他對紀空手的了解，相信紀空手並不是一個無聊之人，對方既然花費如此心機約己談話，絕不會無的放矢。

「你能這樣，我不得不對你有所佩服，因為你再一次證明有利和無利才是你認清敵友的唯一標準。」紀空手語帶嘲諷地道：「所以在這一刻，你至少應該把我當作是你的朋友。」

劉邦的臉色一暗，變得鐵青。

紀空手卻渾似未見，只是淡然道：「請問劉兄，此次鴻門一行，所為何事？」

劉邦見他終於說到正題，道：「拜你所賜，當然是洗清嫌疑。」

紀空手明知故問：「要讓項羽相信你與問天樓毫無瓜葛，實在很難，請問劉兄用什麼來釋疑？」

劉邦強壓怒火，耐著性子答道：「一個是衛三公子的人頭，一個是虞姬的香嘴！」

紀空手拍掌道：「佩服，佩服，我雖不知劉兄與衛三公子到底是什麼關係，但你能想到用他的人頭來取悅項羽，手段之狠，心腸之毒，果真是做大事的人，但是……」

他頓了一頓，才悠然接道：「你打虞姬的主意，只怕錯了，而且錯得實在離譜，也許會讓你就此將人頭留在鴻門！」

劉邦突然笑了，笑得很邪：「你如果認爲憑你這麼一說我就會放了虞姬，那就是你錯了，而且真的錯得離譜！」

「是嗎？」紀空手拍了拍手道：「你想用虞姬替你在項羽面前說話，前提卻是虞姬必然要受寵於項羽，否則一切都是枉然。可是你是否知道，虞姬早已是我的人了，她既無處子之身，又怎能得到項羽的恩寵？」

「什麼？」劉邦只覺晴天一記霹靂，震得自己目瞪口呆，半晌才吼道：「不會的，不會的，你在騙我！」

盛怒之下，他「嗆……」地一聲，已拔劍在手。

紀空手卻夷然不懼，冷笑道：「現在可不是動手的時候，你應該比我更清楚，你現在要做的，就是冷靜下來繼續聽我說下去。」

他冷冷地看了劉邦一眼，見他緩緩地收劍回鞘，這才說道：「其實有一個辦法，不僅可以彌補這種

錯誤，而且還能讓項羽言聽計從，你想不想知道？」

劉邦此時已是方寸大亂，雖然表面上還是冷峻鎮定，但他閃爍不定的目光暴露了他此刻的心態。

「有這樣的好事，你能告訴我？你不是一直想置我於死地嗎？如今有了這個大好機會，難道你還會放棄？」劉邦苦笑道，他沒有理由去相信自己的仇人會幫助自己脫離這個苦海，這是一種奢侈，也是一個白日夢。

「如果我告訴你，我之所以幫助你，是想借助你的力量來對付項羽，然後坐山觀虎鬥，你會相信這個理由嗎？」紀空手直接說出了自己的意圖，因爲他和劉邦都是聰明人，只有這樣，才可以讓劉邦相信這不是一個陷阱。

劉邦的眼神一亮，似乎爲紀空手的這句話而心動，同時也相信這個理由是出自紀空手真正的意圖。事實上，憑紀空手的實力，如果自己滅亡了，他就只有看著項羽坐大，根本就不可能撼動項羽賴以生存的強大根基，這個世界本就充滿著爾虞我詐、相互利用！合則有利，是仇人也能成爲朋友；合而無利，便是再好的朋友也會分手。這也是這個亂世賦予人類的生存哲理。

他終於笑了：「我相信，不過我聽說坐山觀虎鬥還有一個典故，你想不想聽？」

紀空手知道他的心結已開，笑了笑道：「你說的這個典故我也聽過，是說一個獵人看著兩頭猛虎惡鬥，便坐在旁邊。他心裡想著等到其中一隻猛虎咬死了另一隻猛虎之後，這隻猛虎必定也會筋疲力盡，到時候他就可不費一點力氣揀個大便宜。可是他萬萬沒有想到，那頭猛虎咬死了另一頭猛虎之後，還有不少的力氣，便撲上來將他也吃了進去。」

劉邦深深地看了他一眼，道：「難道你不怕自己是那個獵人？」

紀空手沈聲道：「這至少還有機會，如果說這座山中只有一頭猛虎，那麼這個獵人就永遠沒有獵殺的機會。做人，其實有的時候就是一場賭博。」

這一次輪到劉邦拍手叫好了：「精闢！你能這麼想，就證明你已經懂得把握機會。不管怎麼說，兩人爭奪天下的機率，肯定要比三個人爭奪的機率要大。」

紀空手似乎有些明白五音先生真正的意圖了，可是他的心裡還是想到，如果劉邦最終成了那隻吃人的猛虎，那麼自己豈不是忙活一時，替別人作嫁衣裳嗎？

以劉邦的心機城府，這未必就沒有可能，不過幸好在此之前，他們巧施妙計，除掉了最大的威脅——衛三公子！這使得他們在對付劉邦的時候多了一分把握。

吉凶禍福，誰能預料？未來命運，誰又能真正把握？這是一個謎，無論是劉邦，還是紀空手，他們現在都無法知道這個謎底，只有等到了那一天，他們才會懂得今天的選擇是誰對誰錯。

既然如此，紀空手只有注重眼前，就算劉邦真的是一頭吃人的猛虎，他也要使盡渾身解數與之一鬥，他不需要追求完美的結果，他要的，就是玩個心跳！

「虞姬雖然美麗，卻未必能得到項羽的恩寵，從而對她言聽計從。以項羽的身分地位，以及自負的性格，他之所以會先追紅顏，再求虞姬，只是爲了滿足自己的虛榮心，想讓天下人都看看，他項羽是一位大英雄，所以才能得到天下最頂尖的美人慧眼相待。其實在他的內心，所追求的並不是女人外表的美麗。」紀空手緩緩說道。

劉邦本是性情中人，聞言點頭道：「沒錯，美麗固然重要，但真正一個極品的女子，不僅美麗，更要在一顰一笑中帶出萬種風情，假若在這種基礎上還擅長床第之歡，深諳個中情趣，這樣的女子，方爲極品中的極品。」

「所以在項羽的心中，他所追求的女人根本就不可能出現，擁有處子之身的美女，她又怎能擅長於床第之歡？而深諳床第情趣的美女，又怎能保持處子之身？就算這美女不識風情，尚可調教，可是你已有火燃眉毛之急，又如何有時間等得下去？」紀空手一一剖析著其中的原由，斷然道：「由此可見，虞姬絕不是你要送出的最佳人選。」

劉邦不由得苦笑道：「照這麼說來，不要說是虞姬，縱是普天之下的女子也不可能尋出這樣合格的一位來！」

紀空手搖了搖頭道：「也許這世上沒有，不過可以造得出來，就像現在，誰都知道你是赤帝之子，是應天而生的神靈，除了我與韓信之外，誰又會懷疑這只是一場騙局？」

劉邦臉上一紅道：「話雖是如此說，可是明日便至鴻門，就算臨時抱佛腳，只怕也來不及了。」說完已是憂心忡忡。

紀空手淡淡一笑道：「世間無難事，關鍵是看你是否有心。其實有一位人選，恰恰便能救你一命。」

「誰？」劉邦彷彿在溺水之際突然抓住了一根稻草。

「此人一直就伴在你左右，其中妙趣，想必你早有體會。」紀空手哈哈一笑道。

「卓小圓？」劉邦脫口而出，接著又狐疑起來，似有不解地道：「她從九江回來，一直被我深藏軍中，你是如何知曉的？再說了，你又怎麼知悉她有那般妙處？」

紀空手道：「我是如何知悉的，這並不重要，但我知道卓小圓是『幻狐門』的傳人，而五音先生又告訴我幻狐門中有一種不傳之祕，可以讓舊人變新人，縱是與人交合千次，只需一炷香時間，這女人的私處便一如處子，完好無缺。對於這一點，相信劉兄不僅有所耳聞，而且也深有體會，應知我所言非虛吧？」

劉邦幡然醒悟，心中雖有不捨，但是此事關係到自己的命運，狠下心來，有何不能？不過他還是疑惑地道：「你說得一點不差，卓小圓不僅擅長床笫之歡，亦能扮成處子之身，只是她的相貌與虞姬差了一層，若是項羽發覺不是虞姬本人，豈不是更惹事非？」

紀空手哈哈一笑道：「你不要忘了，站在你眼前之人不是別人，乃是盜神丁衡的朋友，再說卓小圓的臉型與虞姬七分神似，以我的身手，絕對可在剎那間就可以讓她變得與虞姬形似十分，更有巧的是，項羽從未見過虞姬，只要她跟傳說中的虞姬相似，貌傾天下，那麼她一入鴻門，必被項羽金屋藏嬌，天下間又有誰能夠分辨得出真假來？所以此計必然可行。再說，比之虞姬，卓小圓反而更容易被你控制，如此兩全其美之事，何樂而不為？」

劉邦眼中露出一絲歡喜，雖不說話，但內心卻大是佩服，只覺得紀空手的智計之多之奇，的確讓人有仙人指路之感。可是他看看天色，不由驚道：「此計雖妙，但此地相距霸上甚遠，只怕一來一回在時間上有所不及。」

紀空手神祕一笑道：「若是現在想起，當然晚了，我不妨告訴你，此刻那大車中坐著的人已不是虞姬，而是卓小圓。你前腳一出霸上，我後腳便將她劫了出來，然後再悄悄地利用這段時間派人使了調包計，這樣一來就可以掩人耳目了。」

劉邦大喜道：「這麼說來，此事除了你我之外，便再無第三者知道真相？」

紀空手點頭道：「否則我也不會費盡這番心思，將你隔在對岸了。」

劉邦哈哈大笑，彷彿心中懸著的一塊大石終於落地，整個人頓時輕鬆不少，再看紀空手時，他已悄然隱沒於夜色之中。

望著紀空手遠去的背影，劉邦心裡忽然想到了一個問題，不由渾身一震。

「紀空手若真是想借助我的力量來抗衡項羽，他就不該設下霸上那個殺局。如果沒有那個局，我又怎會落到今天這步田地？」他想了很久，始終琢磨不透其中的奧祕。

劉邦卻不知，這其中的關鍵，在於一個衛三公子。如果紀空手不設局讓衛三公子自送性命，他又怎會放心地來成全劉邦這鴻門之行呢？按照紀空手的本意，他本就是要置劉邦於死地的，無非是形勢有變，才讓他改變了主意。

以衛三公子的武功見識，心智算計，假如他不死，就算紀空手與之聯手除掉了項羽，紀空手也沒有實力再與問天樓以及劉邦一爭天下。對紀空手來說，他當然不願意去做那位被猛虎吃掉的獵人。

不過紀空手千算萬算，似乎還是算漏了一點，那就是縱然沒有了衛三公子，他就真的能在日後的角逐中占到上風嗎？

世事如棋，誰也不能預料將來的事情，也許這一次，紀空手真的算錯了也說不定。

第六章　狐女多情

對於扶滄海來說，自己從來還沒有與死亡這麼貼近，他根本就沒有想到寧戈還有這麼一手反敗爲勝的絕活。正因爲沒有想到，他才心驚。

「呼……」借助一彈之力殺來的禪杖猶如一條惡龍，張牙舞爪，殺氣漫天，以極爲精準的方式向迎面而來的槍尖疾撞而去。

扶滄海根本就來不及反應，近乎本能地鬆開了握槍的手。他心裡十分清楚，禪杖的來勢霸烈無匹，勁力十足，一旦撞上槍鋒，完全有可能將自己震得氣血翻湧，身受重創。在這種情況下，明智的選擇就是暫時捨棄自己心愛的長槍。

不僅如此，同時他「呀……」地一聲暴喝，在最短的時間內將自己的身體橫移七尺，以避對方不可禦之的殺氣。

「嗤……」果不其然，長槍一觸禪杖之時，發出一聲尖銳的金屬之音，迅即倒飛而射，如一道電芒般深深地插入到一棵大樹的樹身之中。

但是對扶滄海來說，危險並沒有解除，就在他移動身形的同時，寧戈手臂一振，將禪杖猛地一拔，揚起沙石碎土，如無數暗器般撞向扶滄海。

「呀……」扶滄海再驚，但他再也來不及有其他的反應，只能提氣，硬生生地接受了這些沙石碎土的激烈撞擊，同時腳步一滑，將自己勉強隱入一棵大樹之後。

他的身形已顯呆滯，遠不如他先前時的那般敏捷利索，腳步虛浮，證明他已受了不輕的內傷。

寧戈並不懷疑這其中或許有詐，他目睹著扶滄海表現出來的這一切，心中明白自己已穩操勝券，因爲他相信自己剛才的連番攻擊的確完美，所以他幾乎沒有絲毫的猶豫便使出了這最後一擊。

「嘯……」他以奇快的速度將禪杖在頭頂上旋轉了數圈，然後借這一旋之力，突然爆發。

「呼……」禪杖漫空，如一團暗影，更像是深秋中漫捲落葉的勁風，照準那棵大樹橫掃過去。

一時之間，整個虛空一片混沌，每一寸空間，似乎都湧動著無數的氣旋，以無數股「力」的作用，詮釋了莫可匹禦的霸烈。

樊噲沒有動，只是以一種無比複雜的心態看著眼前發生的一切。他的大手已經張開，在拇指與食指之間，赫然立著一把七寸飛刀，甚至於將全身的勁力都已經滲透入刀中。可是，他依然沒有任何動作，就像是一尊泥塑的雕像，木然地望向眼前的虛空。

他的飛刀之所以沒有出手，不是不能，而是在突然之間，他似乎找不到自己的目標。

在剎那間出現的驚變，打破了他頭腦中固有的思維，誰是敵人？誰是朋友？這種本來是非常清晰的場面卻因爲寧戈的偷襲而變得複雜起來，一時之間，他睜眼難辨。

只有當寧戈使出這最後一擊的時候，他的心發出了一種讓人悸動的震顫，感到了一股不可名狀的悲涼。

「不要——」他終於撲了過去，與他身形同時標出的還有他的飛刀。

可是他的決定顯然太遲了，飛刀雖快，卻已經不能阻止寧戈發出這致命的一擊。那如秋風疾掃的禪杖，已經觸到了那棵大樹的樹身。

「轟……轟……轟……」一連串的爆響就在此時響起。

樊噲猛驚，入目所見，竟是一幅不可思議的場景。

就在寧戈的禪杖掃到樹身的剎那，在這棵大樹的旁邊，還有三棵樹圍粗大的古木，它們的樹身不約而同地炸了開來，三道如狂飆般的勁力同時擠向了寧戈的禪杖。

禪杖入木已有三寸，卻再也無法動彈，就像是被三隻有力的大手緊緊抓住一般，無論寧戈如何用力，都無法讓它再進一寸。

這驚人的一變完全出乎寧戈的意料之外，心中的震驚，根本無法用言語來表述。

他用盡了全力，來完成這最後的一擊，當他自以爲這是一記勢大力沈、近乎完美的一擊時，卻連一

棵大樹都折不斷，這怎能不讓他心驚？

更可怕的是，他根本就沒有看到敵人的真面目，只是見到那三棵古樹上爆出三個大洞，從洞中發出三道無形的氣流，透過虛空，緊緊地鎖住了自己手中的禪杖。

這似乎有些不可思議，但寧戈明白，這古樹縱算是千年樹精，也不會自己向外吐氣，這勁氣的來源，還在於樹後的高手。

他沒有時間考慮，必須運力抽回自己的禪杖，因爲他出手之際，已經聽到了樊噲飛刀的破空之聲，他只有擋擊了這記飛刀，才能靜下心來度量自己此刻的處境。

「呀……」他暴喝一聲，借著這一聲之威，猛然發力，他就不信，以他數十年的內力修爲，還比不上這三道隔空傳來的真力。

「呼……」但是他驟然回拉之際，卻驚懼地發覺那強壓在禪杖上的力道陡然間消失得無影無蹤，自己爆發出來的巨力如洪流般逆回體內，胸口處彷彿被重錘猛擊了一下。

「吾命休矣！」寧戈心中驚叫道，腳步「蹬蹬……」直退，渾身好像有一種幾欲爆裂的感覺。

林間突然靜了下來，除了寧戈急促的喘息聲外，再也聞不到其他的聲音。禪杖依然還斜劈在樹身上，就像是古樹長出來的一段枝椏，自然和諧，再也不存一絲殺氣。

那樹後的人沒有現身，就連扶滄海隱入樹後，也彷佛平空消失了一般。這剛才發生的一切，來得突

然，去得更快，就好像這只是樊噲與寧戈的幻覺，而不是活生生的現實。

寧戈好不容易將自己的氣血調理順暢，緩緩站起，正要拿回自己的禪杖，卻見樊噲陰沈著臉，正好站在了他的身前。

「你想殺人滅口？」寧戈心中一驚，情不自禁地退了一步。

樊噲搖了搖頭道：「不是，我只是想知道，你剛才爲什麼要在我的背後下手？」

寧戈冷笑一聲道：「你還好意思來問我，你背叛沛公，勾結外人來對付我們，像你這樣的奸細，人人得而誅之！」

樊噲鬆緩了一口氣，道：「原來如此。既然事已發生，我也不怪你，希望下不爲例。我可以明確地告訴你，我和沛公是從小玩到大的朋友，我就算背叛了天下人，也絕不會背叛沛公！」

寧戈這才知道自己一時莽撞，差點失手傷了自家人。這樣算來，倒是扶滄海及時刺出一槍，替自己滅了一樁罪孽，當下也不言語，只是默默地看著樊噲。

樊噲輕歎了一聲道：「你可知道，這些人都是什麼人嗎？」

寧戈搖了搖頭，心中也覺得奇怪。剛才一進林了便打打殺殺，一直沒有時間來考慮事情，這會兒醒過神來，才發覺這些人行蹤詭祕，意圖不明，根本讓人分不清是友是敵。

「他們其實是紀空手的朋友。」樊噲的眼神中透出一股複雜之情，沈聲道。

「紀空手？」寧戈的心中一凜，突然靈光一閃，想起了什麼似地道：「怪不得我老是覺得這路槍法十分眼熟，原來那人就是南海長槍世家的扶滄海，他能從我的禪杖下從容而退，果然名不虛傳。」

「這也是我要出手阻你的原因。」樊噲心事重重，一臉沈痛道：「沛公已經對不起紀空手了，我們又怎能再對不住他的朋友？雖然我不清楚在他們之間到底發生了什麼事情，也無法化解他們之間的恩恩怨怨，但對不起朋友的事情，我樊噲絕不會做。」

寧戈安慰道：「不過還好，雖然打殺了一陣，也沒有傷著人，算不了誰對不住誰，就算大家扯平了。可是我還是覺得有一點奇怪，你說他們鬧這麼大的動靜，總不成就這樣與我們鬧著玩吧？」

樊噲臉色一變道：「你的意思是……」

兩人同時跳了起來，拿著兵器叫道：「調虎離山！」發力向林外疾奔而去。

他們終於想起了林外的虞姬，看這種架式，扶滄海的本意原就是引他們過來，然後拖住他們，那麼扶滄海的同伴就可以帶走虞姬，否則的話，扶滄海就沒有必要演這麼一出戲。

這當然是他們心中的猜測，卻也是最有可能變成現實的猜測。他們深知虞姬對劉邦此次鴻門之行的重要性，所以想到這裡，無不色變，幾乎驚出了一身冷汗。

兩人幾乎是同一時間掠出林外，放眼望去，只見百步之外陣隊依然列隊整齊，戰士刀戟並舉，身板挺立，根本就不像他們想像的混亂場面。樊噲與寧戈鬆了一口大氣，卻又狐疑地對望了一眼，心裡嘀咕

著走了過去。

樊噲外相粗魯，心中卻細，到了虞姬所乘的大車邊，抬手敲了敲車廂，關切地道：「虞家大小姐，你沒事吧？」

「我沒事，有勞樊將軍惦記。」裡面傳出一個柔美的聲音，輕悠悠的，十分悅耳。

樊噲不由怔了一怔：「她怎會知道我的姓氏？」心中雖然詫異她的聲音似乎多了一股騷可入骨的嗲味，但想想自己只是偶爾聽她說過一兩回話，記錯也就在所難免。

他搖了搖頭，記掛著對岸的劉邦，放眼望去，卻見對岸已燃起一堆篝火，火光映紅了半個江面，當頭騎馬之人，正是劉邦。

◆

經過了一番周折之後，馬隊終於渡過河去，眼見天色已晚，當下沿河紮下營帳，升起數堆篝火，休整歇息。

劉邦記掛著紀空手所說的調色之計，走出自己的營帳，但見微寒的秋風吹過大地，數點燈火照著整個營地，好生寧靜。

經過了這麼一番折騰，除了在營地周邊看風放哨的將士之外，所有的人都帶著一身疲累入睡，可是劉邦行不幾步，卻發現虞姬的營帳中依然燃著燈火。

「她在等我，紀空手既然教給她易容之術，又怎會不將事情的來龍去脈告訴她呢？所以她一直在等我去見最後一面。」

他心中的「她」，當然指的不是虞姬。雖然他相信紀空手的確是真心幫他，以避鴻門之險，但先失父親，又失寵姬，這一連串的打擊，讓他感到有些身心俱疲。

衛三公子的死，已經讓他感到了一人獨撐大局的壓力，此時面臨內憂外患之際，又將失去自己最寵愛的女人，他的心裡幾乎有一種窒息的感覺。

但是更讓他感到可怕的不是項羽，而是如影隨形、陰魂不散的紀空手，雖然他相信紀空手已經和自己達成了一個共同抗項的聯盟，但這只是一種相互利用的關係，也是一時權宜之計，以紀空手的能力，他或者才是自己今後要對付的最大勁敵。

經過了一番深思之後，劉邦終於明白了紀空手真正的用心：表面上看，此次紀空手似乎是幫了自己，讓自己得到了好處，而事實上，造成今日自己遠赴鴻門之行的始作俑者正是紀空手。他不僅設計清除了自己最有力的靠山——衛三公子，而且以卓小圓換回了他的虞姬，對紀空手來說，整件事情，他無疑是最大的受益者。而自己呢？雖然有了衛三公子的頭顱和卓小圓的胴體，可以讓自己有把握重新獲得項羽的信任，可是自始至終，自己不但沒有得到一點好處，而且失去了最敬重的父親，甚至還要眼睜睜看著自己的女人投入別人的懷抱！諸般事情串在一起，這怎能不讓劉邦痛心疾首呢？

「紀空手呀紀空手，你的心好狠，我劉邦但有一口氣在，這殺父之仇，奪妻之恨，一定要你加倍奉還！」劉邦近乎是咬牙切齒地對天發誓，雖然這些天來他看似處處占了下風，好像根本就不是紀空手的對手，但這是因爲紀空手利用了項羽來使自己處處受制，才會令自己一籌莫展，唯有任他擺佈。可是明天一過，只要他重新取得了項羽的信任，從而擺脫項羽對自己的威脅，他就可以騰出手來對付每一個對手，包括項羽，包括紀空手！

他之所以有這樣的自信，不僅是因爲他擁有十萬將士與問天樓弟子的忠心，最主要的是，他的手上握著項羽與紀空手沒有的東西，那就是登龍圖，只要有了財富與兵器，不出三年，他完全可以成爲一頭猛虎，不僅要吃掉項羽這隻猛虎，還要吃掉紀空手這亂世中的獵人。

他充滿自信，想到這裡，他的腦海中驀然閃出一句話來：「忍得一時之氣，方爲人上之人！」他覺得這句話正是對自己說的，要的就是這話中的狠勁。

不知不覺中，他已來到了營帳的門口，正自躊躇間，忽聽得營帳中發出一聲輕歎，滿含幽怨：「你終於來了。」

劉邦心中一動，聽出正是卓小圓的聲音。

「來了，我又怎能不來呢？」劉邦苦笑著答了一句，話中所帶出的深情，誰又會相信劉邦會是一個無情之人呢？

掀簾而進，便見卓小圓獨坐帳內，傍著燭火，頭結凌雲高髻，橫了一支綠玉製成的「鳳求凰」釵，身穿一襲華美彩服，臉上輕塗脂粉，豔光照人，只有劉邦看出她的眼中帶了幾分哀怨。

若非是對方才的聲音極爲熟悉，劉邦幾乎認不得眼前之人就是卓小圓，無論他怎麼細看，都覺得這本就是活脫脫的虞姬，真正應了紀空手所說的「七分神，十分形」。

「你請坐。」卓小圓看著劉邦驚奇的眼神，不覺莞爾一笑。

劉邦好不容易回過神來，剛要坐下，卻見卓小圓拍了拍身邊的錦墊道：「你我雖無夫妻之名，卻早有夫妻之實，你總不會因爲我相貌變了少許，就不敢疼我愛我了吧？」

她這看似不經意的一句話，卻讓劉邦的心禁不住顫了幾顫，緩緩地坐將過去，一把將卓小圓緊緊地擁入懷中。

隔著衣衫，兩人還是同時感覺到了對方身體的熱度，甚至互相感受著對方的心跳，讓人迷醉的，不是她那動人的容貌，而是配合著這迷人體態顯露出來的那嬌慵懶散的手姿，伴著淡淡的體香，讓劉邦感到了有一種生理的衝動，渾身躁熱起來。

劉邦無法保持應有的冷靜，一想到這衣裙裡面那撩人的風景，他甚至忘了心中的一切苦痛，只想讓自己毫無保留地和這個女人融合一起……

他以一種近乎粗暴的方式抬起卓小圓的俏臉，迅速地找尋著她那鮮美紅潤的香吻，然後痛吻下去，

極盡情挑之能事，讓兩人的舌尖在嘴裡互抵互送，嗚咂有聲，同時一雙大手趁勢撕裂了對方的衣裙，喘息聲中，一個美麗迷人的胴體頓時呈現在燭火之前，大帳之中，洋溢出濃濃的春意。

卓小圓似乎再也禁不住這情挑的誘惑，嬌軀如蛇般款款擺動，渾身輕顫，呼吸愈發顯得急促，香舌進出於劉邦的嘴裡，或吮或吸，情之所動，漸漸入迷……

她的一雙纖手也在劉邦的身體上飛速遊走，急切地替他解著衣衫。當她顫巍巍如處子般筆挺的酥胸緊緊地貼住劉邦異常健美的體膚時，她的眼神變得愈發迷離，嘴中發出無病的呻吟。

劉邦的手一點一點地在尋找著這女人風景的最佳處，探幽尋勝，越過挺立的玉峰與平軟的腰身，終於觸到了那軟熱無比的……

卓小圓渾身一震，整個人軟攤如泥，雙手緊緊地摟住劉邦，喉嚨裡發出一種好似蜂採花蜜的動人之音。

她只覺得自己的心兒飄了起來，升入雲裡，如霧般迷醉。情熱之際，她繃直著美腿，小腹禁不住微動不停，彷彿在渴望著某種物體的進入……

濃濃芳草間，已有幾許流香溢過，入手處，已是溫軟滑香，幽門微開，香舌吐露，千山萬水，這邊風景獨好。

劉邦一觸此處，渾身一個機伶，雖說他與卓小圓已非初次，但他忽然想到紀空手所言的「妙趣」，

此事關係到自己一生的命運，他心中生出了有心印證一番的衝動。

思及此處，他的頭腦似乎清醒了不少，輕輕地離開她的香軀，愛憐地看著她無力半睜的秀眸，欲言又止，只是深情地凝視著她。

卓小圓似乎感應到了他身上某個部位的疲軟，臉上頓時露出茫然之色，輕輕歎道：「你果然是真的厭倦了我。」說完兩行清淚奪眶而出，緩緩地自她俏麗的臉頰滑過。

劉邦不知她何以會說出這麼一句話來，不由低頭輕咬她的耳垂，柔聲道：「我愛你還來不及，又怎會嫌棄你呢？你跟隨了我這些時日，難道還不懂我對你的心思？」

卓小圓似乎想起了過往的趣事，不自禁地笑了笑，轉而神色一黯，幽然歎道：「我明知你對我好，卻還要怨你，的的確確是我自己的不是。我幻狐門受了衛三公子的大恩，本就是想以身爲報，隨你取捨的。換作他人，我也認了，可是偏偏讓我遇見了你，這才使我心有不甘。」

劉邦聽著她每一句話裡都帶著款款情意，心中的難受真是到了極點，一時無言以對，聽她繼續說道：「我原以爲，自從入了門道之後，我的這顆心是不會再屬於任何人了。我原不是沒有見識的女子，風月場中也經歷了太多的事情，可是當我第一眼看到你時，我就知道，自己完了，因爲我還從來沒有見過一個男子能夠這麼讓我心動！」

「我又何嘗不是這樣？記得那日在樊陰的將軍府中，你與我眉目相對，我便醉了，自此之後，那一

夜的風情我至死也不會忘記！」劉邦情動地將她摟入懷中，兩人赤身相對，肌膚緊貼，可不知爲什麼，竟然絲毫沒有愛慾的感覺。

卓小圓輕輕地撫摸著劉邦的後背，似乎沈入一種夢境之中，嫵媚一笑道：「蒙你不棄，藏入軍中，度過了這些讓人心動的日日夜夜，我心中便想：『能有這樣的一個男人，我還有何所求？即使就讓我今生一心一意地跟著他，隨著他，我也是千願萬願的！』可是偏偏造化弄人，又讓我遇到了紀空手。」

劉邦一聽到這個名字，一腔柔情似乎去了十之八九，沈聲道：「我一直奇怪，這紀空手是如何知道你的下落的，又是從何得來你我之間的事情，除了我身邊的幾個親近之人，應該再沒有人可以知曉內情，難道說在我的身邊，還有奸細不成？」

他其實心中一直有這個疑惑，只是深埋在心中，慢慢細察而已。雖然他不敢確定此人是誰，但身邊潛下這樣一個隱患，終究是心頭之患。

「我不知道，我也不想知道，我只知道他那一日進入我的營帳，只對我問了一句。」卓小圓輕輕地道。

「什麼話？」劉邦奇道。

「他對我說：『我知道你與劉邦的事情，如果你不想看著他去送死，就跟我走！』我心裡雖然迷惑，但卻知道他說的一定是真話，因爲這些天來你總是在我面前表現出一副心事重重、憂心忡忡的樣子，讓人看了著實心疼。」卓小圓的眼圈又紅了起來，伸手輕掐著劉邦的大手，似有不捨之意。

劉邦心有感動，埋頭在她烏黑順滑的髮梢裡，聞著淡淡發香道：「所以你就跟著來了？」

「我不能不來，爲了你，別說是一個身子骨兒，就是要了我的性命，我也毫不猶豫！」卓小圓拉過劉邦的大手，將它引帶到自己起伏的酥胸之上……

劉邦苦笑了一下，似有無奈地歎息一聲：「我堂堂沛公劉邦，今日方知，自己是枉爲男人呀！」

卓小圓掩住他的嘴，深深地看了他一眼道：「我只想問你一句，這些日子來，你是否有過真心待我？」

劉邦與她四目相對，良久之後，方緩緩地點了點頭。

卓小圓喃喃地道：「只要有你這句話，便不枉我對你的這片心。」她忽然身子一倒，橫躺在錦墊之上，柔聲道：「來吧！來疼我愛我吧！讓我把心兒留在這裡，留在你的心裡！此心只屬我的劉郎！」

劉邦沒有說話，只是靜靜地看著橫在眼前的胴體，看著那一如處子的女兒私處，面對自己心愛的女人，他已不管明天，只想好好地把握現在，讓今夜的風情，成爲兩人心中一道永遠的風景。

他的眼已紅，渾身猶如爆發的火山，躁熱不安，再也抑制不住自己心中的愛意與慾火，毫不猶豫地跨步上去。

他心中有柔情，但他的舉止卻狂猛而粗暴，以一種最直接的方式，有效地將兩人聯繫在一起。

帳外已是初冬，略帶寒意，帳內卻是溫暖如春，一片綺麗，若是每一夜都是如此過去，誰又能記得明天是怎樣的光景？

當劉邦毫無保留地進入到她的身體的那一瞬間時，她不再有女兒家的矜持，呻吟嬌喘，聳腰相迎，已成了一個在情郎身下婉轉承歡、盡情享樂的淫娃蕩婦。有愛之慾，遠比無愛之慾更加狂烈，更加粗暴，更加放肆，因爲他們都是用心來詮釋自己的感情，宣洩著自己無比濃烈的慾火。

每一寸的光陰都在瘋狂地運動中滑過，不讓任何時空的距離成爲他們同爲一體的阻隔。

男女之間狂歡般的喘叫與快感猶如電流般一次又一次地衝擊著卓小圓的神經，神魂俱飛間，她甩頭搖身，拚命地呼喊著這個粗暴有力的可愛男人的名字，雙手撫摸著男人近乎完美的身體，以最默契的頻率，去感受著對方爆炸性的力度和輕重有度的叩擊，讓自己一次又一次地攀上快樂的頂峰，直到身心俱疲。

今晚，她是屬於他的，她要把心留下，過了今晚，心還在這裡，但她的人卻要投入到別人的懷抱。無論是她，還是他，他們都別無選擇。正因爲這是一個淒美的結局，所以這過程才會是這般的瘋狂，這般的熱烈，這般的讓人黯然銷魂。

當她又一次達到靈慾的高潮時，一洩如注，整個人已是一片昏迷。

劉邦久久地凝視著她的胴體，望著她數點落紅，雖然他並不陌生，但只有在這個時候，他才明白這幾點落紅，竟然可以改變他一生的命運。

他不得不驚歎人類的聰明與偉大，幻狐門在江湖上絕對不是一流的門派，卻能擁有如此玄妙的祕術，這簡直讓人有些不可思議。

其實這種祕術就是補陰術，它從人的生氣與血脈流通的規律中尋找到一個契合點，然後通過一種固定的程式，經過人的訓練之後，將身體某一部分的肌肉注入活力，使之發生刺激性的生長，從而達到你所追求的效果。

換而言之，就是一個女人，只要她掌握了補陰術，無論她曾經多麼淫蕩，她都可以在一夜之間人爲地將自己還復成處子之身。有了這種近乎神奇的技術，卓小圓又怎能不是這女人中的極品，這銷魂陣中的悍將呢？

迷糊中的她沈沈睡去，醒來時已是天色漸明，一摸身邊，劉邦卻已不知去向。在她的髮鬢上，留下了一朵不知名的小黃花。

卓小圓淒寒地一笑，緩緩地將花兒取下，然後一瓣一瓣地將花兒揉碎，散灑一地。

花已碎，心也已碎，只有昨夜的那一陣瘋狂，殘留記憶中回味。

◆

「你回來了。」當紀空手趕到一座山崗時，五音先生獨自一人靜立於一座石亭中，放眼茫茫夜空，似乎在思索著什麼。只有當紀空手輕躡而至的腳步接近到他的身後時，他才開口說話。

「是的，一切非常順利，就不知扶滄海他們回來了沒有？」紀空手顯然記掛著虞姬，是以才有此問。

「紅顏已迎接他們去了，有樂道三友的襄助，又有土行的絕技，應該不會有太大的問題。」五音先生安慰道。

紀空手也知道自己這是關己則亂，不好意思地笑了，然後抬起頭來道：「我一回來，便聽車宗主說，你在這裡等我。我尋思著，你一定是有什麼重要的話要對我說。」

五音先生淡淡一笑道：「其實也沒有急著要說的話，只是夜觀天象，有感而發罷了。」

紀空手抬頭望天，怔了一怔道：「今夜無星無月，天上一片漆黑，這天象如此混沌，如何觀得？」

「對你來說，也許如此，但在行家眼中，這夜色只是一道風景，而星月則是藏在這風景之後的東西，不僅有跡可尋，也有一定的規律，只要你用心去觀察，就能從細微處洞察天理玄機。」五音先生一臉恬淡，緩緩而道。

紀空手平生最不信命理之說，是以對五音先生所言頗不以為然，對他來說，這世間本無上天可以註定的事情，只有憑著自己不懈的努力，才能最終掌握自己的命運，僅憑天象就能預料未來，只是庸人的無稽之談。

他的神情落入五音先生的眼中，五音先生不以爲意，淡然問道：「你從不信命？」

紀空手不好駁斥，尷尬一笑道：「這命理之數，信則有，不信則無，全在心數之上，因人而異，我可不敢妄言評定。」

五音先生微微一笑道：「這天象測命，原是由星辰運行來決定一個人的時事運程，在智者的眼中，它的確是真實存在著，你之所以不信，乃是因爲你自小混跡市井，看慣了江湖術士在街頭玩弄的騙人伎倆，是以才有先入爲主的思想，但是你不能因爲有了這種思想，就否定一切，這樣矯枉過正，終究對你沒有太大的好處。」

「是，先生所言極是，空手一定謹記。」紀空手雖然恭聲答道，心中卻依然有所懷疑。

五音先生知道他的心思，也不強求，只是再望茫茫夜空，良久才道：「我若是空口白話，或許說不服了你，但眼前觀得一事，或許可以證明我所言非虛。」

紀空手也順著他所視的方向望去，半天也沒看到什麼動靜，不由在心中暗道：「正該如此才對。」

五音先生緩緩而道：「其實天下萬物，只要存在，必然有它存在的道理。外行人看天，只覺得皓月當空，繁星閃爍，恰似一道極富詩意的風景。但在我的眼中，這天上的星辰，恰恰代表著地上的每一個人，平庸之輩，自然黯淡無光，不爲人察，而世間名人，無論是善是惡，是忠是奸，只要他是一號人物，他這一生的運程都可在這星辰運行的軌跡當中有所體現。」

紀空手見他說得一本正經，倒也洗耳恭聽，聽到這裡，插嘴道：「若是按先生說法，一個人一生的運程可以預測，那麼人活在世上，又還有什麼意思？舉個例子來說，一個明知自己將來要做帝王之人，他此時無論如何貧賤，無論如何無能，只須躺在家中安穩地等下去，這帝王之位便是他的。這世間哪有如此便宜的事情？除非他老子是一個帝王之君，子承父業，或許靈驗。」

「你說得對！」五音先生以一種欣賞的目光審視著他，點點頭道：「其實天象命理玄奧之處，就在這裡，雖然星辰運行的軌跡可以影響到這個人的時事運程，而這個人的時事運程同樣可以影響星辰運行的軌跡，這是相對的，所以這其中便充滿了太多的變數，絕非是人力可以悉數把握的，縱是真正的大行家，也只能窺得全貌之一斑，而無法時時處處預測出一個人的運程走勢。」頓了頓，又接道：「可是我這些天細觀天象，卻看到了一點未來的東西，這也是我何以會改變主意，來全力輔佐你去爭霸天下的真正意圖。自我與你相識以來，我雖然非常賞識你的膽量與勇氣，也欣賞你的武功與智慧，知道你絕非是平庸之輩，卻從來都沒有認爲你是爭霸天下的人物，這固然是人爲的因素，譬如說出道的時間太晚，不合時勢；性格上缺少甘爲天下獨夫的狠辣氣質……等等，但這還不是太大的問題，假以後天努力，猶可彌補這其中的不足。關鍵在於你上應的星相星光朦朧，軌跡不定，縱是皓月當空之明月夜，依然難辨細微，可見你雖然出眾，卻只是這庸人中的頂尖一種，難爲天下真主。」

紀空手不由怔了一怔，道：「先生所言何以與前言有異？記得先生曾說過，我自出道以來，每每逢凶化吉，多有奇遇，乃是運程漸旺之兆，怎地今日反其道而言之？」

五音先生微微一笑道：「此話的確不假，我剛才所言，也只是我從前夜觀天象所得。只是到了這幾日，我才驚奇的發現，在你的上應星座周圍，竟然又多了兩顆不明之星，其星一左一右，互爲犄角之勢，三星相映，渾然天成，有此雙星相襯，愈發顯得你的星座亮度驟增，光輝照人，縱是這暗沈之夜，也無法阻擋你的絲毫光芒。」

紀空手將信將疑，忽然想到什麼，驚道：「先生所指的這兩顆星，莫非是暗合了紅顏與虞姬？」

五音先生沈吟半晌道：「應該如此才對。數十年前，出了一個以『五德始終說』名揚天下的玄學大師鄒衍，精通天人感應之術，博學古今，見識廣博，與我有多年情誼，我這天象測命之術，便是我歸隱之時從他老人家那裡學得一二。可惜天妒英才，竟讓他從此不再，令我好生痛惜。但他曾言，盛極必衰，衰極必盛，五德交替，無論是由盛轉衰，還是由衰轉盛，天下人事皆應有兆，皆可尋跡。你能從斷續不接的運氣轉化爲如今這般若流水般不可阻擋的運勢，應該與紅顏、虞姬不無關係，正所謂陰陽相濟相輔相成，以陰濟剛，方使剛帶韌性，其中不無道理。」

他笑了笑，接道：「可惜的是，這些徵兆已經應於人事，現在說來，不無投機取巧之嫌。但是真金不怕火煉，這一連三天，我夜觀天象，卻又重新有了一個大發現，而且從時間上推算，應該會在近段時間就有應驗。」

紀空手聞言，心中頓時來了興趣。他之所以走到今天這一步，固然是得到了太多常人可遇而不可求的奇遇，但歸根結底，幼年流浪市井的生活閱歷讓他逐漸形成了一個屬於自己的風格思想，逢事多想，遇事不亂，既不畏權威，又不輕信於人，縱然是五音先生這般親近之人，他也從不盲目崇拜。可他也不是一概否定權威，也不是忠言逆耳，他只是用自己的思維來思考問題，透過問題的表面來洞察問題的本質。

事實勝於雄辯，對紀空手來說，他更喜歡用事實來說話，五音先生的話題當然引起了他的興趣。

「迄今為止，我們一直以為，只有劉邦和項羽才是我們爭霸天下的最大敵人，所以我們才會採取用劉邦來遏制項羽的策略，以最小的代價換取最大的利益。可是這三天我夜觀天象，卻發現在你的星座的同一走向，出現了一顆或隱或現的隱星，這就意味著當我們從劉邦與項羽兩虎相爭中獲取利益的同時，這顆暗星的主人也同時得到了他所需要的利益。當這顆暗星最終積蓄能量，放射光芒時，它的光芒會對你的星座有所影響，甚至可以遮蓋住你的光芒，所以我心中有所害怕，擔心劉邦與項羽還不是最可怕的敵人，真正可以對你構成威脅的，還是這暗星的主人！」五音先生的臉上出現了難得的沈重，顯得心事重重，憂心忡忡，似乎看到了一些不可預知的危機。

紀空手相信五音先生不是危言聳聽，可是他環顧天下，真正有實力爭霸天下的，除了項羽、劉邦之外，還會有誰？這簡直讓人匪夷所思，不敢相信。

「他會是誰？」紀空手問道。

「我也不知道。」五音先生搖了搖頭道：「但是從這顆暗星的走勢來看，已呈由衰轉強之勢，就在近段時間，他將在根本上發生變化，漸漸地出現在我們的視線之內，只要我們用心觀察，應該不難從中發現一些蛛絲馬跡。」

紀空手的心裡不由得沈重起來，有一種非常疲累的感覺。

五音先生將之看在眼中，正色道：「你必須要有接受挑戰的心理準備，真正的硬仗才剛開始，我們最終要實現自己的理想，只能是靠不懈的努力，一步一步克服每一個困難！」

紀空手搖了搖頭道：「我並不害怕面對困難，也從來沒有後悔自己選擇的道路，我只是在想，權勢這東西，難道就真的這麼可怕嗎？為什麼一個好端端的人，只要沾上這種東西，就變得可怕、瘋狂？真讓人不可思議！胡亥如此，趙高如此，劉邦如此，項羽也如此，甚至連韓信也可以為此而在他最好的兄弟背後捅刀子。我始終在想，假如有一天，當我接近到權勢的頂峰時，我會不會也像他們一樣，為了權勢而瘋狂？」

五音先生透過這夜色，凝視著紀空手略顯迷茫的眼睛，沈吟半晌，才沈聲道：「你不會，因為你是紀空手，你並不是為一己之欲而去爭霸天下，而是為了這天下的黎明百姓！」

「我真的有這麼偉大嗎？」紀空手淡淡一笑道：「不，我從來也沒有認為自己是這樣偉大的人，我

之所以走到今天，其實都是形勢所迫，身不由己，彷彿每走出一步，背後總有人在推著我，讓我欲罷不能，只能一步一步地走下去。」

五音先生拍掌道：「在背後推著你不停地向前走的人，它的名字就叫命運。命由心定，人的本性決定了他的命運，這就是你不會為了權勢而泯滅心性的原因。」他說出每一個字，都把目光緊緊地盯在紀空手的臉上。他隱隱覺得，紀空手較之往日，似有反常，這正是他所一直擔心的事情。

「先生高看我了，我心裡知道，自古以來只要一有人類，這世間就有了美醜、對錯、善惡之分，可是什麼是美與醜？什麼是對與錯？什麼是善與惡？其實並沒有一個真正的標準來供人類權衡，於是我就想，當我做了一件事情之後，也許在你和紅顏的眼中，在我們自己人的眼中，這是對的，也是善的；可是在對方的眼中，在敵人的眼中，他們又豈會認同我所做的事情是對的？甚至還會認為我是在大大作惡！那麼這樣算來，我所做的事情，究竟是對是錯，是善是惡？」紀空手的眼中彷彿充滿了太多的困惑，太多的彷徨，這些本是他心裡深處的一些東西，他從來都沒有好好想過，只是偶然碰到了一件觸動他靈魂的事情，讓他的思想驀然爆發。

「這的確是一個很難解答的問題。」五音先生輕輕地拍了一下他的肩，道：「但是並非不可解答，對於這個問題，我在這數十年間也常常在想、在思索，直到有一天清晨，我陡然醒來，才知道問題的答案已經早存心中。」

「你能爲我解惑嗎？」紀空手抬起頭來，臉上充滿了希冀。

五音先生笑著點點頭道：「這是我義不容辭的事情，不過在這之前，我很想知道你何以會突然有這樣的想法？」

紀空手臉上露出一絲痛苦之色，輕歎一聲道：「我碰到了一個人，湊巧知道了一段淒美的故事。當我一個人孤單單地行走在回來的路上時，我便從這個人的身上想了很多很多的事情。」

五音先生皺了皺眉道：「你說的這個人，難道就是卓小圓？」

紀空手道：「正是，直到那時，我才明白劉邦也不是絕對無情之人，他至少還愛著卓小圓，在他們之間的故事，自始至終都洋溢著一種男女相戀的激情。」

他沈吟半晌，悠然歎道：「我爲了救出自己心愛的女人，卻把別人的愛人推入了火坑；在虞姬的眼中，這固然是對的，但在卓小圓的眼中，卻是大大地錯了，因爲我葬送了她一生的幸福。那麼究竟這件事情是善是惡呢？我並不知道。」

五音先生道：「我並不這樣認爲，你雖然以此自責，但我要告訴你，就算在卓小圓眼中，你也未必是錯。」

紀空手搖頭道：「這絕不可能！」

五音先生淡淡笑道：「人總是喜歡把自己的意願強加到別人的意願當中，所以才會產生那麼多的

誤會，其實每一個人的心中，因爲經歷的事情不同，他對世間萬物的感悟也就有所不同，就拿卓小圓來說，也許在她的心中，她爲此還感激你給了她一個爲愛而生的機會，因爲在她的眼中，愛其實就是一種付出！」

紀空手渾身一震，似乎悟到了什麼，緩緩地低下頭去，默然無語，只聽到五音先生在自己的耳邊有感而發道：「這世界的奇妙之處，就在於任何事情都不是絕對的，既沒有絕對的對錯，也沒有絕對的善惡，你只要記住一點，只要你是問心無愧，是爲大多數人的利益，你所做的一切都是對與善，反之，便是錯與惡，這就是善惡之間的區別！」

紀空手不再說話，也沒有抬頭，但五音先生透過黑暗，分明在他的臉上看到了解惑悟道之後的喜悅。

夜已深了，山風吹來，寒可刺骨，但在紀空手的心裡，卻絲毫感覺不到這風中的寒意。

第七章　鴻門之宴

過了戲水之後，距離鴻門不過三十里地。

馬隊在天明時分出發，行不多遠，探子來報：「項大將軍旗下郭岳、尹縱兩位將軍率領人馬，已在前方舞馬渡口列隊相迎！」

劉邦心中一驚，與張良對視一眼道：「看來我們的行程俱在項羽掌握之中，即使昨夜發生的一切，似乎都難逃他的耳目。」

張良微微一笑道：「應該如此才對。」

劉邦奇道：「先生何出此言？」他深知張良智計過人，文韜武略，無一不精，是以非常器重。

張良道：「沛公應該知道，五閥之中，流雲齋與知音亭一向是井水不犯河水，何況因紅顏之故，項羽一向對五音先生敬重有加，他既然對你起了疑心，又明知五音先生要對付你，當然不會為了你而去得罪五音先生，因為誰都清楚，你雖然此刻是十萬大軍的統帥，但畢竟是在他項羽控制範圍之列，而五音先生名列五閥之一，門下子弟雖然只有區區千人，但若得罪了他，無異是給自己樹了一個強勁之敵。」

劉邦眼現疑惑道：「項羽曾經傳來書柬，表達了自己對虞姬的必得之心，如果此心不假，他難道不怕虞姬也在昨夜一戰中死於非命嗎？」

「沛公此問問得好。」張良道：「項羽既然知道五音先生與紀空手在這一帶活動，五音先生當然也知道虞姬對項羽的重要，何況爲了紅顏之事，兩人生分了不少，若是讓項羽得到虞姬，他們之間的隔閡自然不化而解。以他兩人的智慧，應該都深知其中利害關係，所以形成默契，似乎並不太難。」

「你的意思是，項羽相信五音先生的目標是我，而不是虞姬？」劉邦突然笑了，如果說項羽知道了紀空手只是聯合自己來扳倒他，臉上不知會是一副怎樣的表情。

「是的。」張良覺得劉邦笑得古怪，並不在意，倒是眉頭一皺道：「沛公是否想過，今日鴻門之行後，將來的打算？」

劉邦微微一震，心中暗道：「你能想到將來，可見的確是可以倚重的人才，只是此事關係重大，我心中的打算又怎會輕易向人道出？」沈吟片刻，方道：「先生莫非可以教我？」

張良將劉邦的表情看在眼裡，淡淡一笑道：「看來沛公還是不太相信我呀！」

劉邦肅然道：「本公絕無此意，能擇木而棲之良禽，既已擇木，又怎會易木而棲?所以本公對先生的忠心從不懷疑，否則你我相處未久，本公又怎會對你言聽計從？」

「那麼我倒想問，沛公憑什麼會對我如此信任？」張良問道。

「一句話，就是得勝茶樓中，你與紀空手說過的一句話。當時你點評天下英雄，以『無情』二字區分高下，深得我心。因爲本公知道，能以無情面對天下之人，方才是真正的性情中人，所以你我本是同類，本公又豈能不信於你呢？」劉邦微微一笑道。

「多謝！」張良心有所動地道。

劉邦看看四周，壓低聲音道：「不瞞先生，本公心裡確有計畫，只是時間尚早，不宜向先生吐露一二，還望先生能夠體諒。」

張良道：「能成大事者，正當如此，應該惜字如金，這樣一來，張良心中也就放心了。」

劉邦道：「不過本公倒想聽聽先生的高見。」

張良笑了笑道：「須知一個人的心中生疑，再要讓他對你重新信任，實在很難，雖然你以兩件東西可以暫時讓項羽對你放心，但臥榻之側，豈容他人鼾睡？以項羽的性情爲人，這終究不是長久之計，所以此次鴻門之行，我們要想有所收穫，全身而退，就必須學會以退爲進。」

劉邦眼睛一亮道：「何爲以退爲進？」

張良侃侃而談道：「其實項羽此時對你顧忌最深的，絕不是你是否與問天樓有所勾結，這只是一個幌子，他真正顧忌的，是當日你與他在楚懷王前的一個約定！」

劉邦若有所悟，喃喃而道：「當日我們眾將領約定，誰先攻入關中，誰就在關中封王，可是本公並

沒有這樣做呀！」

張良道：「此時楚軍之中，以項羽勢力最大，沛公你緊隨其後，對他來說，你已是他此刻最大的威脅。倘若你在關中稱王，而他依然是大將軍銜，你說他又怎會甘心呢？可是假若他不讓你稱王，必會失信於天下，這更非他願意看到的事實，所以他乾脆借這個勢頭，師出有名，將你剷除，那麼一切問題也就迎刃而解了，你說他又何樂而不為呢？」

劉邦驚出一身冷汗，驚道：「那可如何是好？本公豈不是進退兩難嗎？」

張良道：「進也許很難，但退卻十分容易。我們既然知道了項羽的心結，對症下藥便可確保全身而退。」

劉邦見他胸有成竹的樣子，忙道：「還請先生指教。」

「關中乃天下最富之地，卻不是養兵蓄銳的上佳之所，而且你若不主動提出退出關中，只怕項羽的心結未解，後患依然無窮。所以此次鴻門之行，你只須向項羽提出放棄關中，自辭王位，再加上虞姬從中說合與衛三公子的人頭，可保你全身而退。」張良不慌不忙地說出了他的計畫。

劉邦心中一動：「這也正是我心中所想的，看來果真是英雄所見略同。」

他心懷遠志，對眼前這暫時的利益看得很淡，根本就不會計較其中得失。他此刻從長遠著想，必須早日遠離項羽的控制，才能按照自己的計畫來發展勢力，所以他的思路與張良一拍即合，唯一的不同，

是他想得更多，甚至考慮到了退的地點。

他必須選擇這個地點，因爲這個地點正好也是登龍圖所示的藏寶地，這是他的祕密，所以他沒有說出來。

就在他沈吟之際，一聲號角驀然響起，抬頭一看，不知不覺中，馬隊已到了舞馬渡口。

舞馬渡口乃是鴻門至霸上的必經之路，山勢雖無險可憑，但兩岸平川上林木繁茂，野草遍地，亦可爲善謀者利用。此處只距鴻門不過十數里遠，郭岳、尹縱率領萬人鐵騎在對岸相迎。

「項大將軍麾下郭岳、尹縱受命相迎沛公！」郭岳、尹縱一見劉邦現身，同時拱手，雖然有一河之隔，但聲音中隱挾內力，傳至很遠，方有隱隱回音。

劉邦放眼望去，只見對岸兩員大將昂首馬上，英氣勃發。在他們的身後，上萬馬隊更是排列整齊，佈陣嚴明，由不得他暗贊一句：「項羽之所以從來不敗，全在於他的治軍森嚴呀！」心中頓時沈重了不少。

「有勞二位將軍！」劉邦趕忙還禮道。

當下一舟擺出，郭岳與尹縱同時上舟，過得河來。

郭岳與劉邦有些交情，當日劉邦投身項梁之初，曾經一同打過幾場大仗，是以禮畢之後，微微一笑，道：「數月不見，沛公是愈發精神了！」

劉邦笑道：「郭兄又說笑了。」

尹縱道：「真該向沛公賀喜才對，你以十萬大軍先入關中，竟然蓋過了我們四十萬大軍的風頭，消息傳來，可把我們震住了。」

劉邦謙遜地道：「此功不在於我，而在於大將軍，若非是你們牽制了章邯的主力，這關中只怕至今還是大秦之地。」

三人同時大笑，笑畢之後，郭岳神色一正道：「你我交情歸交情，正事要緊，大將軍有令，請虞家小姐先行一步，他已在帳內恭迎，至於沛公及隨從，還請暫時在此等候，聽候命令！」

劉邦心知項羽的用意，也不做聲，當下將虞姬的大車送入舟中，由郭岳、尹縱護著，送過河去。

張良微一皺眉道：「沛公，只怕麻煩來了。」

劉邦看了他一眼道：「塞翁失馬，焉知非福？」

張良道：「項羽點名要虞姬先行，只怕並非色心萌動之舉，他真正的用意，是想從她的嘴中套出你入關中之後的一切行動，以利他作出決斷，倘若虞姬所言對你不利，只怕此處就是我們的葬身之地！」

「本公早已料到項羽有此一招，還請先生放心。」劉邦知他所言非虛，可是魔高一尺，道高一丈，誰又能知道虞姬其實已非此虞姬，而是他安排的彼虞姬？他需要的，正是這位虞姬的這張嘴。

果不其然，未及一個時辰，郭岳、尹縱飛奔而至，放出十艘大船，分批將劉邦一干人等接過河去。

隊伍重新啓動。

行在路上，劉邦故意落後一步，與郭岳並騎。

「郭兄，此次大將軍進入關中，何以到了鴻門便停步不前？害得本公在霸上好生相望。」劉邦悄然問道。

郭岳看看兩邊，道：「大將軍的心意你還不明白嗎？他之所以不前，不是不能，而是不敢，他可不想讓天下人恥笑他是一個失信於人的小人！」

劉邦心知肚明，知道張良的推斷絲毫不差，卻故作恍然大悟道：「哎呀，本公可忘了這一椿了，若非郭兄提醒，本公只怕還一臉糊塗。」

「你心裡知道就好。」郭岳悄然道：「沛公，我有一句話問你，你可要如實回答，此事關係到你的性命，否則可別怪兄弟我沒有提前提醒你。」

劉邦忙道：「那是自然，還請郭兄賜問！」

郭岳正色道：「前些日子，我聽人說，問天樓的衛三公子曾經在霸上出現，還有人傳言，說是你與問天樓來往密切，不知此事是否屬實？」

劉邦佯裝色變道：「這全是謠傳，本公在霸上之時，也曾聽到了一些風聲，是以此次前來，不僅是迎接大將軍前往霸上，而且還要清洗冤情，擺脫嫌疑。」

郭岳眼現疑惑道：「我雖然相信你，只怕大將軍未必肯信，這倒不是大將軍疑心太重，實在是因爲說出此話的人太有名氣了，由不得大將軍不信。」

劉邦心中一驚道：「他是……」

「此人正是江湖上傳言『一字千金』的五音先生，據說他重諾重義，數十年來從不說謊，又是五閥之一，你說大將軍又怎能將他的話置若罔聞，當作謠傳呢？」郭岳神情肅然道：「何況流雲齋與問天樓乃是世仇，若是此事屬實，只怕你的處境危矣。」

劉邦心中早有盤算，不慌不忙地道：「多謝郭兄關心，本公既然敢來鴻門，本身就說明自己的清白，五音先生雖然德高望重，一言九鼎，但在事實面前，流言自會消散無形。」

「如此最好。」郭岳見他顯得極有把握，神色稍緩道。

轉過一片樹林，放眼望去，只見一望無邊的旗海，在微風中飄揚，旗幟之下，便是連綿不絕的營帳，一直從平川延伸至遠方的山嶺，四十萬大軍駐紮於此，蔚爲壯觀。

轅門之前，豎立一杆大旗，高達十丈，旗大如雲，當中寫一「項」字，正是楚國大將軍項羽的帥旗。

饒是劉邦見多識廣，看了這等軍威，也不得不感到一種強力的震撼。

鴻門終於到了。

（註：當時項梁起事之初，與謀臣范增相識，范增曾道：「陳勝之敗是必然的，秦滅六國時，楚國是唯一沒有過錯的，自從楚懷王入秦不返，楚人至今還想念他，所以楚門公才會發出預言『楚雖三戶，亡秦必楚』，天下人深以爲然，如今陳勝首先起事，卻沒有立楚國王室的後裔而自立爲王，他的局面不能長久。現在你起兵江東，楚地將領如群蜂縱橫，爭先恐後都來依附，這是因爲你們項將世代爲楚將，能夠再立楚國王室的後裔爲王。」項梁認爲他說得對，就在民間尋訪到楚懷王的孫子心，重立他爲楚懷王，以順從民意。從此之後，他的軍隊聲威大震，隱領群雄之首。

後來項梁戰死，項羽掌握兵權，依然沿襲了項梁生前的作法，自稱爲「楚國大將軍」，而懷王只是他手中的一個傀儡。

劉邦其時亦是依附楚國，是以統軍作戰，依舊是打的楚國旗號。）

◆

帶著重逢的喜悅，紀空手與虞姬再也壓制不住心中的激情，度過了一夜綺麗，直到清晨時分，紅顏紅著俏臉領著袖兒走進帳篷，兩人才戀戀不捨地分了開來。

「一夜狂歡，不知是否了卻了我們紀大哥這數日來的相思情債？」紅顏嗔了他一眼，親熱地挨著虞姬的身邊坐下。

虞姬臉兒一紅道：「紅顏姐姐，你不著惱我麼？」

紅顏微微一笑道：「我可不是小肚腸的女人，又怎會著惱於你？像你這般千嬌百媚的人兒，縱是我見了也要動心，又怎能禁得住某些人不偷嘴吃呢？紀大哥，你說對嗎？」

紀空手哈哈一笑道：「窈窕淑女，君子好逑，兩情相悅，又怎能說一個『偷』字？總有一日，只有讓你著了我的手，方才遂了我的一生心願！」

紅顏「呸」了一聲，道：「真是狗嘴裡吐不出象牙來！」說著已是羞紅了臉，低下了頭。

這一副女兒羞態著實撩人，逗得紀空手心中一動，忍不住在她的臉上親了一口。

紅顏輕輕地打了他一下，似嗔似笑道：「你可愈發膽大了，吃著碗裡，看著鍋裡，好不知羞！」

紀空手將她二人擁入懷中，一本正經地道：「情之一物，發乎自然，何必約束？有些人終生相聚一處，雖只咫尺，卻彷若天涯；而有些人雖只見得一面，卻若十年相識。這就是緣，我紀空手今日能與二美相伴，就是有緣，既然有緣，便須盡情盡興，否則就是辜負了上天的這番好意。」

紅顏「噗哧」一笑道：「果然是一副好口才，照你這般說法，若是我不遂了你的心願，便是誤了這一段情緣？」

「正是這個意思。」紀空手也忍不住笑了起來。

紅顏伸出指頭刮刮臉，羞了羞，湊到虞姬耳邊道：「這便是你的好郎君，看似人模人樣，實則是色中餓狼。」

虞姬俏臉一紅道：「誰叫人家命薄呢？就算是色中餓狼，我也只好認了。」說著已是「咯咯……」嬌笑起來。

紀空手見她二人並無芥蒂，相親相敬，好生和諧，雖是合在一起取笑自己，倒也不以爲意，將心中一塊石頭終於放了下來。自此之後，三人同伴，恩愛非常，雖不敢自比神仙眷屬，卻也算得人間少有。

五音先生看在眼中，心中歡喜，知道這關中絕非久留之地，準備起程回蜀，靜觀其變，再圖他謀。

這一日又到大王莊，觀景傷情，紀空手的心裡好生沈重，若非有紅顏、虞姬相伴左右，他只怕真的體會到了亂世的殘酷，人情的淡薄。

「我到了此地，忽然讓我想起一個人來。」五音先生的目光向咸陽方向望去，眼中似有一種未了的情結。

紀空手微微一笑道：「你若不提起，我倒忘了，當日權傾朝野、位極人臣的趙相爺，不知是否依舊風光無限？」

五音先生搖了搖頭道：「一個人如果對『功利』二字看得太重，這就是他必然的下場。不過我所掛的人，並不是他，而是另外一個人。」

紀空手終於明白，五音先生放不下的人，就是此時大秦的皇帝子嬰。他乃是始皇長子扶蘇之子，胡亥一死，趙高只能順應形勢，立他爲帝。

這是五音先生心中的一個結。

對於五音先生這種重諾之人，祖宗的遺訓迫使他不可能面對將傾的大秦而袖手旁觀，此刻天下大勢，雖然他無法挽狂瀾於將傾，但他還是希望憑自己的力量，留住大秦的一點血脈。

這是他唯一可以做到的，他當然不想就此放棄。

「既然割捨不下，何不再入咸陽？」紀空手理解他的這份情感，微微笑道。

「我可不可以不去？」五音先生看了他一眼道。

「不可以，只有把心結解開，才可一了百了，你又何必再留遺憾呢？」紀空手道。

五音先生沈吟半晌，終於笑了：「你願意陪我一起去嗎？」

「我若不去，又怎能放心？」紀空手語出真心，情不自禁地流露出關切之情。

「那就去吧。」五音先生拍了拍他的肩道，眼睛卻望向紀空手身後的紅顏與虞姬。

◆

當劉邦帶了張良、樊噲、韓信三人步入主帥營帳的時候，他的心裡第一次出現了失落感。面對眼前一排的刀林戟雨，他似乎已經無法把握住自己的命運，一切都只能聽天由命。

只有當他看到張良一臉微笑、胸有成竹的樣子，他才稍稍地放了點心，同時深深地吸了口氣，鎮定住自己的情緒。

然後他便看到了項羽笑迎出來，一路喊道：「可想死我了，鉅鹿一別，屈指算來，你我應該有小半年不曾見面了吧？」

劉邦恭身行禮道：「本公心中也時常惦念大將軍，此次前來，便是請大將軍進入關中。」

項羽趕忙將他扶住，把臂而行道：「這如何使得？我之所以駐軍鴻門，乃是遵守約定，不入關中一步，沛公既比我早一步佔領關中，這關中自然就是沛公的，誰若相爭，我項羽第一個就不答應！」

劉邦與他相對入座，搖了搖頭道：「大將軍此話差矣，本公既蒙懷王錯愛，封為沛公，已知足矣，怎敢在關中稱王？雖說這關中是由本公先進，但追本溯源，本公自沛縣起事，到投靠楚國，一直就是大將軍手下的一員戰將，所以這關中只是本公為大將軍打下來的，真正應該在關中稱王的，唯有大將軍！」

項羽見他說得這般誠懇，連稱「不敢」，心中微有幾分詫異。

他征服章邯秦軍之後，心繫與劉邦之約，由西而來，一路上逢城掠城，逢市過市，以秋風掃落葉之勢，迅速趕至關中東邊的門戶函谷關，準備由此進入關中，誰知這函谷關正是寧秦城守格瓦的轄地。格瓦帶兵打仗頗有一套，又善用函谷關險峻地形，竟然以區區數萬人馬，擋住了項羽四十萬大軍前進的步伐。等到項羽費盡心機，好不容易攻克函谷關時，這時消息傳來，說是沛公劉邦只憑十萬人馬，已經搶先進入關中。

項羽聞言，勃然大怒。

他雖奉懷王爲主，其實心中一直想要自立爲王，是以絞盡心機，才想了一個辦法，與各位君侯將相當著懷王約定：誰若先入關中，誰就在關中封王。

他之所以如此做，是因爲他深知關中地區有山河阻塞四方，地勢險峻，土地富饒，又是大秦根本之地，不是一般的人可以攻佔下來的。當時在楚國將領中，真正具備這種實力的，除了他自己之外，再找不到第二人。

可是他萬萬沒有料到，大秦連年征戰之後，國力已弱，根本無法再像過去那樣可以持久作戰，竟然被沛公劉邦以十萬之數的兵力，搶入關中，揀了一個大便宜，這怎不叫項羽生氣？

便在這時，謀臣范增獻計道：「沛公在山東一帶的時候，貪於財貨，喜好女色，可是一入關中，卻對財色二字不再有興趣，這就說明此人志氣很大。屬下曾經派人觀望他那方的士氣，發現總是五彩斑爛，頗具龍虎之氣，看來要與大將軍爭天下者，正是此子呀！」

項羽心中一驚，俯身問計。

范增微微一笑道：「好在他此時尙在大將軍的控制範圍，找個藉口，將之殺掉，便可永絕此患！」

可是劉邦心思縝密，深謀遠慮，行事滴水不漏，難有話柄授人以實，項羽與范增商議良久，竟然尋不到一個可以動手的藉口。

也是機緣巧合，適逢五音先生有書函送至，項羽一看，又驚又喜。

他驚的是流雲齋與問天樓一向勢不兩立，如果劉邦的背後確有問天樓的支持，那無異如虎添翼；喜的是一旦這是事實，那麼他就可以師出有名，堂而皇之地將這個威脅盡化無形。

但是項羽絕對不是一個行事魯莽之人，絕不會僅憑五音先生的一面之詞就殺掉劉邦。他深知此時正是亂世未定之際，以劉邦的能力，正可大大借重，如果沒有十足的把握和證據，他是不會動手的。

於是他一方面暗中調兵遣將，對霸上形成合圍之勢，以防劉邦率軍逃逸；一方面借仰慕虞姬爲名，派出人手，著手調查傳言的真實性。直到他確認衛三公子的問天樓的確與劉邦有同盟跡象時，這才下了決心，擺下鴻門宴，必要將劉邦置於死地。

可是水無常勢，事無常理，世間萬事萬物絕非一成不變，等到項羽見到「虞姬」之時，他固然驚於「虞姬」的美豔，但更讓其心驚的是，他卻從「虞姬」的嘴中得到了與他掌握的證據截然相反的東西。也就是說，在「虞姬」的嘴裡，劉邦不是一個胸懷野心的逆臣，倒成了一心維護自己的大大忠臣。

這讓他好不容易才下定的殺心又動搖起來，爲了保險起見，他決定讓劉邦當面對質，給他一個洗脫嫌疑的機會。

大家入席坐定，酒過三杯，項羽突然似是無心地問道：「我聽說沛公未起事前，也是江湖中的一號人物，手下一幫追隨者，也大多是沛縣七幫的舊部，不知此話可真？」

劉邦心道：「你總算話入正題了。」當下不慌不忙地道：「正是。」

「那麼沛公一定知道江湖上的『五閥』一說？」項羽深深地看了他一眼，喝了一口酒道。

劉邦笑道：「五閥之名，天下皆知，本公雖是孤陋寡聞，卻還不至於連這個也沒有聽說過。」頓了一頓，又道：「流雲齋、入世閣、知音亭、問天樓、聽香榭，五大豪閥，並存江湖，堪稱當今天下最大的五股勢力，而大將軍您不正是流雲齋的閥主嗎？」

項羽的眼睛幾乎瞇成了一條細縫，寒芒暗藏，直射劉邦的臉上，似乎想從他的臉上尋找到可疑的跡象，但最終他卻失望了。

「此人若非忠直之士，便是大奸之人，喜怒不形於色，難道說他真的內心無鬼？」項羽心中暗道。

這時坐在項羽身邊的范增站了起來，微微一笑道：「這麼說來，沛公也應該知曉我流雲齋在江湖中的宿敵了？」

項羽聞言，重新將目光投射過去。

劉邦哈哈笑道：「范先生莫非是想考校本公的江湖見識嗎？」

「不敢，只是隨口問問罷了。」范增尷尬一笑道。

「本公既然投身在大將軍帳前，當然對大將軍過去的事情有過耳聞，假若傳言不差，本公記得流雲齋最大的宿敵當是衛三公子的問天樓。可是范先生常年伴隨大將軍左右，你可知道大將軍生平最恨的人

是誰？」劉邦轉眼望向項羽，微微一笑，神色一如往常，反而問起范增來。

項羽聽得劉邦問起這個話題，不由怔了一怔：「我平生最恨的人會是誰？」一時之間，竟連他自己也想不起來。

「我想，應該還是衛三公子吧？」范增猶豫了一下道。

劉邦搖了搖頭道：「衛三公子也許是大將軍的所恨之人，但說到最恨，只怕是淮陰的紀空手吧？」

他此言一出，不僅人人色變，便是項羽也渾身一震，眼芒陡然一寒。

世人皆知，項羽仰慕紅顏之名，不僅窮追數年，更是在樊陰城外親率十萬大軍相迎紅顏，只爲博得美人一笑，這份癡情，引起天下無數女子唏噓，競相爭情，引爲佳話。

可是他最終卻沒有俘獲紅顏的芳心，被他引爲這一生中最大的憾事。不爲別的，只因爲在紅顏的身邊，多出了一個紀空手。這位出身市井的無賴，竟然戰勝了不可一世的項羽，從而抱得美人歸。

這是項羽一生中遭受的莫大恥辱，更是他心中永遠的痛。他將之深藏心中，一直不想去觸動它，但劉邦卻在大庭廣眾之下又將它再次展示在世人的面前，這怎能讓他心中不怒？

全場人的目光都集中在他一人身上，營帳內的氣氛陡然緊張起來，每一個人都心裡明白，劉邦的生死只不過就在這未來的一瞬間。

只有劉邦彷彿渾然未覺一般，臉上依然泛出一絲淡淡的笑意。

「哈哈哈……」項羽驀然爆發出一陣狂笑，眼芒始終盯在劉邦的臉上，半晌才止住笑道：「不錯，我生平最恨之人，的確是紀空手，這一切的緣由，只是爲了紅顏呀！」

他的聲音中似是蕭索，又似落寞，彷彿還在追逝著這份沒有結果的情感，緩緩昂起頭來。傲然道：「不過從今日起，無論是紀空手，還是紅顏，他們在我的心裡都算不了什麼，因爲我已有了虞姬！」

他再說這句話的時候，整個人精神一振，彷彿變了一個人一般，一絲發自內心的歡喜悄悄爬上了他的臉頰。

他雖然與虞姬的相識不過才數個時辰，但當他第一眼看到虞姬的時候，他就被她的一顰一笑所迷醉，而更讓他心動的，還有她那舉手投足間散發出來的無限風情。

其實在這個世上，無論是愛是恨，並不需要時間來保證，感情這個東西，講究的只是緣分，只要有了緣分，任何事情都可以在瞬間發生。

所以項羽笑了，不僅輕鬆，而且開心，在高興的同時，他忽然想道：「劉邦提出紀空手這個名字，難道只是隨口一說？只有心中無鬼之人，才會這般毫無芥蒂，難道是我錯怪了他？」

思及此處，他心中的敵意似乎緩和了不少，不過，他的手中還有一張牌，只有等到這張底牌亮出的時候，他才可以決定劉邦的命運。

「你怎麼會想起他來？我的確曾經將他恨之入骨，甚至在我的流雲齋發出了霸王帖，可是他殺了

我幾名高手之後，聽說又到了咸陽，鬧得趙高也頭痛不已。不過近段時間，我就再也沒有聽到他的消息了。」項羽望著劉邦，憑他對劉邦的了解，劉邦不會是無的放矢，他既然提到紀空手，自然會有其用意。

「本公之所以想到他，是因爲就在昨夜，本公的馬隊還遭到了他的偷襲，以至於折損了數百將士。」劉邦故意裝出一副咬牙切齒的神情。

「他竟然敢招惹沛公，真是活得不耐煩了，只是這也怪了，他無緣無故地招惹你，莫非是暗含隱情？」項羽奇問道。

「的確如此，就在半月之前，他出現在霸上，本公初時未察，可到了有一天，有一個人突然闖入我的營中來，不僅煽動本公造反，而且還要本公答應援手，與他一起對付紀空手。」劉邦的話一出，眾人皆驚，便是項羽也與范增對望一眼，似乎不明白劉邦的用意。

「此人是誰？竟這般膽大，居然孤身一人獨闖軍營，還說出如此驚人之語！」項羽已經猜到了劉邦所說之人是誰，心中疑惑道：「他何以自己先把這事兒說了出來？難道他真的另有隱情不成？且慢，待我看他如何解釋再說。」

「這人並非別人，正是問天樓的衛三公子。」劉邦笑了笑道。

其實他的話沒有說出之前，在座的許多人都已經猜到了。他們之所以訝異，是搞不懂劉邦說這些話

的用意所在，項羽既然有心要對付他，又怎會只聽他一面之辭而改變主意呢？

劉邦環視眾人，站起身來道：「本公素知大將軍與這二人的恩怨，當時心中一動，便想出了一招坐山觀虎鬥的好戲，假意答應了衛三公子的要求，當時我與他約定，由衛三公子設伏於內，本公親率三千神射手為他助陣。經過數個時辰的激戰，果然重創了紀空手，可惜的是，這紀空手果真是天縱奇才，身陷如此絕境，最終卻還是讓他逃出了霸上。」他的語氣中頗多惋惜，自進營帳以來，他一直偽裝自己的神色表情，但這一次顯然是出自真心。

范增搖了搖頭道：「這只是沛公的一面之詞，不足為信，據我所知，你與衛三公子近段時間的關係非常密切，絕對不是如你所言，只是利用他而已。」

劉邦冷眼向范增看去：「先生如此詆毀於我，是何用意？」眉目之間橫生怒意。

「我可不敢詆毀沛公，只是實話實說而已，我所說的每一個字，都有證人可以證明。」范增冷笑一聲，拍了拍手，便見從營帳之外走入一個人來，伏地跪拜。

此人並非別人，正是那日在得勝茶樓的霸上劍手饒空。誰也沒有料到，他竟然會是流雲齋安插在霸上的一條眼線。

「小人饒空見過大將軍，小人可以證明，這位沛公劉邦的確與衛三公子關係密切，交往頻繁。」饒空一字一頓，十分清晰地說道。

他此話一出，營帳內眾多將士的大手已經緊握劍柄，虎視眈眈地望向劉邦，只等一聲令下，便要將之當場擊殺。

項羽的眼芒射向劉邦，冷然道：「饒空，你可知道，你眼前的這位可是十萬大軍的統帥，我楚國鼎鼎有名的沛公劉邦，你若要本將軍信你，何足爲憑？」

饒空昂頭道：「小人可以用性命來擔保小人所言句句都是真話！」

張良和樊噲俱已色變，再看劉邦的神色依舊如常，微微一笑道：「大將軍，本公也可以保證他的每一句話都是實言。」

項羽等人更爲詫異，似乎根本沒有料到劉邦竟然這麼爽快就承認了事實，一時間反不適應，神情無不一滯。

「但是，這雖是實言，其中卻另有隱情，本公既然知道衛三公子乃是大將軍的宿敵，當然不想就此放過他，是以才刻意籠絡，去其戒心，尋找機會。終於，皇天不負有心人，竟真的讓本公僥倖得手了。」劉邦神情自若，氣宇軒昂，娓娓而道。

「什麼？你竟殺了衛三公子？」項羽簡直不敢相信自己的耳朵。

「是的，此刻本公手上，便有衛三公子的人頭爲證。」劉邦看了一眼范增，將身旁的木匣緩緩提起……

帳內頓時一片譁然，人人交頭接耳，竊竊私語，無數道目光同時投在了劉邦手中的木匣上。

◆

當紀空手再次來到咸陽的時候，他從每一個人陰沈的臉上彷彿看到了亡國之象，昔日繁華熱鬧的都城，已是十室九空，路人罕見，完全是一副破落衰敗的景象。

「當年始皇之所以稱爲始皇，是想將自己這份基業傳至千秋萬世，他又何嘗想到，別說千秋萬世，縱是二世三世也是一種奢求，這豈不是一個大大的諷刺？」五音先生站在皇宮之前，有感而發道。

「是呀！從這件事情上倒讓我悟出了一個道理，那就是但求今生問心無愧，莫管他人後世評說，一個人如果要好好把握住現在已是非常的不易，又何必去擔心將來沒有發生的事情呢？」紀空手微微一笑道，似乎已聽出了五音先生的弦外之音。

五音先生的神色一凝，道：「但願子嬰也能有你這樣的悟性，這樣的話，或許還能留得大秦王室的一點血脈延續下去，否則，唉……」他沒有說下去，只是輕輕地歎息了一聲。

「成事在天，謀事在人，只要盡了心，盡了力，即使留不住大秦血脈，也只是天意罷了，何須自責呢？」紀空手安慰道，然後抬頭望天，只見天上一彎明月高掛，整個皇宮沐浴在一片金光中，煞是好看。可不知爲什麼，他卻感到這美景之後竟然是一片凄寒。

當下兩人越牆而過，穿房過舍，一路上雖然有一些明哨暗卡，但他們皆是這世間少有的武學高手，

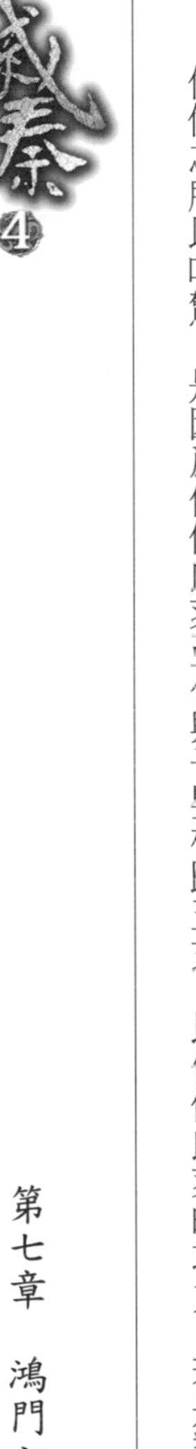

行蹤豈有被人發現之理？不過片刻功夫，在五音先生輕車熟路的帶領下，兩人來到了一座富麗堂皇、美侖美奐的高樓之前。

這高樓在皇宮之中也屬偌大的建築，卻不聞人聲。兩人正要進入，忽然五音先生止步，抬頭望向了這樓的最高層。

這高樓之上，原來站有一人，雙手背負，抬頭望月，似乎看得入神。五音先生若非不是看到了月下的影子，也難以發現此人的存在。

「如果我所料不差，此人便是子嬰！」五音先生斂氣束音道。

「何以見得？」紀空手知道五音先生雖然也是大秦王戚，卻與王室交往極少，應該從未與子嬰見面才對。

五音先生透過月色，凝視半晌道：「因爲他的臉上依稀還有當年始皇的影子。」

當下掠起身形，悄然上樓。兩人靜靜地看著那瘦長的身影，忽然從這背影之上感受到一種從未有過的無奈與落寞。

「二位既然來了，何不一同賞月？只是二位的心境與寡人不同，是以不能體會到這月色的淒美，這月下的寂寞。」子嬰突然輕歎一聲，悠然而道，卻令五音先生與紀空手相視一眼，神色微變。

他們之所以吃驚，是因爲他們此刻至少與子嬰相距五丈，以他們此刻的功力，若是對方一如項羽、

趙高這等大高手，自然逃不過其耳目，但對方若只是稍次一點的高手，就絕對難以發覺他們。如此說來，難道說子嬰不僅會武，而且還是個中的大行家？

「在下五音，此次乃是專程拜會。」五音先生拱手道。

子嬰的身體微微一震，緩緩回過頭來，卻見月色之下，他的臉一片煞白，五官固然清秀，卻掩飾不了他眉間帶出的憂傷與惆悵。

「寡人聽說過你的大名，也深知你與我大秦的淵源，你此次前來，莫非是想勸寡人與你一同歸隱？」子嬰苦笑道。

「正有此意。」五音先生道：「此時大秦氣數已盡，項羽、劉邦已經屯兵鴻門、霸上，距咸陽至多不過數日行程，而縱觀咸陽城中，民心渙散，守軍不多，根本不是劉、項之敵。與其坐以待斃，倒不如遠走高飛，再圖他謀。」

子嬰靜靜聽著，慘然一笑道：「寡人又何嘗不知這是等死？只是寡人一人可走，這咸陽城中的百姓又怎麼辦？以項羽的性格，若是尋不到寡人，只怕會大開殺戒，屠城三日，寡人又怎能忍心百姓因我而入苦海呢？」

紀空手沒有料到子嬰竟有如此悲天憫人的情懷，比之二世胡亥，簡直天上地下，不由驀生好感道：「就算你留著不走，只怕項羽也未必就肯放得過這些百姓。」

子嬰凝視著他，問道：「你就是紀空手吧？」

「不錯。」紀空手有些詫異地道：「你何以知道我？」

「能將胡亥、趙高這等不世的梟雄玩弄於股掌之間的人，這個世上絕對不多。何況你的人往那裡一站，已有一股霸氣迫來。」子嬰淡然一笑道。

「莫非你也學過『龍御斬』？」紀空手忽然明白了子嬰何以能察覺他們存在的原因。

子嬰道：「龍御斬乃始皇最為自傲的絕世心法，當日始皇在世，將之傳授給了兩個人，一個就是胡亥，還有一個就是公子扶蘇。胡亥與趙高能夠篡位，卻不能將扶蘇的龍御斬廢去，所以這龍御斬最終也傳給了寡人。可惜的是，寡人雖然身負這等蓋世絕技，卻只能擋得住一人，而擋不住項羽的數十萬軍隊！」他輕輕歎息了一聲：「你們明白寡人的意思嗎？」

紀空手點了點頭道：「你無非想絕了我們的念頭！」

子嬰說這些話的意思，只是說明他不走的決心。以他的武功，要逃走並不是一件難事，根本不需要任何人的幫助。

五音先生與紀空手相視一眼，知他拿定主意，再勸亦是徒然，只得默然無語。

「不過，寡人依然要謝謝你們。」子嬰笑了笑道：「其實，寡人知道，就算寡人不走，這咸陽依然逃不過這場大劫。但王者之道，就是要與子民共存亡，寡人又豈能為了個人的生死而捨棄寡人的子民

呢？」

紀空手欲言又止，已被子嬰看在眼中，道：「你也許要說，寡人登上這大秦王位亦不過數十天的時間，今日之罪，不過是代人受過，大可不必如此計較，但寡人卻懂得，只要在位一天，寡人便要做好這一日之君，雖然也許是亡國之君，但千秋功罪任人評說，寡人只求問心無愧。」

他的這一番話說得蕩氣迴腸，紀空手聽得熱血上湧，忽然想道：「莫非這大秦滅亡真是天意？倘若趙高不立胡亥，不廢扶蘇，那麼子嬰早已是這大秦皇帝了，憑他的才能，他的心性，只怕開創世盛絕非難事。這樣一來，陳勝、吳廣又何必要起事造反？劉邦、項羽又怎有機會爭奪天下？」

他的思緒飛速跳躍，陡然想道：「假如日後我真能奪得天下，我會不會一如子嬰一般，盡心盡力去做一個好皇帝呢？」

五音先生眼見子嬰神情堅定，歎道：「既然如此，我也無話可說，當日先祖遺訓，要我盡心盡力匡扶大秦，無奈謀事在人，成事在天，生不逢時，未遇明君，只能徒呼奈何，空留遺憾了。」

他神色一黯，扭頭便走。他實在不想看到子嬰臉上的那一份惆悵與無奈。

子嬰深深地看了紀空手一眼，依然輕歎一聲，轉過頭去。

第八章　心靈感應

劉邦的話音一落，最感震驚的莫過於項羽，他根本不相信劉邦竟然能殺了衛三公子，所以他的目光緊緊地盯在劉邦手中的木匣之上，眼中透出了一絲緊張。

問天樓既是流雲齋的宿敵，對項羽來說，衛三公子其人其名，他並不感到陌生，甚至達到了一種非常了解的地步，因爲他從小就懂得知己知彼、百戰不殆的道理，所以在他的腦海中，有太多關於衛三公子的資料。

衛三公子能忍。據說他曾經爲了追殺一個仇敵，跑到一個賭坊中當了三個月跑堂的夥計，遞茶送水，毫無怨言。當這個仇敵出現時，他只用了一瞬的時間，就結束了此人的性命。

衛三公子夠狠。有一次，他爲了擴張問天樓在吳越一帶的勢力，孤身一人，闖入連雲七寨，一夜之間殺了七百九十四人，無論老幼，無一活口，若非有人從死者的傷處看出痕跡，只怕至今還是一樁無頭血案。

能忍、夠狠，還不是衛三公子最可怕的地方，關鍵在於他機謀善變，狡詐陰險。自他入主問天樓以

來，流雲齋針對他而精密佈下了七十九次大規模的刺殺，竟然無一成功，這不得不讓項羽感到這是一個神話。

可是現在，劉邦居然打破了這個神話，項羽相信這個木匣中的確有個人頭，而且與衛三公子非常相似，但他絕不相信那會是衛三公子的人頭。

「啪……」木匣陡然跳開，一個血淋淋的人頭滾到了地上，眾人「嘩……」地一聲，爭先恐後地湧了上來，競相觀看。

項羽輕哼一聲，從人群讓出的一條甬道走過，站在劉邦身前，深深地望了劉邦一眼，道：「你敢肯定這一定是衛三公子的人頭嗎？」

劉邦強壓下自己心中的悲傷，淡然道：「如假包換，貨真價實。」

項羽的眼中透出一股寒芒，在劉邦的臉上停留片刻道：「好，這人頭的確與衛三公子非常相似，但要辨明真假，對本帥來說卻非常簡單。來人呀，給我查驗人頭的牙齒！」

他一擺手，眾人全都歸位入座，兩名軍士進入帳中，對著大頭擺弄半天，方才稟道：「回大將軍，此人牙床上方第三顆牙齒缺了一半，餘者盡皆完好！」

「此話當真？」項羽幾乎跳了起來，問道。

「已經查驗多次，的確如此。」兩軍士答道。

項羽毫無表情地擺了擺手，讓兩軍士退下，雙眼睛幾乎瞇成了一條縫，緊緊地盯在劉邦的臉上，半天沒有說話。

帳內一時寂然無聲，就連劉邦也驀然緊張起來。雖然他心裡十分清楚人頭的真假，可是手心仍然捏了一把冷汗。

「我自從認識衛三公子以來，就一直在想，在這個世上，還有誰能殺得了他？我甚至認爲，要衛三公子的命，也許比登天還難，除非是發生奇蹟，但是讓我不敢相信的是，沛公居然做到了，這不得不讓我刮目相看。」項羽的話裡有一種激動與亢奮，話一出口，劉邦這才鬆了一口大氣，因爲連他也不知道何以才能辨明真假。

直到這時，項羽才完全相信了劉邦的忠誠。因爲衛三公子的人頭已經可以說明一切，無論誰再狠，他也不可能將自己的人頭獻出來，除非別人動手取他的腦袋。項羽堅信這一點！

但他絕對沒有料到，衛三公子絕對比他想像中更狠，正因爲他想不到，所以他才會落入衛三公子與劉邦的算計之中。

「不過沛公，我還是有些奇怪，我們對衛三公子的了解，甚至精細到了他的牙齒，卻始終沒有辦法置他於死地，而你又是怎麼做到的？」項羽提出了他心中的疑惑。

劉邦今日鴻門之行，取信於項羽只是他計畫中的一部分，他還有一個計畫，正是算準了項羽必有此

問。只要項羽提出這個問題，那麼他的這個計畫就已經成功了一半。

他做事情，從來都是以最小的代價來換取最大的利益，而這一次代價付出的竟是衛三公子的人頭，他要換得的又是怎樣的利益呢？

劉邦笑了笑道：「本公非常同意大將軍的看法：在這個世上，的確沒有人可以殺得了衛三公子，本公也不能。如果說還有一個人可以做到，那就只能是他自己，因為這只能取決於他的心態。」

項羽搖了搖頭道：「我還是不太明白。」

劉邦環顧四周，只見帳內眾人無不將目光投射在自己身上，似乎都想知道下文，不由得微微一笑道：「我之所以這麼說，是因為衛三公子臨死的那一刻，他還一直把本公當作他的朋友！」

項羽沈吟半晌，似有所悟道：「原來如此。」

他終於明白，何以流雲齋屢次刺殺衛三公子都無功而返，而劉邦卻能一擊致命，這道理其實並不複雜，這就猶如一個殺狗的屠夫，當屠夫提著刀子，滿臉殺氣去面對一條狗時，這條狗就會保持高度的警覺性，根本不會給屠夫下手的機會，但是有經驗的屠夫卻不會這樣，他們通常的做法就是把刀子藏在身後，手裡卻拿著一塊肉，當這條狗認為沒有危險的時候，其實便是牠死到臨頭的時候。

所以說，只有來自自己身後的一刀，才往往是最致命的一擊，有的時候，一個朋友遠比十個敵人更可怕！

但是項羽的心中，還有一個疑問，那就是面對衛三公子這樣的絕世高手，就算是在他毫無防備的情況下，要想偷襲得手依舊不是一件易事，那麼真正施以這最後一擊的人，不僅要有收發由心的內力，閃電一般的速度，還要有十分精密的準確性與非常冷靜的頭腦，這個人會是劉邦嗎？如果不是，會是誰？

項羽很想知道這個人會不會就是劉邦自己，其實早在劉邦投靠楚國之時，項羽就一直在觀察著劉邦的一言一行。在他的眼中，劉邦無論是智慧還是武功，都是一流的人才，只是過於貪戀女色與錢財，顯然不是一個胸有大志之人。正因爲如此，他才會力保劉邦爲沛公的身分統率十萬大軍，與他共同完成此次西進關中的重任。但事實讓他萬萬沒有想到的是，劉邦竟然能以如此弱於他的兵力搶先進入關中，這不由得不讓項羽懷疑起自己的眼光來。而一旦殺掉衛三公子的人真是劉邦，那麼劉邦的武功也絕不是自己想像中的一般。這樣一來，這個劉邦就實在是太可怕了，已經對他構成不可小視的威脅。

所以項羽必須知道這個問題的答案，以便他對目前的形勢重新作出正確的判斷，幸好這並不難，因爲劉邦就在眼前。

「沛公的意思，是在衛三公子毫無防範的情況之下，發出了致命的一擊，這才得到了這顆人頭？」

項羽似是無意地問了一句。

「大將軍顯然是高看劉邦了。」劉邦搖頭一笑道：「本公雖然對武道一向喜好，但要在衛三公子這等絕世高手面前動手，就是不知死活了，所以真正完成這致命一擊的，另有其人。」

項羽「哦……」了一聲，彷彿來了興趣道：「原來沛公手下還藏有高人，這可得讓我開開眼界了。我此刻雖在軍營之中，但人始終還在江湖，此人能斬衛三公子於馬下，這倒讓我生了仰慕之心了。」

劉邦微微一笑道：「此人對在座的諸位來說，以前也許沒有見過面，但你們一定聽說過他的大名，他姓韓名信，與紀空手同出江湖，名聲雖然不及紀空手響亮，但手底下的真功夫可半點不遜色於他！」

眾人聞言，又都竊竊私語起來，顯然對韓信之名還是第一次聽說。原來韓信一出江湖以來，先是被鳳五掠入鳳舞山莊，後又以時信之名經歷了登高廳一役，自此之後，又隨衛三公子藏於暗處，一直低調行事，是以在江湖上名聲不響。

就在眾人猜測之際，坐在劉邦身邊的一個漢子站了起來，他的身形並不高大，但顯得力度十足，相貌猶顯俊雅，卻絲毫不缺陽剛，整個人渾然一體，健美剽悍，站於帳內眾人身邊，隱有鶴立雞群之感。

他踏前一步，跪拜行禮道：「小人淮陰韓信，見過項大將軍。」

項羽微微吃了一驚，有一種乍見鋒芒的感覺。

以項羽的武學修爲，已經到了古井不波的地步，無論外界的環境有如何驚人的變化，已很難觸動他的內心世界。可奇怪的是，當他看到韓信的時候，心裡竟然生出了一絲驚懼。

他之所以有這樣的反應，在於韓信一收一放的驚人氣質。就在韓信未踏出這一步之前，項羽也曾留意過這位靜坐在劉邦身邊的青年，當時給他的感覺，只覺得這個年輕人雖然氣宇不凡，似有幾分深藏不

露，但絕對不屬於那種一鳴驚人的類型，等到韓信站將出來，項羽忽然感到有一股驚人的壓力緩緩從此人的身上溢瀉出來，一點一點地迫近自己。

這的確是一種不同尋常的感覺。

當韓信站立帳中的那一剎那，場上所有人的聲音都戛然而止，凝滯下來，彷彿爲這種擁有山雨欲來之勢的壓力所感染。在他們的心中，同時升起一種不可名狀的幻覺，好像感受到的不是近在咫尺的韓信，而是一座橫亙於天地之間的遠山。

項羽就是項羽，他絕不會被任何人的氣質嚇倒，雖然他的心中也爲韓信的陡然出現而驚，但這僅僅是一瞬間的事情，很快就一閃而沒，反而心如止水，眼芒一閃，緊緊地將韓信鎖定。

他的目光如一把利刃穿透虛空，直射韓信的眼眸。他始終覺得，一個人的眼睛是最誠實的，絕對不會撒謊，只要你能捕捉到眼睛裡的一些東西，就可以把握住這個人心中的態勢。

可是項羽還是失望了，因爲他發現自己所見的，並不是一個人的眼睛，倒更像是一個深邃而幽遠的黑洞，產生出巨大的吸力，反而將自己的眼芒吸納接收。

「是你殺了衛三公子？」項羽突然笑了。他此刻的一笑，似乎想掩飾自己內心的那一絲躁動。

「當一個人背對我三尺距離的時候，無論此人是何等樣人，我都有把握讓他一劍致命。」韓信的話十分囂張，但沒有人會覺得這是囂張，反而認爲他是一種自信的表現。

但是張良卻吃了一驚，將目光投向劉邦的臉上，因爲他明白，韓信是在說謊。不僅他知道，劉邦更加明白，可是何以劉邦竟然沒有任何的反應？

這難道是劉邦與韓信串通一起表演的一場戲？如果答案是肯定的，那麼其目的何在？

張良似乎有些看不懂內中的玄機，但他卻不動聲色，靜觀下去，因爲他知道只要有耐心，結果很快就會出來。

「你很自信，我十分欣賞。我從來都是這麼認爲：只有擁有非常實力的人，才是最有自信的人。」項羽微微一笑，眼芒陡然一寒道：「不過我並不相信別人的說話，而相信行動，你敢一試身手嗎？」

他之所以要試試韓信，正是要他證明實力，更想看看韓信的武功路數。

韓信的劍法乃是出自冥雪宗的流星劍式，冥雪宗又與問天樓極有淵源，一試自然露出底細，可假若不試，又何以證明他能殺得了衛三公子？

無論是劉邦，還是韓信，他們似乎都陷入了一個兩難之境，可奇怪的是，他們的神色如常，好像一點都不擔心。

這是不是說，他們心中早就預料到了有此一招，已有準備？

不知道，誰也不知道，至少在韓信出手之前，沒有人知道這個問題的答案。

◆

五音先生與紀空手緩步行進在皇宮之外最爲著名的奔馬大道之上。

在月色下，咸陽的夜，顯得格外淒寒。

五音先生顯然爲子嬰剛才的一席話而觸動了心弦，心情顯得分外沈重。他心裡知道，當他扭頭而走的那一剎那，大秦的血脈從此必將難以延續下去了。

他的腦海中依稀掠過先祖的影子，在他的心裡，此刻處於一種極度矛盾的狀態，令他有回天無力的感覺。

可是這種迷茫的狀態並沒有繼續下去，當他行至大街中段的時候，紀空手似是有意地碰了他一下，頓時將他的靈覺拉回到異常靈敏的狀態之中。

他看了紀空手一眼，似乎從紀空手跳躍不定的眼芒中讀出了什麼，幾乎同時，他突然從這靜寂淒寒的夜色中感覺到了一股淡淡的危機。

這危機乍然而現，彷彿將一塊細小的石子投入到靜止不動的深潭中，起的不是一圈圈的漣漪，而是沖天而起、無堅不摧的龍捲風暴，在五音先生與紀空手的眼中，更看到了這風暴來臨之前帶出的那種驚人強力。

與此同時，靜寂的長街驀起變化，長空黑雲疾走，天昏地暗，大街上空無一人，有一種說不出來的詭異之氣。

陰風驟起，彷彿平空而生，刮起漫天的塵土，由長街的遠端席捲而來，可是五音先生與紀空手佇立身形，衣衫紋絲不動，彷如兩座接天挺拔的山嶽，給人以無比凝重的感覺。

時間在一點一點地流逝，風塵也在時間的流逝之下化爲無形，長街似又回復到了先前的寧靜，但只要有人稍稍留意一下，便會感到這大街之上似乎多了一股一觸即發的巨大壓力。

五音先生如孤峰絕崖，負手而立。

紀空手猶如淵亭嶽峙一般，手已在刀柄之畔。

一刹那間，兩人眼中同時鋒芒畢露，如同埋沒千年的神兵寶刃乍現世間，驀然在虛空中相對交觸。

「嗚……」一聲長嘯中，兩人身形齊動，衝天而起，一左一右，站到了大街兩邊的屋瓦之上。

環視一眼，方知這殺機何以會有這般的濃重，只因這屋瓦之上密密麻麻地站了不少人，放眼望去，約有上百的精英，更有無數精芒寒矢隱於黑暗之後，竟然對五音先生與紀空手形成了非常嚴密的合圍之勢。

五音先生與紀空手對視一眼，臉上似有一絲訝異，他們感到事態的嚴重性。

無論對方是誰，有多少人，這並不重要，關鍵在於他們的行蹤何以會被人發現？要知道他們此次咸陽之行亦是隨心而想，更是臨時的決定，誰知一出皇宮，就遇上了敵人精心佈置的伏擊。

一陣冷笑聲從一座高樓處的屋瓦上傳來，隨聲步出一道人影，臉上泛出陰森嚴厲之氣，令他的笑聲

有一股讓人心悸的寒意。

「趙岳山？」紀空手微微一笑，似乎早已明白對方的身分，雖然咸陽城處於風雨飄搖之際，但以趙高與入世閣殘存的勢力，依然還有控制全城局勢的能力。

「我是趙岳山，在此恭候二位已經多時了。」趙岳山似乎對這兩名敵人有一種發自內心的忌憚，一揮手間，每一名手下無不亮出兵刃，嚴陣以待。

五音先生心中一驚，面對對方如此嚴密的佈置，他的心裡似有一種被人算計的感覺。當下也不猶豫，與紀空手迅速交換了一個眼色。

「難得趙總管如此盛情，在下實在感激不盡，自登高廳一別之後，紀某心下時常叨念著趙相與總管，不知故人是否安好？」紀空手心神領會，微微一笑道。

趙岳山的臉上閃過一絲怒意，牙根咬緊，盡力克制著自己的情緒，無論對趙高還是入世閣來說，登高廳一役無疑是他們走向沒落與衰亡的分水嶺，不僅連失三大高手，而且在大秦王朝的權勢也已風光不再。而這一切苦局的製造者，正是此刻站在他眼前的紀空手。

作爲趙高最忠實的追隨者，趙岳山對紀空手當然恨之入骨，所以當紀空手提起舊事，陡然之間，他好像不似先前那般冷靜了。

「我與趙相又何嘗不是時時刻刻惦念著你呢？當日之仇，永不敢忘，所幸天可憐見，又讓你回到了咸陽。」趙岳山深深地吸了一口氣，眼芒生寒，殺氣已現。

「莫非我不該回咸陽嗎？」紀空手故意帶出一副詫異之色道：「此乃大秦國都，大秦未滅之前，我還是大秦子民，重遊國都難道還犯了刑律不成？」

他意帶調侃，實則在爲五音先生爭取時間，憑他二人的身手，雖然躋身第一流的行列，但要從百名訓練有素的高手環伺中突圍，並非易事。而最讓人擔心的是，就算他們能衝出重圍，還有一個趙高在等著他們。

他們都有這樣的一種感覺，就是雖然沒有見到趙高的人影，但他們相信趙高就在附近統攬全局。五音先生現在最迫切要做的，是一個精確無誤的判斷。這個判斷一旦作出，必須要讓他們迅速擺脫這些人的糾纏，單刀直入，擒賊擒王，在最短的時間內直面趙高，然後合二人之力將之拿下，否則就是一場無休無止的決戰。

是以他與紀空手交換眼色之後，一種至靜至極的靈覺從他的腦海最深處潛升出來，「無妄咒」由心而生，發出一種若有似無的聲波，向四方擴散而去。

他的人雖在瓦面之上，但隨著聲波一圈一圈地向外延伸，他不僅聽到了自己的呼吸聲，血脈流動之音，縱是蟲蟻鼠行之聲也絲毫逃不出他耳目捕捉的範圍。

空氣在流動，無妄咒的聲波隨著空氣的流動而流動，一點一點地向虛空深處滲透，五丈、十丈、

二十丈……就在五音先生感到失望的剎那，突然從西北方向傳來一股龐大無匹的精神力量，如山崩水瀉，其勢甚烈。

「趙高，只有趙高才擁有這種無匹的氣勢！」五音先生心中暗道，也就在這一刻間，他的靈覺已然歸位，眼芒如利刃般沿西北方向射去，知道在一群高樓之後，是一個小湖，湖中的景色很美，在如此美麗的月色之下泛舟暢遊，的確是一件令人心動的雅事。

雖然兩地相距不過百丈，但五音先生知道要想跨越過去絕非易事，所以他望向紀空手。

紀空手捕捉到了五音先生目光中顯示出來的意圖，所以微微一笑。他忽然發覺，在他與五音先生之間，已經產生了一種默契，這種默契與武道修為絲毫沒有聯繫，而是發乎自然的心靈感應，所以他已經知道了自己下一步應該做些什麼。

但是在行動之前，紀空手還是將自己行動的每一個步驟都全盤考慮了一遍，然後眼芒標射在趙岳山的臉上，淡淡一笑道：「你是一個無趣的人，所以我並不想與你多費口舌，如果你沒有太重要的事，我想我得告辭了。放著這大好的月色不知欣賞，豈非讓我變得和你一樣無趣？」

「我承認自己是一個無趣的人，但你卻不得不承認，我手中的劍絕對有趣，而且有趣得要命，如果你認為你可以走得了，那就請自便。」趙岳山冷笑一聲，手已握緊了劍。

「是嗎？那我倒要看看，有誰能攔得住我的離別刀！」紀空手悠然一笑，手臂微抬，刀已在手，在月色斜照下，刀鋒處已隱生一道吞吐不定、微微發光的青芒。

有風吹過，刀生龍吟之音，雖然微不可聞，卻滲入虛空，滲入了每一個人的心中，讓心隨之悸動。

趙岳山霍然變色。

拔刀是一個過程，也是出手的前奏，在普通人的手裡，它就僅僅只是一個非常簡單的動作，可是當趙岳山看到紀空手拔刀的那一剎那，他才真正明白，高手拔刀，絕不是爲拔刀而拔刀，拔刀只是高手束斂氣勢的一種手段，已有先聲奪人之勢。

而紀空手拔刀，還不僅只是一種手段，更像是一門藝術，他拔刀的每一個過程都非常清晰，讓人看得清清楚楚，就像是將每一個過程都定格在空中，但是整個動作絕對不慢，彷如行雲流水，一氣呵成，完全是在瞬息之間完成。

趙岳山只覺呼吸陡然不暢，已經感受到了對方一步一步迫來的巨大壓力，要想改變這種被動的局面，最好的辦法就是拔劍。

「鏘……」劍從鞘中掠出，逼出尺長光芒，在趙岳山的內力催逼下，劍橫虛空，隱帶嗡嗡之響。

屋瓦之上頓時響起一片喝彩聲，其中有幾個眼力不錯的高手似乎看出了這二者之間的差距，聲音叫得並不響亮。

的確如此，雖然紀空手與趙岳山幾乎完成了一個相同的動作，但紀空手的動作快而清晰，看似隨意

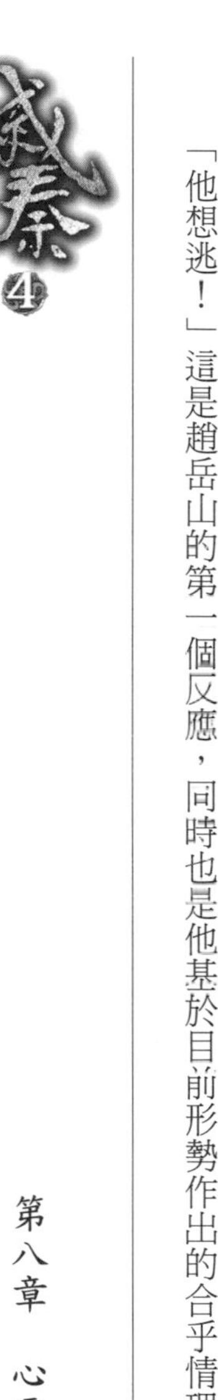

卻有嚴謹的尺度。而趙岳山的動作雖然比紀空手更快，但只是爲快而快，缺乏一種美感與力度，兩相對較，已顯高下之分。

紀空手沒有猶豫，刀既出鞘，握刀的手隨之一振，整個人像是變了個人似的，如山嶽般凝重地雙手抱住了刀柄，「蹬……」地向前跨出了一步。

只有一步，也只有三尺的距離，但這一步跨出，空中已充斥著一股不可抑制的殺氣，泛生無數氣旋，在虛空翻舞竄動。

場中的每一個人臉色都變了一變，似乎在同一時間感受到了這劇增的壓力，幾有透不過氣來的感覺。

趙岳山的眼神一顫，深深地吸了一口長氣，將自己全身的功力在瞬息間提聚於掌心，凝神以對。他收攝了心神，知道自己已無後路可言，面對紀空手這等高手，他唯一的選擇，就是迎頭面對。他心裡清楚，只要自己能夠擋得住紀空手爆發出來的第一擊，那麼自己身邊的同伴就可以在最短的時間內作出反應，從而完成整個合圍。

可是就在這個時候，紀空手不進反退，「蹬蹬蹬……」連退數步，腳從瓦面上一滑而過，震得瓦礫抖顫，泥塵簌簌而落。

「他想逃！」這是趙岳山的第一個反應，同時也是他基於目前形勢作出的合乎情理的判斷，所以他

沒有猶豫，大喝一聲，立時劍掠虛空，寒芒四射。

同時他的身形若箭矢般瘋狂標前！

「呼……」他的劍發出一陣驚人的「嘶嘶……」之音，與飛旋的氣流作劇烈的摩擦，但這並不是最可怕的，可怕的是他這一劍的速度、力度以及切入虛空的角度都十分完美，充分顯示了趙岳山作爲劍手的實力。

只有在此時，很多熟悉的人才明白趙岳山何以會得到趙高如此器重，這固然與趙岳山的忠心有關，但若不是他對劍道有超乎常人的領悟，又怎能入得身爲入世閣閥主的趙高法眼呢？

許多人都知道，入世閣能列五閥之中，乃是因爲趙高之下，還有三名一流的高手鼎力相助，但是自登高廳一役後，張盈死於扶滄海的槍下，格里又莫名其妙地死於花園中，身爲親衛營統領的樂白，竟然是問天樓的臥底，使得入世閣一夜之間元氣大傷，幾乎倒下。

但是只要有人看到趙岳山這驚人的一劍，就會明白一個道理：瘦死的駱駝比馬大，一個曾經屹立於江湖百年不倒的豪門，縱然它步入衰亡之路，也絕對不容任何人小覷於它。

所以五音先生隔街看到這一劍，心裡驀然一沈，他不知道有誰還能與這一劍一爭鋒銳，即使他相信紀空手，但也著實擔心。

「呼……」他驀然起動，身形以電掣般的速度掠過這五丈長街，雖然他自忖時間上會有所不及，未必能在劍到之時救援到位，可是他別無選擇。

他的人尚在空中，一雙眼睛卻緊盯在紀空手與趙岳山的這一戰上，隨即耳中聽到了來自四周弦動的聲音，知道這是敵人的狙擊手段，但他的人猶如大鳥般毫無忌憚地直進。

眼見趙岳山的劍鋒擠入紀空手的三丈範圍之內，陡然之間，趙岳山的臉色一變。

誰也不知道趙岳山的臉色為何會變得這般怪異，但很快，在場的每一個人都看到了原因。

這個原因就在於紀空手，他一直在退，明明在退，但忽然間他的整個人卻揮刀而進，就好像他從來沒有退過一般，在退與進的轉化間快得不露痕跡。

趙岳山的心裡「咯噔」了一下：「這是一個事先設計的陰謀，可惜的是我直到現在才明白過來。」

他的心彷彿掉進了一個深淵之中，無休止地下墜著，整個人充滿了無窮的恐懼。

◆

當項羽的話一出口，韓信就知道，無論對手是誰，自己的出手已勢在必行。

他似是無意地瞧了一眼劉邦，眼中閃過一絲欽服之意。他忽然發覺，目前的這一切進程好像都是在劉邦的算計之中，難道說這就是天意？

隨著時間一點一點的推移，在韓信的心裡，愈發對昔日所見的蟻戰迷信起來。他驚奇地發現，他所經歷的每一件事情已經神奇般地與蟻戰發生了驚人的巧合，雖然在某一事件上有一些無關緊要的偏差，

但整個大局的趨勢幾乎完全一致。如果說這不是天意，還能是什麼？

這不得不讓韓信感到血脈暢熱起來，甚至在心中暗暗思忖著：「既然這是天意，那麼劉邦戰勝項羽就是一種必然。可是那場蟻戰最終因爲鳳兒澆來的一盆水而終止，並未意示著這天下之主就一定會是劉邦，難道說……」

他沒有再想下去，也不敢再想下去。他深知，路是一步一步走出來的，只有腳踏實地，抓住每一個屬於自己的機會，最終才能到達成功的彼岸，如果一味地以天意爲藉口，企圖坐享其成，那只能是一個空想，更是一個幻想。

「既然大將軍有令，韓信敢不從命？」韓信不敢猶豫下去，恭聲答道。

項羽滿意地看了他一眼，道：「一個有把握殺掉衛三公子的人，身手一定不錯，不管是從前面還是背後，都需要一種超乎常人的勇氣與自信，所以要試你的身手，武功太低的人未必能行，不過幸好郭岳的劍法也不錯，不妨就你們倆切磋切磋！」

他的眼色一遞，郭岳已應聲而出，眾人聞言，無不興奮起來，因爲他們知道，郭岳能被項羽點中，絕不是一個偶然。

郭岳雖然位列項府十三家將之首，名爲家臣，實際上他的劍法已經相當有名。據說項羽爲人一向苛嚴，尤其面對自己的家臣與流雲齋齋內高手更是從不言笑，但唯有對郭岳的劍法，曾經有過數次的嘉

許，可見郭岳的實力的確已經躋身於一流劍手的行列。

當郭岳的人大步而出，一腳站立帳中時，場上的每一個人無不爲他驚人的氣勢所懾，都在心中喝彩一聲。

韓信側頭看去，正好與郭岳的眼芒在虛空中悍然交接，兩人都在心中微驚一下，肅然以對，未戰已有懾人的殺氣標出。

但是韓信卻退後了一步，低頭垂眉道：「此戰不比也罷，我認輸了。」

他此言一出，郭岳臉上固然一喜，但項羽的臉卻沈了下來：「未戰先怯，絕非勇士所爲，莫非你撒謊，這衛三公子不是你親手所殺?!」

帳內氣氛頓時緊張起來。

韓信搖了搖頭道：「不是韓信不戰，而是不能。」

項羽奇道：「有何不能？」

韓信眼芒一寒，陡生一股傲意道：「只因韓信的劍並非供人觀賞之劍，乃是殺人之劍，劍若出鞘，必當飲血，否則絕不罷休。」

項羽的目光爲之一跳，感到了韓信話裡的無限殺機，不知爲什麼，他一點都不爲韓信的狂傲而惱怒，反而生出一種欣賞之意。

「你希望這是一場生死決戰？」項羽先看了看郭岳，這才將目光緊盯在韓信的臉上。

「是的，唯有如此，方可顯出我真正的手段！」韓信迎著項羽的目光而上，眼中毫無恐懼。

項羽與他對望良久，方才把目光移至郭岳身上：「郭岳，你自行決定。」

郭岳一緊劍柄，肅然道：「郭岳請大將軍恩准，就讓郭岳與他來個生死之戰！」他惱怒韓信如此狂妄，心中已生殺機，雖然他對韓信這般自信有所忌憚，但他更相信自己的劍法有與任何人一戰的實力。

「好！」項羽的眼睛陡然一亮，拍掌道：「就讓我們睜大眼睛，來看這生死由天的一戰！」

眾人無不激動起來，緊緊盯向傲立於場中的兩大一流劍手，對他們這些久經戰事的將軍們來說，血腥與暴力永遠是他們最感興趣的主題，誰生誰死已不重要，重要的是這必將是一場殘酷而充滿激情的大戰。

「請！」郭岳的手雖在劍柄之上，卻沒有拔劍，只是非常優雅地做了一個手勢，盡顯大家風範。

「你說什麼？」韓信似乎耳朵有些失靈，側過頭來問了一句。

郭岳笑了笑，跨前一步道：「請動手！」

他只說了三個字，可是當他說到第二個字的時候，心中驀然一驚。

他之所以吃驚，是因爲他的眼睛突然一花。

據說郭岳昔年練劍之時，最先是學了三年箭術，習練射箭之人，首先練的就是眼力，所以郭岳的目力著實驚人，可以在百步之外識得蟲蠅的公母。

可是在這一瞬間，他忽然什麼也沒有看到，只感到有一股驚人的殺氣，陡然向自己的左肋迫來。

他的心裡「咯噔」了一下，這才明白爲何韓信要選擇生死之戰，而不是切磋性質的比武。因爲韓信的這一劍不僅快，而且狠，更不要臉，是以它的確是可以致人死地的要命一劍。

郭岳明知對方是偷襲，卻無法指責對方的陰險，只能自怨自己一時的大意。這明明是一場以命相搏的決鬥，而不是遊戲，你若強求別人遵守遊戲的規則，那你不是傻子，就是笨蛋，二者必居其一。

所以郭岳就只能退，在退的同時，劍已出手，在身後佈下重重氣鋒，利比鋒刃，企圖封鎖住對方迫來的劍勢。

但韓信絕不會浪費這輕易得來的先機，暴喝一聲，他的劍在空中微顫，突然爆裂出無數朵如花般的氣旋，強行擠入。

「叮……」雙劍在間不容緩之際一觸即分，激起一溜讓人心悸的火星。

郭岳雖然阻緩了韓信若行雲流水般的攻勢，但他的心裡已驚駭不已，因爲就在劍鋒相交的一刻，他的手臂陡然一震，似有一道奇寒無比的陰氣侵入，令他的氣血爲之一窒。

這只能說明，韓信的內力之強已在郭岳之上，兩人全力一擊間，韓信的內力竟然能隨劍身侵入到郭岳體內，已說明問題。

但真正感到吃驚的人，不是郭岳，而是項羽。他在韓信一出手的瞬間，對韓信的劍法有種似曾相識之感，以他廣博的見識，當然知道這是來自於冥雪宗的流星劍式。

這讓他聯想到了問天樓的鳳五，可是細觀之下，他又生出幾分詫異。

韓信的劍法的確與流星劍式有幾分形似，但在劍路的變化上更趨簡單而實用，即使是武功心法上也與冥雪宗似有迥然不同之別，這頓時讓項羽打消了心中的疑慮。

因爲他本身就是一個武學宗師，對武道的領悟具有非凡的造詣。他深知，一個人的劍式套路也許與人有共同相似之處，但使用劍式的心法與內力卻絕不可能如同一轍。這只能說明一個問題，那就是韓信的劍法也許與流星劍式有幾分形似，但韓信卻不會是冥雪宗的弟子，他堅信！

劉邦的臉色平靜如常，嘴角處掛出一絲不易察覺的笑意。他如此鎮定，是不是早就預料到項羽會作出這樣的判斷，所以才讓韓信放手一搏？

如果事實真是如此，那麼劉邦的膽色也實在大到了讓人瞠目結舌的地步，因爲這完全取決於項羽的一念之差，若是他認定韓信是冥雪宗的弟子，那麼今日隨劉邦前來的數百人馬，必將死於非命。

就在項羽消除了疑心之際，劍從韓信的手中再次殺出，簡簡單單的一劍，卻如一道可以封住洪流的大堤，橫亙於氣流湧動的虛空。

郭岳已然心驚，卻驚而不亂，劍勢再起，猶如驚濤駭浪，以狂猛之勢向韓信狂瀉而去。

「叮……」劍影交織下，發出一聲清脆的金屬撞擊的聲音，韓信的劍鋒陡然一跳，在空中化作一片天際下的流雲，竟然透出了一股閒散的意境。

看似閒散，卻有殺氣，郭岳只覺手心的勁力沖瀉而出，就在雙劍一觸間消失得無影無蹤，顯然是爲韓信牽引而吸。

這一逼一吸，完全不能讓郭岳控制，此刻他內心的驚懼，的確到了無以復加的地步，郭岳無奈之下，只有再退。

但這一次退卻是有預謀的退，面對韓信如此凌厲的劍勢以及古怪的內力，郭岳已經認識到如果自己一味防禦，只能是坐以待斃，與其如此，倒不如放手一搏。

所以他退得很快，縱出七尺之後，驀然同劍一旋，整個身體幾乎平貼在地面，躲過了韓信的一劍之後，調轉劍鋒，直迎韓信的胸口。

他的整個動作不僅突然，而且難度極大，借迴旋之力，手中的長劍幻生萬千劍影，如一張大網撲天蓋地向韓信襲去。

韓信的眼中閃過一絲訝異與驚奇，但他的心神卻靜若止水。經過了這數月以來的風風雨雨，又兼之身體機能與玄陰真氣逐漸融合，渾成一體，他對武道的理解也愈發深刻，逐漸形成了屬於自己的悟性與風格。

若非如此，他絕對躲不過郭岳這竭盡全力的一擊，因爲任誰的眼睛再快，也快不過郭岳的這一劍，而韓信已不用眼睛來觀察對手，所以當郭岳的劍出，他已用自己的感官的靈覺捕捉到了這一劍的殺氣。

這聽上去似乎玄之又玄，但在真正的高手眼中，這並非是不可企及的。當韓信將自己置身一個臨戰的狀態下時，他也同時開放了他身體內的每一個感官，讓它們在同一時間內去捕捉體外不同環境的變化，以利自己在最短的時間作出最正確的判斷。

所以當郭岳自認爲這一劍已是必殺之招，沒有人可以化解時，他卻不知道，他的每一個動作早在韓信的掌握之下。韓信之所以沒有立刻作出反應，只是故意爲之，他其實是在等郭岳的內力將盡未盡、無法續接的那一刻的到來。

韓信在等，全神貫注地等，郭岳這一劍行在空中的每一段過程，都定格般地清晰再現，從他的思維中毫無遺漏地盡數展示。

當那一刻在瞬間出現的時候，韓信的劍有如電芒速降，在對方的劍鋒幾乎刺入自己肌膚的剎那，劃出一道美麗自然的弧線，巧妙地點擊在郭岳的劍身之上。

「嗤……」郭岳只感到有一道寒氣沿劍身而來，以最快的速度侵入自己手臂上的經脈，他便如置身於一個千年的冰窖之中，那徹骨的冰寒幾乎麻木了他的每一根神經。

在這刻不容緩之際，任何猶豫都是遭受致命一擊的理由，所以郭岳完全是出於本能地張開了口。

他在這個時候張口，是想求饒，還是想慘叫？場上的每一個人都有這樣的想法，就連韓信也覺得有些詫異，這舉動完全不合郭岳的性格與身分，所以韓信沒有大意。

「撲……撲……」果不其然，從郭岳的口中突然爆出了兩點寒芒，以精準的角度迫至韓信的咽喉。兩點寒芒，兩枚金牙，在絕境之中，郭岳竟然運氣迫出了自己門牙之上的兩顆大金牙，當作暗器激射出來。

這兩枚金牙雖不是暗器，但在這麼短的距離內射出，遠比暗器更有威脅性，就算韓信已有心理上的準備，也忙了個手亂腳急，方才化去了這兩枚金牙的凌厲一擊。

郭岳以兩枚金牙的代價，終於挽回了失去的先機。當兩人再次凝神相對時，無不為對方展示的精妙劍法與應變手段而歎服不已。

但這並不意味著戰事的結束，反而更像是真正決戰的開始，虛空之中湧動的殺氣，遠比先前更濃、更烈。

項羽本想出口罷戰，但卻最終沒有開口，他忽然覺得這是一場值得人們期待的決戰，只要是武者，肯定不想錯過，他當然也不例外。

劉邦一直是以平靜的心態來看待這兩人的生死相搏，誰生誰死並不重要，重要的是他已洗清了自己的嫌疑，這樣一來，就算項羽有心來對付他，亦是師出無名。

不過如果韓信最終能贏下這生死之局，那麼劉邦的心中還有一個更大的計畫便會開始啓動。只是以劉邦的性格，他總是到了該出手時才出手，絕對不愛憑空幻想，所以在韓信未贏之前，他絲毫不想下一步的行動。

雖然劉邦與項羽的想法迥然不同，但他們都已是江湖上有數的頂尖高手，竟然不約而同地生出一種預感，那就是在韓信與郭岳之間，無論誰勝誰負，決戰只會在一瞬間結束。

這並非無妄揣測，而是他們都從虛空之中感到了一種山雨欲來的巨大壓力。

帳內無風自動，帳篷鼓漲得幾欲崩裂，帳內的每一個人都深感呼吸困難，幾有窒息之感。

一縷類似蟲吟蟬唱的異聲驀然響起，初時聽來細不可聞，彷在遙不可及的天際，刹那間已響徹了整個空間，震人耳鼓，嗡嗡作響，蓋過了這方圓百丈之內的任何聲音。

一時間天地中只存這種尖銳如利刃割帛般的聲音，引得項羽與劉邦同時一怔，凝神以對。

他們知道，這是決戰雙方就要出手的先兆。

帳內鼓漲的氣流驟然而動，急劇旋轉，一道道如龍蛇騰竄的氣鋒在有限的空間之內作急速的激撞。

面對韓信不動如山的身形，領略著狂若驚濤的氣浪，郭岳的臉色變得如嚴霜般凝重，心裡禁不住震顫了一下。

只有一下，卻已足夠讓韓信出手，他以自己靈敏異常的靈覺感觸到了郭岳心神這一微妙的變化。

「撲……」劍斜指，帳篷的頂端裂出一條細縫，一縷明燦燦的陽光強行擠入了這充滿氣旋的空間，耀眼奪目。

韓信的劍終於出手，當郭岳意識到這一點的時候，韓信凜冽的劍鋒已經如一道幻痕般劃向了他的眼眸。

劍，快得只有結果，沒有過程，就像這劍本身就在郭岳的眼眸之下，從未動過一般。郭岳根本就沒有看清韓信的劍來自何處，將去何方，只感到這劍中帶出的讓人心悸的殺氣。

陽光斜照在劍身之上，與劍的青芒在剎那間交融，幻成一縷無比燦爛的霞光，誰也說不清是陽光催發了青芒的躍動，還是青芒撩動了陽光的生機，光彩如夢，夢如霞光。

虛空中陡然生靜，靜得不沾一塵。

沒有絲毫的劍風，沒有一點劍劃虛空的痕跡，便連最初的那一道銳響，也似被這一劍吸納，凝成了一股如山嶽將崩的氣勢與壓力。

直到這時，郭岳才驚懼地發現，無論韓信是偷襲，還是正面出手，他都沒有太多的機會，先機對韓信來說，彷彿是信手拈來，正如韓信的劍式原本就是郭岳劍法的剋星，讓他有處處受制之感。

郭岳還是得退，疾退，他必須拉開一個距離，讓自己的劍鋒在最短的時間內切入虛空。

他動得很快，劍出厲嘯，隱帶風雷之聲，幾乎掩蓋了韓信劍鋒帶出的任何光芒。

場上的每一個人都似被這凌厲的劍氣所逼，紛紛後退，心中同時生出一個懸念：「不知這截然不同風格的兩柄劍最終會演繹出一種怎樣的結局？」

沒有人知道，至少現在沒有人知道。

因爲無論是動是靜，這兩柄劍都似乎得到了劍道的精髓，動與靜之間，只是一種相對的形式。

第九章　臨危不亂

趙岳山終於明白，誰若要選擇紀空手作爲自己的對手，就一刻也不能大意，否則，必會被他所乘。紀空手顯然意識到自己所處的環境十分兇險，一味硬拚，雖然未必就輸，但絕不是他們的最佳選擇，所以他選擇了「擒賊先擒王」的戰術。

他所用的「擒賊無擒王」，卻與五音先生所想略有不同，他所選擇的這個「王」，不是趙高，而是趙岳山。

趙岳山無疑是這上百名敵人的首領，只有將之制服，才可以用來要挾敵人。到了那個時候，無論是進而直面趙高，退而遠出咸陽，主動權就在他與五音先生的手中。

但是要制服趙岳山，並不是一件容易的事情，而且必須在瞬息間完成整個行動，這就愈發難上加難，不過紀空手卻用自己的智慧贏得了一個絕好的出手時機。

他拔刀，直進，只是一個提聚功力的過程，同進給予對方施加最大限度的壓力，讓趙岳山的氣勢也相對提至極限，然後他退，以退爲引，使得趙岳山的氣勢衝瀉而來，在它將盡未盡之時，這才實施最後

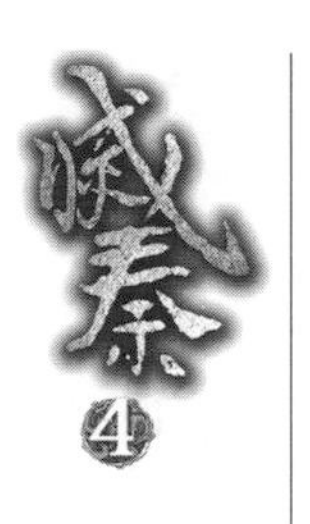

的一進，而這一進，雙方的氣勢已變得強弱分明，趙岳山又豈能不落下風？

趙岳山沒有任何時間來後悔，面對紀空手宛若驚濤駭浪般的刀勢，他唯有硬抗。

這絕不是明智之舉，以他現在的功力，很難在這麼短的時間內提至極限，根本無法與紀空手盈滿之勢抗衡。但趙岳山如果不想束手待斃，就只有這一條路可走。

趙岳山一聲長嘯，身形如一陣清風般化入一片劍影之中，淡成虛無，在他身形掠過的空間裡，斷瓦碎木迸裂而起，如同被一道颶風捲起，變得粗暴而狂野；又像是一張巨獸的大嘴，以迅猛之勢撲前，似要吞噬這天地中的一切生命。

距離在此刻已不成爲距離，甚至也沒有了時間的界限，整個虛空中都被無盡的壓力所充斥，欲爆欲裂。

刀，宛如半弦之月，從一個玄奧莫測的角度生起，切入這動蕩的虛空，簡單而有效，使得這虛空裂出了一道深邃而幽遠的洞痕。

「噹……」刀鋒與劍尖在虛空的中心發生了悍然撞擊，兩股巨大的氣流在撞擊中交融爆炸，橫生出無數股更強猛的氣旋，瘋狂竄動。

趙岳山只覺得胸口遭受了重重一擊，氣血翻湧間，彷如有無數利刃割膚入體，「蹬蹬蹬……」連退數步之後，突然身形一沈，意欲破瓦入室。

這是最明智的決定，可惜遲了，就在他後退的同時，紀空手的刀鋒一指，一股沛然不可禦之的劍氣從劍身中竄出，如惡龍般貼伏在瓦而之上，向趙岳山的腳下竄去。

趙岳山心中的驚駭無與倫比，他的目光所見，是一道驚人的白光閃過瓦面，以白光爲界限，黑黝黝的青瓦紛紛向兩邊而分，激射空中，直追趙岳山的身形而來。

趙岳山只有再次騰空。

但是他的身形再快，也快不過這霸氣十足的一刀，紀空手暴喝一聲，手腕一抖，刀劈八方，在剎那之間封鎖了趙岳山的任何去路。

趙岳山還想作最後的反抗，但劍一舉起，卻聽得「嗤……」地一響，一縷勁風從紀空手的手指間彈出，正好點在了劍鋒之上。

「呼……」趙岳山只覺手臂一麻，只有脫手，劍如無主的風箏，突然墜入了屋瓦下的房中。

「你果然聰明，明知不敵，便棄劍投降，既然如此，我便放你一馬！」紀空手輕笑一聲，手指微張，突然封住了趙岳山周身的幾處大穴，令他手不能動，嘴不能語。

與此同時，五音先生已越過長街，一聽紀空手的說話，心領神會，大喝道：「趙岳山既已投降，你們難道還想頑抗到底不成？」

他與紀空手一唱一合，反應之快，根本就不容敵人有任何思考的時間。

四周合圍的上百名敵眾眼見趙岳山與紀空手廝鬥一處，還沒看得分明，想不到戰事便已結束。這時又聽得五音先生這般喊叫，倒也難辨真假，一時間竟然沒有人作聲，僵立當場。

五音先生與紀空手相視一眼，微微一笑，正要趁此良機起動身形，突出重圍，忽聽得一陣古箏之音隱隱從西北方向傳來，抑揚頓挫間，說不盡的悲涼蕭索，彷如一位落寞的英雄孤身行在夕陽之下，大漠之中，令人心生惆悵，好不傷感，便每一個音律轉換之間，已生殺伐之意，令五音先生心中猛吃一驚。

五音先生之所以有此一驚，是因爲他本就是一個能將音律融入武道之中的大行家，平生自負絕技「無妄咒」，便是將殺機暗藏於簫音中，可以殺人於無形。但他此刻聽到這箏音，卻發現這箏的主人的修爲似乎並不在自己之下，雖相距百丈之外，卻猶在耳邊一般，讓人感受到一股莫名心悸的寒意。

五音先生微一沈吟，哈哈一笑道：「趙相既有留客之意，五音敢不從命？只是請客用不了這般大的陣仗，還請撤了吧？」

他眼色一遞，紀空手已解開趙岳山的穴道，叫聲「得罪」，趙岳山走得幾步，這才回頭狠狠地瞪了紀空手一眼。

隨著箏音而來的，是一個人聲，雖綿軟無力，卻可及遠，聽入耳中，倍感清晰：「有先生這一句話，趙高就放心了，無禮之處，還望莫怪。」

他的話一傳來，上百名高手各自向後退去，趙岳山微一拱手道：「請！」

五音先生與紀空手似乎絲毫不懼，在趙岳山的帶領下，走過屋瓦，跳入一條隱於竹林的小道，來到了一個小湖之畔。

湖畔無船，卻有亭，亭中一人，面對湖面雙手撫箏，背影孤俏，有一股說不盡的落拓之氣。

此人不是別人，正是一代權相趙高，誰會想到昔日江湖五閥之一，又是大秦權相的趙高，數月不見，竟然變得這副模樣？

五音先生與紀空手走入十丈之內，方才止步，突然心有所感，只覺世事難料，眨眼便是物是人非。箏音依然不斷，似有一種似近實遠、虛無縹緲的意境，偶有高亢處，可見趙高的心中並不平靜。

當兩人再近五丈時，「錚……」地一聲，古箏傳出一聲充滿殺伐之意的最強音，便戛然而止。

「啪啪……」五音先生拍掌兩聲，悠然而道：「趙相不愧是趙相，身爲閥主，又居權相之位，想不到還有閒情彈得這一手好箏，真正讓五音有些汗顏了。」

趙高並沒有起身相迎，而是身形不動，眼睛望向月光之下的湖面，輕輕一歎道：「其實本相自小學箏，迄今算來，也有數十年了，只是一生周旋於江湖與天下之間，難有閒暇顧及此好，是以並不爲世人所知。音兄，平心而論，你說本相的古箏可列音律幾品？」

他費盡心機，出動大批高手，請來五音先生與紀空手，自然不會是來討論音律的，但五音先生絲毫不以爲意，低頭想了一想，方道：「趙相是個極聰明的人，似彈箏這般雕蟲小技，自是一學就會，一會

即精。但樂音一道，不僅講究音質，最重要的還是意境，以趙相此刻的心情，只怕難有這份雅趣與閒心吧？」

趙高的心中一震，微微一歎道：「音兄果真是個高人，能聽音律而知心意。既然如此，音兄當然也聽出了本相箏音中的殺伐之心了？」

五音先生深深地看了他一眼道：「箏音雖有殺氣，可是心中似有太多的無奈，只怕事情難如所願。」

「的確如此。」趙高緩緩回頭，眼芒一寒，直射到紀空手的臉上，道：「我之所以心有殺意，是因這位紀公子。對本相來說，登高廳一役，是本相這一生中最大的敗績，不僅是我個人之敗，亦是我入世閣百年之大敗，要想再復當年風光，只怕是本相心頭的一個奢望了。」

紀空手面對趙高咄咄逼人的目光，夷然不懼，反而微笑道：「原來你是問罪而來。」

趙高搖了搖頭道：「本相無心問罪，也許在此之前，本相確曾動過殺心，可是等到本相靜坐於這古亭之中，輕撫古箏，抬頭望月，憶起無數往事，不由得驀然悟到，其實這一切罪不在人，而在於己，若非本相不能克制貪念，又怎會落到今日下場？」

紀空手臉上閃過一絲詫異之色，與五音先生相視一眼，兩人都沒有說話。

「本相三歲習武，九歲有成，十八歲入主入世閣，在當時形勢並不明朗的情況下，力排眾議，全力

襄助始皇登基，滅呂不韋之亂，從而手握權柄，成為江湖上最有權勢之人。每每憶起這段往事，想起昔日叱吒風雲、縱橫天下的英姿，總是讓我情不自禁地熱血沸騰，暗恨做人何以會老，又何以不能永保年輕！」趙高並不理會二人的表情，似沈湎於對往事的追憶之中，有感而發道：「直到今日，本相自省，才發現本相今生最大的錯，不在登高廳，而在於廢扶蘇，立胡亥。若非有胡亥登位，又哪來的登高廳之禍？」

紀空手驀然想起了月色下的子嬰，心中頓生一絲恨意，道：「你能這般想，也算是對了一回，始皇駕崩之後，如果你能擁立扶蘇為帝，以扶蘇的仁義，又怎會出現今日不可收拾的殘局？天下百姓也不會因你這一念之差而飽經戰火煎熬，遭盡了罪。」

趙高長歎一聲道：「你錯了，以當時的情景，本相又何嘗不想立扶蘇為帝，但本相那時一心忠於始皇，豈能不遵遺訓？」

紀空手與五音先生大吃一驚，無不色變，根本不信這廢扶蘇、立胡亥之舉竟是始皇的遺囑。

趙高道：「二位試想，扶蘇仁義，胡亥暴烈，二人的性情相差何其之遠，但這二人之中，是誰的性情更合始皇的心意？」

紀空手猶豫片刻道：「始皇自小登位，忍九年之苦，終掌權位。隨後征戰天下，平定六國，一生殘暴冷酷，若以性情而論，當然是胡亥更合他的心意。」

「但這並不是始皇要廢扶蘇、立胡亥的真正原因。」趙高的眼神變得深邃而悠遠，臉色十分地凝重，道：「始皇之所以自稱始皇，是因爲他要將大秦這份基業傳至萬世，所以他臨終之前，當然要選擇一位他認爲可以繼承大統的人來做皇帝。以當時的天下大勢，六國初定，民心未穩，假若立扶蘇爲帝，他擔心『仁義』二字不足以治理天下，因此才會密詔本相和李斯，要我二人來擔負這廢太子的罵名。」

趙高的話簡直有些驚世駭俗，但五音先生與紀空手都是心智聰慧之人，一聽之下，卻覺得很有道理。因爲以始皇的性情，在當時那種情況下，這無疑是他最有可能作出的抉擇。

「你們也許會問，何以本相會將這個天大的祕密告之你們？」趙高的話正是五音先生心中想問的，所以他點了點頭，趙高繼續道：「如果大秦不亡，這個祕密確實不能爲外人道也，因爲這有可能影響到始皇的英明，可是如今大秦變成這個樣子，說與不說已無太大的關係。」

紀空手道：「既然這是始皇密詔，那你既立胡亥，就該盡心輔佐才是，何以會將天下搞得烏煙瘴氣、民不聊生？到了最後，還要陰謀造反，取而代之呢？」

他並不同情暴秦的滅亡，也不同情趙高的兩難之境，他只知道，假如那一天不是趙高與胡亥君臣相鬥，他根本就沒有機會取走登龍圖。

趙高的神情一凝，良久才道：「當本相擁立胡亥之後，方知始皇當日的決定有錯。胡亥爲人狠辣陰險，卻又志大才疏，本相屢獻治國良策，都因不合他的心意而廢置案頭，並且還對本相起了疑心，企圖殺之而後快。本相心想：『這大秦既然要亡，又何必非要亡在項羽、劉邦之手？以本相的能力，難道就治不好這個天下嗎？』所以本相便費盡心思，安排了登高廳的宴會，誰知人算不如天算，最終卻讓你這個無名小子攪了好事，否則的話，只怕今日的天下已是我的了。」

他狠狠地瞪了紀空手一眼，見其嗤之以鼻，一臉不屑之狀，神色頓時一黯，道：「可是到了今日，本相又不得不感謝你當時的攪局。因爲從今天的大勢來看，大秦覆滅只是遲早的問題，本相又何必爲做這數十天的亡國之君而擔負千古罵名呢？」

紀空手冷笑一聲道：「縱算你沒有做上這亡國之君，這千古罵名依然會落到你的頭上。男子漢大丈夫，敢作敢爲，你既然敢以一己之私冒天下之大不韙，又怎會在乎這身後的罵名？」

趙高的臉已是一片鐵青，緩緩地背過頭去，雙手撫箏，似要彈奏，卻聽「錚……」地一聲，古箏上的一根弦突然崩斷，彈上空中，然後便像一根長了眼睛的毒蛇般彈起，如閃電般射向紀空手。

他這一手用力之巧，恰到好處，拿捏得角度又十分的到位，更勝突然，是以弦絲彈出，五音先生的臉色大驚，想施以援手，已是不及。

但紀空手卻沒有動，似乎根本就沒有看到這驚人的一幕，嘴角上反而生出一絲愜意的微笑。

「撲……」弦絲到了紀空手面門處，突然向下折射而去，弦絲雖細，但弦上所帶的勁力卻強大無匹，竟然在距紀空手腳下三尺處的地面上轟開一個大洞。

塵土散盡，紀空手的臉色竟然絲毫未變。

五音先生與趙高雖然不動聲色，但在心裡都有幾分詫異，似乎根本沒有料到紀空手竟會有這般超人的定力，但五音先生心中還有一個疑問，那就是趙高既對紀空手恨之入骨，何以還會手下留情？而紀空手能夠臨危不亂，莫非他已知曉趙高並無殺他之心？

「啪……啪……」趙高終於站起身來，拍掌道：「年輕人中有這等膽識的，實在不多，紀空手，你果然有種！」

他的臉上沒有一絲的敵意，反而多了一絲欣賞之意。

◆

動與靜之間，的確只是一個相對的概念。

靜到極處，寓動其中，動到極處，亦是由靜而生。所以在這個世界上，既沒有絕對的動，也沒有絕對的靜。

但郭岳知道，如果自己的劍打破不了韓信這一劍演繹出來的靜態，那麼他必將死在這一劍之下。

所以他的這一劍已經將他的潛能提升至極限，無論是速度、角度，還是力道，都達到了他所能企及的程度。

可就在他劍出的同時，他驚奇地看到韓信搖了搖頭，臉上露出一絲惋惜之色。

「他何以要搖頭？他又為誰在惋惜？」任何人看到韓信的這種表情，都必然會在心裡問著自己，郭岳也不例外。

就在郭岳的心神一分之時，韓信暴喝一聲，他的玄陰真氣早已可駕馭自如，融入聲音中，將聲波與音線凝聚成一股無形的氣流，猶如帶著攏幅的重錘漫入虛空，無孔不入地攻入郭岳的每一個感官。

郭岳的身形窒了一窒，劍在空中出現了一個微不可察的停頓。

這不是他自己希望看到的現象，但卻是韓信希望看到的現象，出現這種現象，就說明郭岳的心神與劍勢上同時出現了破綻，在高手相爭間，這種破綻往往是致命的。

韓信當然不會放過這樣的絕佳機會，剎那之間，他的人與劍同時從靜態轉化成至動的狀態，身體如一道乍現夜空的閃電疾衝向前，劍幻萬道弧跡，以無匹之勢重擊向郭岳的劍身。

「噹……」雙劍相交，聲如驚雷般擴散出去，充斥著整個營帳，氣流狂竄間，將牛皮織成的帳篷拉扯得幾不成形。

郭岳只覺氣血如沸水翻騰，悶哼一聲，整個身形若驚鳥般飛退開去。

劍以輕靈為主，以飄忽的軌跡為輔，才可最大限度地發揮出劍在搏擊中的優勢與長處，但韓信的劍顯然不守這個陳規，反而另闢蹊徑，如刀般大砍大伐，竟然以狂猛之勢制敵，收到意想不到的奇效。

韓信幾乎算到了郭岳的每一個行動步驟，他先以表情擾其眼，再以聲音擾其耳，耳目一亂，心神自亂，然後由靜而動，將出手的速度與角度都拿捏得恰到好處，無懈可擊。一開始便揮劍如刀，大砍大伐，以己氣息之悠長，攻敵內力不續之短，展開了如水銀瀉地般驚人的攻勢。

郭岳並不想退，卻不得不退，他的氣血被韓信傳來的劍氣幾乎震得四散而滅，一時失力間，連手中的長劍也幾乎把持不住，企圖與韓信抗衡的夢想，就此破滅。

郭岳現在要考慮的已不是勝負的問題，而是生死！人最大的好處就是不會一味沈湎於幻想，終究要面對現實，他此刻就是一個需要面對現實的人。

但韓信就是韓信，他在沒有打倒敵人之前，永遠不會給敵人任何機會。眼見郭岳就要竄出他劍氣縱橫的範圍，再次發出了驚天暴喝，震得營帳內外遠近皆聞。

但奇怪的是，他的吼聲一出，人卻未退，只是看著郭岳在一步步地與自己拉開距離。

七尺、一丈五、三丈……

帳內的許多人都是搏擊高手，也是搏殺多年、經驗豐富的戰將，他們心中疑惑頓生，似乎不明白韓信為何不趁勝追擊。如此有悖搏擊的原理，難道是因為韓信根本就是野戰出身，缺乏這樣犀銳的目力？

但在項羽與劉邦這兩位當世大高手的臉上，卻露出了一絲難以置信的表情，似乎已經識破了韓信如此做的玄機。

三丈八寸，不多一分，不少一分。

韓信的劍宛如一道匹練般從虛空的深處驀然殺出！

瘋狂之劍，已如高山滾石般，形成了勢不可擋的攻勢，其勢之烈，便是百年不遇的洪流亦不敢與之爭鋒。

此劍一出，郭岳便知道自己完了。

這一戰完了，他的人也完了。

因爲這三丈八寸正是韓信攻出這一劍的最佳距離，唯有在這個距離，他這一劍才可以完全發揮出巨大的威力。

虛空中只有劍，已不見人，韓信的人似乎化入這烈如狂飆的劍勢之中，以己之心，以己之血，助長了這一劍如烈焰般的殺氣。

郭岳的臉如罩上了一層秋霜般凝重，就在韓信出劍的刹那，他也暴喝了一聲，渾身的勁力驀然從掌心中爆發，迎向了那虛空中爆烈的劍鋒！

他已無路可退，唯有硬拚一途，因爲韓信若驚濤般的劍氣籠罩了方圓數丈之地，他已欲逃不能。

韓信的身形升到最高點時，長嘯一聲，劍鋒幻化成萬千寒芒，借勢俯衝而下。劍本輕靈，但在這一刹那間，這劍如山嶽凝重，更帶山崩之烈，以沛然不可禦之勢霸殺八方。

「轟……」巨響爆出，氣浪狂捲，牛皮帳篷再也承受不了這巨力的撕扯，爆裂開來。

人影在氣旋飛竄中乍合又分。

韓信昂然不動，長劍在手，遙指丈許開外的郭岳，淡淡一笑道：「你輸了。」

郭岳的劍已落地，人已半跪地上，臉上露出一片茫然之色，道：「我輸了？」

他似乎還不明白韓信爲什麼要這樣說，因爲他不相信自己會輸，而且竟是輸得如此慘。但陡然之間，他發現自己的意識正一點一點地離體而去，瞳孔在不斷地抽搐中逐漸放大……

場上眾人無不駭然，就在郭岳倒下的那一剎那，他的眼、耳、口、鼻同時湧出股股鮮血，彷如泉湧一般。

這的確是一場生死之戰，敗的人唯有死，所以郭岳也不會例外。

大帳之內一片寂然，每一個人都將目光投向了立在場中的韓信，然後才緩緩地轉向默然不語的項羽。

項羽的臉上毫無表情，誰也看不出他是喜是悲，但在他的心裡卻湧出了太多複雜的情感。

郭岳的死的確讓他感到了悲傷，但那只是一剎那的事情，他很快將興趣放在了韓信的身上，因爲他突然發覺，一個韓信，也許比三個郭岳更管用，如果能將韓信收爲己用，那麼郭岳的死也算物有所值了。

他之所以有這個想法，得歸於韓信表現出來的驚人實力，雖然他對劉邦已經不再懷疑，但防人之心

不可無，劉邦本就是一頭下山的猛虎，若是再讓他得到韓信這樣的翅膀，那麼劉邦就始終會是他項羽的心頭大患。與其如此，倒不如對韓信施以恩惠，讓他為自己效命。

他為自己的這個想法而得意，輕咳一聲，卻見韓信俯身行禮道：「韓信該死，竟然殺了大將軍座下的將領，請大將軍賜罪！」

項羽見韓信給足自己的面子，處事有度有節，心裡著實滿意，一揮手道：「你有何罪之有？這既是雙方約定的生死局，死的也就死了，勝的人我還要大大的獎賞，怎會怪罪於你？」

「多謝大將軍不罪之恩。」韓信站將起來，不經意間看了項羽一眼。

項羽微笑道：「你能殺得了郭岳，可見劍法非常高明，這也印證了你的確有能力刺殺衛三公子。不過，我有一事不明，還想請教，不知你願意答否？」

他一向對屬下十分的嚴厲，此刻卻能對韓信這般和顏悅色，頓時讓帳內眾將領心生詫異，劉邦將這一切看在眼中，心中竊喜，頗為自己安排的這一齣戲感到得意。

昨夜他從卓小圓的營帳出來，天色微明，經過了一夜的旖旎，他的心情並不為此而感到有一點輕鬆，反而愈發顯得沈重起來，暗暗地問著自己：「為了爭霸天下，我不僅失去了自己最敬重的父親，而且還要失去自己心愛的女人，我這樣做，難道真的值得嗎？」

他不知道這個問題的真正答案，也從來沒有想過自己以前的付出是否值得，他只知道，自從他懂事

以來，就沒有享受過正常人的生活，而是按照一種殘酷而嚴謹的特殊方式來鍛鍊自己的意志與性格。當他從衛三公子的嘴中知道了自己真實身分的那一天起，他就明白，他不是一個尋常之人，自他降臨到這個人世時，他的身上就註定了要擔負起一種責任：帶領問天樓屬眾去完成父輩多年未遂的復國大業！

這是一種至高無上的榮耀，還是一種人性最大的悲哀？他不知道，也不想知道。

他只知道無論付出怎樣的代價，都必須要完成它，否則他無法向衛國的列祖列宗交代。

既然失去的已經失去，他心中所想的，當然是要以失去的代價換取他應該得到的東西。當務之急，是必須取得項羽的信任，同時他的心裡還有一個更大的計畫。

這個計畫就是除了他自己之外，在這爭霸天下的行列中，必須還要存在一支他可以信任的力量。因爲以項羽現在的實力，他根本無法與之抗衡，就算得到了登龍圖裡的一切，以及再給他三四年的時間，也殊無勝算。

這個計畫的每一個步驟都經過他的再三考慮，甚至連項羽的性格也在他考慮的範圍之列，但是最大的難點，是要找到一個可以實現這個計畫的人。

這個人既要有超人的智慧，過人的武功，超強的忍耐力，還必須是要劉邦完全信得過的人。不僅如此，此人還不能是他現在軍營中的人士，或是問天樓的精英，有了這幾項限制的條件，劉邦連自己也不敢相信能找到這樣的人選。

不知不覺中，他已來到了宿營地之外的一座小山丘上，當他放目四顧時，卻看到在數十丈的一棵大樹下佇立著一個孤獨的人影，久久未動，似乎已站立了很久很久。

「韓信？」劉邦的心神忽然一跳，整個人頓時來了精神，千尋萬尋之下，這個人選不是就站在自己的眼前嗎？

但是劉邦驚喜之下，還是有兩點顧忌：第一是韓信的忠誠問題。他既不是自己的人，也不是問天樓舊有的家臣，雖與自己有結義之情，但他同樣也背叛了他自己最好的兄弟與朋友。不過劉邦聽說過韓信對鳳影的癡情，假如以鳳影的感情來控制韓信，韓信自然不會輕易背叛自己。這難就難在第二點上，韓信的劍法乃是學自冥雪宗的流星劍式，以項羽這種大行家的目力，自然沒有識不破的道理。這樣一來，項羽就不會去相信一個來自問天樓的人，因爲誰都知道問天樓與冥雪宗之間的關係。

劉邦邊想邊走，終於站到韓信身後的十丈之內，就在這時，他突然感到在這十丈範圍的空間裡一片肅寒，陰冷刺骨，彷彿進入了隆冬時節的冰川之中。

他的心裡驀生警兆，再往前看，韓信竟然消失不見了。

這讓劉邦感到了一絲詫異，以他此刻的功力，也許還與衛三公子有一定差距，但放眼天下，能超過他的人已經不多，韓信竟然能在他的眼皮底下消失，這好像是一個不可思議的奇蹟。

就在劉邦還在驚奇之時，一股形如實物的強大殺氣從身後一叢亂草中撲來，其勢之烈，不容劉邦有

任何的猶豫，只能疾速標前。

他的身形很快，剎那間向前推移了超過五十丈的距離，與此同時，他的劍已然在手。

他不明白韓信何以要襲殺自己，但是不管出於什麼原因，他現在唯一可以自保的方式就是出劍！

「呼……呼……」他的劍如一道道詭異莫測的幻痕殺出，迅速封鎖了自己身後數丈的空間，雖然韓信的劍勢很猛，但他絕不敢對自己的劍氣置之不理。

但讓劉邦感到驚異的是，就在他出手的一瞬間，他忽然發現自己身後的壓力驟減，劍鋒所向，刺入的是一片虛無的空間。

「沛公的劍法果真高明，若非親見，實難讓韓信相信。」韓信的人站在十丈開外，劍已入鞘，悠然而道。

劉邦似乎並不爲這突發的事件感到著惱，而是非常平靜地道：「彼此彼此，你我兄弟間又何必相互吹捧呢？」

「你難道不想知道我何以要動手的原因？」這一次輪到劉邦感到有些詫異了。

劉邦似乎想到了什麼，肅然道：「你昨夜莫非在這裡站了一夜？」他之所以有此一問，是因爲他看到了韓信身上染滿霜霧的衣衫。

韓信點了點頭，道：「我身上的玄陰真氣經過一段時間的積蓄之後，每到無月無星之夜，便有盈滿之感，只能躲在這荒原之上靜心調息，加以疏導。誰想到了昨夜，這盈滿之感更甚，幾有將我全身經脈擠爆之虞。」

「是嗎？」劉邦的眼睛一亮道：「這乃是真氣提聚之兆，只要過了此關，從此之後，若是單論內力，你至少可以排名天下前十名之列！」

韓信大喜道：「原來如此。怪不得我昏死之後醒來，只覺得體內氣息似有若無，恍如無物，可是意念一動，這真氣便可隨心而生，源源不斷而來。適才聽得背後有人走動，我一時好奇，才想一試，誰知卻遇上的是你，真是不好意思。」

劉邦渾身一震，心中驚叫：「莫非這就是天意？否則何以時間上這般湊巧？」他臉上喜色洋洋，心中偌大的一個難題竟然迎刃而解，真是出乎了他的意料之外。

他不再猶豫，將自己的計畫和盤托出，聽得韓信目瞪口呆，如墜夢中。因爲劉邦這個計畫完全是針對項羽的心理來制訂的，一環緊扣一環，不容有一點的閃失，就連韓信這等心智奇高之人，也爲之驚歎，同時亦爲其中所冒的巨大風險而擔憂。

「本公相信你一定能行，只要此計可成，這天下早晚便是你我的。」劉邦深深地凝視著他的眼眸，目光中充滿了期待與自信。

「可要是萬一失手了呢？」韓信似有底氣不足地道。

「沒有萬一，這就是一場豪賭，我們的籌碼就是我們自己今後的命運，包括我們的生命！」劉邦說這句話的時候，就像一個孤注一擲的賭徒。

◆

其實就在趙高出手的剎那，紀空手的心裡也「咯噔」了一下，但是他最終還是相信了自己的判斷。

當紀空手隨著趙岳山來到小湖邊時，他就對周邊的環境作了細緻的觀察，直到他確認百丈之內再無人跡時，他已知趙高相約他們而來，絕無敵意。

所以他相信趙高的出手只是出於一種好奇，更是想看看自己的狼狽相，畢竟自己曾經將他戲弄於股掌之間，他豈能沒有報復心理？

聽得趙高發自內心的誇讚，紀空手微微一笑道：「這並非是我有過人的膽識，而是我深知，堂堂入世閣閥主親自出手，豈是我這等江湖小子能夠抵擋得了的？與其如此，倒不如瀟灑一些，任你宰割罷了。」

趙高搖了搖頭道：「你太謙虛了，你既知本相乃入世閣閥主，眼力自然不差。在本相這一生之中，能夠入得法眼之人，只有你和韓信。」這兩人無疑都是造成他登高廳失手的罪魁禍首，能得他如此評點，不由得不讓紀空手大出意料之外。

五音先生心中一直有樁心事，此刻聽到趙高如此推崇韓信，陡然一驚，心知以趙高的眼力亦是如此看法，這就更加證實了他心中的一些想法。

「趙相何以提及韓信？此子雖然亦有玄鐵龜之奇遇，只怕武功未必就能躋身超一流的行列。」五音先生故意說道。

趙高深深地看了五音先生一眼，道：「本相與音兄的看法似乎有點相悖。如果從短期看來，這韓信從天資與悟性上的確與紀空手有些差距，但從長遠看，此子對權勢富貴有一種近乎癡狂般的執迷，這也就造成了他可以爲了目的而不擇手段的性格，從不對自己需要的東西輕言放棄。有此韌性，已經足可彌補他在其他方面的欠缺，假以時日，其成就應該不在紀空手之下。」

五音先生道：「趙相所言，是否有所針對？」

趙高道：「這雖然是指他在武道方面的成就，但若是他得到機會，縱是爭霸天下亦不足爲奇，本相與他有過一段時間的相處，相信自己絕不會看錯。」

「機會？」五音先生怔了一怔，心道：「韓信此時人在劉邦軍中，既非劉邦嫡系，又因深知劉邦造神的底細而遭忌，能夠不死已是奇蹟，他又從何而來的機會？」

可惜五音先生雖然神機妙算，卻終究不是神仙，假若讓他得知了鴻門宴上發生的一切，他只怕會長歎一聲：「天意如此，絕非人力可以左右得了的。」

他在這一邊沈思不已，紀空手顯然已經耐不住心中的好奇，拱手問道：「趙相鬧出這麼大的動靜找

上我們，只怕不是閒談幾句這麼簡單吧？」

「聰明。」趙高誇讚一聲道：「憑本相對音兄的了解，算到了你們就會在這幾日內前來咸陽，所以就事先有所佈置，這才請得二位。實不相瞞，本相此次的確有要事相托。」

他此言一出，讓紀空手大吃一驚，因爲無論從哪一個方面來看，他們與趙高都是敵對的關係，絕非朋友，趙高怎會將事託付給他們？再說憑趙高的身分與地位，縱然失勢，亦不至於落魄到這個地步，他說的要事又是指什麼呢？

趙高將紀空手的表情盡收眼底，沈吟半晌方才歎道：「本相若非情不得已，也不想麻煩二位，只是思慮再三，覺得你我雖無交情，但是你們的性情爲人卻是本相最爲信賴的，是以此事唯有相求二位，方可了卻本相心中的最後一塊病痛。」

他說起這句話時，整個人彷彿蒼老了許多，在他的眼眸之中，不僅有悲涼，有倦意，更有一種無奈。當紀空手將這一切看在眼中時，禁不住在心裡問著自己：「這個可憐的老人，難道就是自己數月之前看到的那個權傾一時，位極人臣的大秦權相嗎？」

趙高的眼中似有一股深深的悲涼，緩緩而道：「我已老了，人老之後，就承受不起失敗的打擊。自登高廳一役後，我大秦將亡，入世閣亦是元氣大傷，要想從頭再來，實是沒有可能的事情。而張盈之死，總算讓我看破了名利權勢，對江湖上的恩恩怨怨，也再也不放在眼中，所以這次二位若能答應我的

託付，我便孤身一人，歸隱山林，從此再不踏足江湖半步。」

「你放得下嗎？無論權勢、名利，這些都是你畢生追求的東西，輕言放棄，談何容易？」紀空手將信將疑道。

「放不放得下我都得放下，走不走得了我都得走，這就是宿命，不容我有任何選擇的餘地。」趙高坐下，就著這已缺一弦的古箏，彈了一首《無恨歌》。

箏音逝去，留下的是一份滄桑的情懷，不知爲什麼，紀空手的心裡突然湧出了一股同情與憐憫的情懷。

他似乎忘記了這位彈箏的人就是昔日叱吒風雲、不可一世的趙高，在他的眼中，這人已不是趙高，就只是一個走入垂暮之年的老人，不管他曾經做過什麼，也不管他曾經是多麼的可惡，人到老時孤單一人，這的確是一個非常悲涼的結局。

「我很想幫助你，但我不知道憑我的能力是否可以完成你的重托？」紀空手的聲音很輕，就像是對自己的長輩一般尊敬，雖然他不知道自己的父母究竟是誰，是否健在，但他想念他們，從來沒有放棄過要找到他們的念頭。

第十章　封侯拜相

紀空手知道，身處在戰火紛飛的亂世，這也許只是一種奢求。

「在這個世界上，如果還有音兄與你都辨不了的事，那就沒有人可以辨得了了，我趙高在此先行謝過了。」趙高突然轉過身來，直挺挺地跪了下去。

他這一跪完全出乎五音先生與紀空手的意料，兩人相視一眼，同時驚呼道：「不要！」身形掠起，一前一後掠入亭中。

五音先生較之紀空手先一步入亭，腳尖剛剛點在亭中石板上，忽然心中生出一絲警兆，只覺得自己的身形一沈，彷彿身處一個巨大的漩渦之中，有一股強大的吸力正拉扯著自己下墜。

與此同時，那亭下發出隆隆之響，石板之下竟是一道用尺厚鋼板做成的鐵閘迅速向兩邊一分。

五音先生人在空中，毫無借力之處，驟見趙高發難，心中的驚怒簡直到了無以復加的地步。

「啪……啪……」他雖怒卻不慌，縱然全力抗衡趙高的漩渦之力，猶能在瞬息之間拍出兩掌，擊向腳下那如巨獸大嘴般的黑洞。

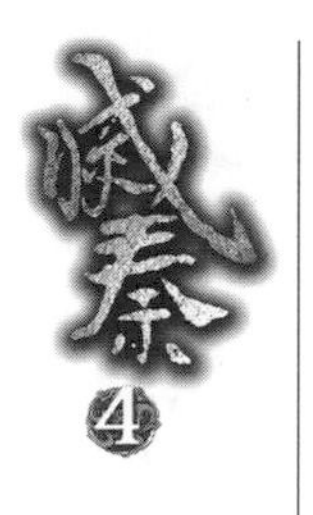

趙高猙獰一笑，反手一拍，古箏上的數根弦絲陡然彈起，以奇快無比的速度分射五音先生的五大要穴，同時雙手一搓，一股若火焰般的殺氣緊緊地迫向五音先生的胸口。

換作平日，五音先生並非全無辦法，只是他在倉促之間受襲，人在空中，無處借力，敵人又是與自己齊名的趙高，他的確顯得有些無奈。更讓他感到無法可想的是，他擊向洞中的兩掌都是欲借反彈之力再求應變，但是這黑洞的深度顯然比他想像中更深，竟然借不到力。

無奈之下，他為了躲避趙高這一連串的必殺攻勢，只得倒提一口氣，反而加速了自己下墜的速度……

「軋……」當五音先生的人一消失在洞口時，鋼閘以最快的速度合攏，亭中竟似什麼也沒有發生一般。

這一切的驚變只在瞬息間完成，算計精準，顯然是經過非常周密的計畫，等到紀空手衝入亭中時，他所看到的，已不是那個滿臉悲涼、老態龍鍾的趙高，而是叱吒風雲、飛揚跋扈的大秦權相趙高！

「中計了！」紀空手不得不佩服趙高的表演天賦，也不得不佩服這個計畫之周密，趙高顯然抓住了五音先生與紀空手的心理，對症下藥，果然成功。

「先生怎麼樣了？」這是紀空手的第二個反應，他聽到鋼閘「軋……」地一聲合上時，心中也為之一跳，感到一股莫大的恐懼漫捲全身。

不過紀空手就是紀空手，他雖然也會上當受騙，也曾有過恐懼的心理，但是他永遠知道，什麼該做，什麼不該做，更懂得什麼應該先做，什麼可以暫時放下。

所以他的離別刀已經出鞘，刀鋒所向，正是趙高那亢奮得幾乎變形的臉。

「你是一個小人，真正的小人！如果我不說，誰又能想到堂堂大秦的權相，江湖五閥之一的趙高，竟然會做出這等噁心的小人行徑？」紀空手的聲音彷彿因憤怒而顫抖，卻沒有立刻動手，他需要冷靜，因為他面前的對手是趙高。

「本相沒有想到江湖上傳言足智多謀的紀空手竟然也這麼容易上當，所以此刻的心情著實不錯，你既然喜歡罵就多罵幾句，本相從來不與即將要死的人計較。」趙高嘿嘿一笑，似乎為自己的傑作感到得意，畢竟自己的對手是五音先生與紀空手，在此之前，他並無把握。

「我之所以會上當，其實不是我笨，實在是你太過無恥了。不過你也未必就贏了，站在你面前的人，是活生生的紀空手。」紀空手深深地吸了一口氣，終於讓自己的心情歸於平靜。

「本相現在想來，剛才的舉止實屬不智，的確不該是本相這等身分之人所為。可是本相也是無奈之下才作出這種選擇的，這似乎怪不得本相吧？」趙高近乎是厚顏無恥地說著他自以為得意的話，不以為恥，反以為榮，臉上帶著幾分神經質般的笑意，好生恐怖。

但讓紀空手感到恐怖的，不是趙高的笑臉，而是趙高的武功，身為五閥之一的趙高，絕對是當世之

中可以排名前十位的高手，就算是五音先生與之一戰，只怕也毫無把握，更別說是出道江湖才數年之久的紀空手了。

饒是如此，紀空手依然沒有絕望，反而是信心十足。他是一個連神靈都不信的人，又怎會去迷信那個排名呢？他更相信一個人的智慧、實力，以及臨場應變的能力，還有必不可少的自信與勇氣，有了這些，他已無畏。

無畏並不表示莽撞！一味地逞強，絕對不是紀空手的行事風格，何況這一戰已不僅關係到他自己一個人的生命，他還必須承擔起五音先生的生死大計，心中頓有如履薄冰之感。

「照趙相的邏輯，你的所作所爲倒像是我們所逼的囉？」紀空手語帶調侃，看似悠然，其實他的目光一直緊緊鎖定在趙高身上。他已作好了準備，隨時可以在機會到來之時發出最淩厲的一擊。

「正是如此。你與五音先生都非尋常之人，若要對付你們，只有用非常手段。本相曾經仔細地琢磨過你們，發現你們最大的弱點就是以拯救天下蒼生爲己任，也就是說，你們都同情弱者，唯有以此爲餌，方可讓你們掉入這個圈套之中。」趙高顯然識破了紀空手的企圖，氣血一凝，殺氣溢出，古亭數丈之內氣壓劇增，空氣在刹那間變得沈悶至極。

紀空手的手心滲出了絲絲冷汗，只感到趙高雖然隨意一站，卻如一孤傲挺立的高崖，氣勢之強，讓人根本無法尋到他的破綻。

紀空手的手心微緊，牢牢地握住手中的刀柄，道：「既然我已在你的控制範圍之內，那麼你還等什麼呢？就請動手吧！」

「我不急。」趙高的眼芒陡然一寒，道：「因爲有人比我更急。」

他的確是說了一句大實話，紀空手無論再怎麼冷靜，他都必須牽掛到五音先生的生死，因爲他不如趙高這般無情。

他只有搶先出手！

紀空手對武道的理解，從來就沒有一定之規，總是信手拈來，興之所至，隨意發揮。他這種打法註定了只有後發制人，講究的是後發先至，如果讓他先行出手，只怕未必盡如人意。

趙高似乎對紀空手有過研究，所以他看到了紀空手的破綻。只要紀空手一出手，他幾乎有九成的把握可以勝券在握。

◆

「你的劍法中似有流星劍式的痕跡，雖然你的內功心法以及對攻防的理解力遠勝於冥雪宗的任何高手，但不可否認的是，你的劍法的確是從流星劍式中演化而來的。」項羽再說這句話的時候，臉上雖然帶著笑意，但目光中的陰冷之氣已令場中的每一個人都不寒而慄。

韓信微微一笑道：「不錯，這劍法的確是來自於冥雪宗。」

他此言一出，眾人無不譁然，只有項羽反而鬆了口氣道：「學自何人？」

「鳳五。」韓信不慌不忙地道：「我初出江湖時，曾被鳳五挾持至鳳舞山莊，偶爾見過他使過幾次這種劍法，所以才偷師學藝，學得似是而非。」這本是他與劉邦商量好的答話，只有這樣說，才可以盡去項羽的疑心。

果不其然，項羽點點頭道：「你無師自通，還能學得這劍式的一些精髓，可見你的習武天賦異於常人，難得的是你並不拘泥於形式，敢於加入自己的東西，使得這一路劍法使來，已遠在流星劍式之上。」

項羽不愧是五閥之一，點評得中規中矩，絲毫不差，頓令韓信佩服之下，更添了幾分小心。

「你能為我去一大敵，功勞不小，我尋思著給你一些獎賞，你看如何？」項羽似是無心地說起，其實眼睛直盯韓信有何反應。

韓信忙道：「我只是一個無根的浪子，借著一個偶然的機會才殺了衛三公子，有何功勞可言？」

項羽看了劉邦一眼，道：「沛公的意下如何呢？」

劉邦道：「此事全憑大將軍作主，本公並無異議。」

「他既是你軍營中人，我自然還需聽聽你的意見。」項羽笑了笑道。

「韓信與本公只是舊識而已，本公起事之前，曾經得他相助，此次能在關中遇上，也是有緣，所以才接入軍營奉爲上賓。」劉邦緩緩說道：「在本公的眼中，他乃是人中龍鳳，劉邦有何德何能，敢將他收入門下？真正慚愧。」

他的話裡似有無限遺憾之意，極是痛惜，項羽聽在耳裡，不由暗喜道：「原來他不在你的帳下效命。」隨即轉向韓信道：「這麼說來，你殺衛三公子只是仗義出手，拔刀相助，這就更加難能可貴了。」

韓信恭聲道：「大將軍過獎了，這只是我應盡的本分。」

項羽有心提攜於他，沈思良久，方道：「以你的才能，正可在這亂世之中大顯身手，若是埋沒了實在可惜。如果你不嫌棄，何不投身軍營，爲我所用，你我一同追求榮華富貴？」

他既有意使韓信脫離劉邦，以絕後患，當然想好了一番說辭，這樣既不讓劉邦疑心，又能打動韓信的心思，可是他萬萬沒有想到，自己的一言一行其實早在劉、韓二人的算計之中。

「若能投靠大將軍，實乃韓信的榮幸，只是我久走江湖，思鄉心切，想先回淮陰看看，然後再來爲大將軍效命。」韓信裝出一副十分感激的樣子道。

項羽哈哈一笑道：「你既思鄉心切，何不衣錦還鄉？我便報請楚王，封你做個淮陰侯，讓你風光風光。」（註）

韓信大喜，當即磕頭謝恩道：「若能如此，那實是再好不過了。」他說這句話時，倒是出於真心，

似乎根本沒有想到只憑項羽一句話，自己竟然封侯拜相，這委實是天上掉下餡餅來，就連劉邦也感到意外。

項羽有心要籠絡韓信，微微一笑道：「這原是你應得的賞賜，無須客氣，在別人的眼中，你既無軍功，又無作戰的閱歷，當然不在此位之列。但在我的眼中，你殺得衛三公子，勝似殺敵十萬，單單憑此已足可讓你封侯。」

當下重新設宴擺酒，飲至天將漸晚，劉邦便要告辭，項羽道：「此次沛公先入關中，這關中之地，從此便隨劉姓了，我在此先行向沛公道賀。」

劉邦知他是在試探自己，當下忙道：「大將軍又再說笑了，劉邦何德何能，敢居關中這富庶之地？假如真要封王，本公但求能得巴、蜀、漢中三地，此心已足。」

項羽道：「巴、蜀道路險惡，民風強悍，乃窮山惡水之地，何以沛公不居關中，卻要去那蠻荒之地？」

其實早在今日鴻門設宴之前，項羽與范增疑心劉邦將要佔有天下，根本就沒有打算讓劉邦稱王關中，照原有的意思，項羽是想除掉劉邦，以圖一了百了，孰知劉邦不僅洗清與問天樓之間的嫌疑，而且反顯忠心，根本讓項羽難起殺心。

既然殺不了劉邦，自然也難違原來的約定，可是若讓劉邦在關中稱王，項羽又實在不甘心，所以范

增獻計道：「巴蜀亦屬關中地區，道路又十分險峻，縱然到時劉邦作反，只要派人死守幾處要道，便可拒敵於關中之外。」

項羽覺得此計甚妙，只是難於向劉邦啓口，這時見劉邦主動提出，心喜之下，倒去了一個難題。

劉邦微微一笑道：「本公先入關中，已經被人所忌，是以才會傳出本公與問天樓勾結的謠傳。而事實上本公一入關中，不敢有絲毫私心，每到一地，都造冊登記吏民，封存府庫，恭迎大將軍的到來。便是這般，尚且有人生事，本公唯有自動進入巴蜀，方才盡去嫌疑。」

項羽尷尬一笑道：「沛公的忠義，我是深信不疑的，區區謠言，還請勿要放在心上，你我還是依照原先的約定，才可讓我不會失信於天下。」

劉邦道：「正是因爲不讓大將軍失信於天下，本公才會想到入居巴蜀，倘若大將軍不允，本公願意放下刀槍，歸隱山林。」

他一再堅持，項羽佯勸幾句，終於允准。經過了此事之後，項羽疑心盡去，對劉邦的忠心深信不疑。他卻不知，劉邦之所以自請進入巴蜀，看似避嫌，實則大有用心。

劉邦深知，在目前這種形勢下，最重要的是保存實力。而在項羽已生猜忌的情況下，遠走巴蜀乃是最佳的選擇，這樣一來，項羽自忖有天險可依，自然就不會注意到他的動態，有利於他休養兵馬，發展壯大；二來可以趁機擺脫項羽的控制，保存實力，讓項羽的軍隊與各路諸侯相爭，最終能達到敵消我長

的目的，而關鍵的一點，還在於登龍圖所示的地形，正在這巴蜀境內。

這也是劉邦唯一可以在今後幾年內與項羽一爭長短的本錢，所以劉邦遠走巴蜀，正是深謀遠慮之舉，他又何樂而不爲之呢？

當他率隊離開鴻門之時，天色已完全暗了下來，一路行至戲水之畔，方聽得張良微微一笑道：「恭喜沛公，今日鴻門之行，逢凶化吉，從此問鼎天下，指日可待。」

劉邦知道瞞他不過，帶著幾分得意道：「本公也沒有想到一切事情進展得如此順利，也許這是天意吧。」

「天意固然重要，但人爲是成功的保證，否則一切也就無從談起了。」張良的眼睛裡閃出一絲異樣的色彩道：「不過我思之再三，覺得沛公此計尙有一個不小的破綻，雖然暫時無憂，可是時間一長，終成大患。」

「你說的是韓信？」劉邦望望四周，壓低了嗓門道。

「此人過於熱衷權勢，追求功名，只怕不是可以信賴之人，這一點還請沛公三思。」張良若有所思道。

「本公又何嘗不知呢？不過就算他心有反意，也不敢明目張膽地表現出來，況且本公只是希望他封侯之後，勢力大增，這樣便可吸引項羽的注意，以利我們更好地積蓄力量，又不寄望於他能在爭霸天下時助我一臂之力。」劉邦似乎很有把握地道。

「我想信沛公既用韓信，自然有用韓信的道理，所以我對這一點並不十分擔心。我真正的擔心是，雖然我們進駐巴蜀有百利，但也有不利於我們的因素，因爲那裡本是知音亭的根本地所在。」張良提出了自己心中的問題。

「說下去！」劉邦知道張良既然說起知音亭來，一定有他的道理，在這種關鍵的時刻，身負重任的劉邦，必須採納眾之所長，以決定未來數年時問的走向。

「知音亭一向淡出江湖，但隨著紀空手的介入，它與問天樓已到了水火不容之境，假如我們貿然進入巴蜀，只怕會引起他們的戒心，從而生事滋亂，我們不可不事先作好準備。」張良淡淡一笑道。

「按常理推之，的確如此。但本公知道紀空手已生爭霸天下之心，以他的智慧，不難看出當今天下的大勢所趨，所以他已經向本公提出了聯合抗項的意向。如果我所料不差，只要項羽一天不倒，知音亭與我們的關係就可以一直維繫下去。」劉邦彷佛又想到了與紀空手交談的內容，心中有些沈重，又有幾分無奈，在他與紀空手之間的恩怨，已經永遠不可能化解，但爲了爭霸天下，他們又都毅然決定拋開個人榮辱，這從某種意義上來說，他們實在有太多的相同之處。

當劉邦回到霸上之後，他沒有猶豫，立刻號令三軍，以最快的速度趕往巴、蜀、漢中三地，一路上所向披靡，偶遇秦軍頑抗，一摧即潰。就在快要抵達漢中郡的南鄭時，從關中傳來消息，項羽已在彭城

稱王，自立爲西楚霸王，轄梁、楚九郡，同時改立沛公劉邦爲漢王，在巴、蜀、漢中稱王。從此之後，天下大勢由此而形成一個大的轉折，已隱隱可見劉、項爭霸的大致格局。

唯一不在劉邦意料之中的，是被封爲淮陰侯的韓信，他一到淮陰，不過短短數月的時間，勢力發展極猛，幾有銳不可擋之勢，王者霸氣已初見端倪，令劉邦驚喜之餘，未免又多出了一份擔心。

就在劉邦離開鴻門的同時，紀空手幾乎是遇上了他出道以來的最大兇險。

即使是霸上約戰，他孤身一人面對問天樓眾多精英，其心情也不曾有過這般的沈重與紊亂。他之所以會出現這種情況，不僅僅是因爲對手是趙高的緣故，而且體會到了處處受制於人的難受。

他別無選擇，只有拋開雜念，深深地吸了一口長氣，然後輕提離別刀，將刀鋒遙指向三丈外的趙高。

此際已是夜深之際，湖面上生出一縷縷輕若絮絲的霧，一點一點地滲入空氣之中，使得天地在月色之下，愈發顯得撲朔迷離。

當紀空手的刀鋒如山嶽橫移虛空時，這段空間裡流動的空氣陡然一窒，陷入一片肅殺之中，雖然此時還是初冬時分，卻彷似呵氣成冰的嚴冬忽至。

遠在百丈開外的趙岳山及一干入世閣高手無不面面相覷，聽不到絲毫的聲音，他們謹遵趙高之命，

不敢踏前一步。

雖然他們絕對相信趙高的實力，但無論是五音先生，還是紀空手，這兩人都是當世一流的高手，要想將他們一網打盡，絕非易事。

靜寂之中，壓力急劇增升，有風徐來，根本滲透不進這段肅殺無限的空間。

「呀……」紀空手大喝一聲，終於出手。只是他的動作並不如趙高想像中的快，而是長刀斜立，緩緩地向趙高立身之處劈去。刀身經過的虛空，隨著這刀的方向逐漸加強旋轉式的對流，在碰撞之中引發更大的活力，一步一步將空氣中的壓力提至極限。

趙高雙腳微分，手已輕抬，順著對方刀勢的軌跡，他的手掌微張成一個弧形的鶴嘴，在自己的身前作不規則的畫圈。

他每畫出一個圈來，都蘊生萬般變化，圓變曲，曲變方，方變尖，最終又回到圓，似有一個輪迴，又能相輔相成，形成一個相對深邃的真空，化去紀空手長刀帶起的氣流。

趙高不由得對紀空手重新作出估計，在這種形勢下，紀空手還能保持這般冷靜，這本身已說明紀空手的內力修爲已達到「寵辱不驚」的無波心境。

趙高每畫出一道圓圈，其速也一次比一次遞減，到了最後，他的手掌只是作著不易察覺的移動。他本不想如此，但紀空手刀中的殺氣愈來愈凝重，橫於虛空，出現了一段時空的懸凝。

紀空手的這一刀，幾乎是他一生的所悟，充分展示了他對武道深刻的理解力。刀入虛空，已化無形，月色如刀，刀如弦月，天地與刀合而爲一，絲毫不著人爲的痕跡。

趙高的眉鋒一跳，似乎已看到了這一刀背後的玄機，而更讓他吃驚的是，就在紀空手這一刀劈來之際，一陣悠遠而曼妙的簫音從他的腳下傳出，聲波震得古亭有微微晃動的感覺。

紀空手一聞簫音，心神大定，這至少證明五音先生雖身陷絕地，畢竟無恙。

趙高的臉色不由變了一變，驀然意識到了戰局在這一刻發生了細微的變化。

看似這是一場趙高與紀空手之間的決戰，但隨著這簫音的介入，趙高頓生一種被兩大高手夾擊的感覺，雖然厚厚的鐵閘能阻隔五音先生的人，卻不能阻隔五音先生的「音」，而那一曲「無妄咒」，本就是妙絕天下的絕技。

直到這時，趙高才發現自己還是犯了一個錯誤，一個足可令他懊悔一生的錯誤。

他不該選擇將五音先生隔入鐵閘之後，而是應該把紀空手騙入陷阱，這樣一來，雖然對付五音先生的難度增大，但還不至於形成現在這樣被動的局面。

現在唯一可以補救的辦法，就是他不能再等待下去，而是必須搶在紀空手刀勢未至全盛時出手，否則隨著時間的推移，自己難逃當場敗亡的命運。

高手相爭，只爭一線，有時候一個毫不起眼的變化，往往可以決定雙方勝負的命運。

他再不猶豫，雙掌如抱圓一般緩緩劃動，以他的身體爲中心，生出一股股利如刀刃的氣流，深陷下去，構成一個具有強大吸力的真空漩渦。

紀空手的神色一凝，驚呼道：「百無一忌！」

他這一聲渾似暴喝，聲音驀然與簫音相隔　處，迸發出強大的震幅，古亭之上傳來青瓦爆碎的聲音，這一聲之威可見一斑。

就在紀空手聲起的同時，趙高的雙掌陡然向前一推，彷如推動的是萬丈山嶽，殺氣如洪流竄出。這一推推出了一道形如狂飆的殺氣，若大江沖瀉而下的巨浪般起伏，忽而下沈，忽而冒湧，掌勢之慢，形如蝸牛爬行。沒有人覺得那是血肉組合成的物體，倒像是兩道迸發著生命激情的惡龍，從巨大的漩渦之中迸發而出，彷彿欲吞噬一切存在的生命。

紀空手反而致虛極守靜篤，整個人像是融入了月色之中。

他的眼睛已閉上，但雙耳顫動，帶動全身的每一個毛孔去感受著對方肉掌融進虛空中的萬千變化。

當趙高的雙手迫近他面門七尺之距時，紀空手的心神微微一動，掌勢雖緩，但隨之而來的氣旋鋒端，卻迫得他的長髮與衣衫呼呼而動，向後直飄，那種驚人的壓力，簡直讓人喘不過氣來。

「呀……」紀空手暴喝一聲，手腕一振，銳利無匹的離別刀陡然由靜到動，以不可思議的超然速度斜劈過去。

刀鋒直破對方的漩渦勁氣，如斬瓜切菜一般，層層遞進，玄陽之氣若烈焰般從紀空手的掌心爆發出來，殺氣籠罩四野。

趙高沒有退讓，也不可能再有退讓，這積勢待發的一擊，根本就沒有讓人退讓的餘地，註定是一種大勇之下的碰撞。

「轟……」掌與刀在相距數寸之間交擊，卻發出了形同交鋒般的悶響，氣流相擠壓成一段毫無間隙的真空，然後向四方炸裂開來。

趙高雙腕一震，微退數步，借勢將離別刀的殺勢化去，卻見紀空手的身形不退反進，刀鋒橫鎖，封住了自己每一個攻擊的角度。

趙高不驚反喜，知道紀空手不退反進，實因身不由己，完全是在自己強大的吸力牽引下，不得不做出的無奈之舉。

他雙手一旋，將氣流漩渦的中心拿捏到手中，就在紀空手迫近的剎那，雙手再送，拍出了一連串列如流水、氣吞山河的攻擊。

兩人以刀對掌，刀掌翻飛，瞬息之間已相互攻守了百招以上。

在他們所處的古亭十丈範圍內，如平空旋起激烈無匹的強大氣流，彷如一場龍捲風暴，亭頂上的碎瓦不時激飛空中，亭柱也似倒未倒，面臨將傾之虞。

朦朧月色下，殺氣漫天。

紀空手連喘息的機會也沒有，十分艱難地勉力維持，他實在沒有想到，一個人的功力高深到了某種至高的層次時，一雙肉掌已鋒利到可以與寶刃爭鋒之境！

而更讓他感到驚駭的還是趙高每一掌逼出的「百無一忌」神功。他的每一掌看似飄忽無力，其實都寓剛於柔之中，掌力一出，並未因時空的距離而消逝，反而滲入虛空，逐步地對自己的玄陽之氣產生一種向心力，形成控制之局。

紀空手明白了，自己一生經歷了無數兇險──能活到現在，在很大程度上歸功於自己超人一等的智計，可是面對眼前這位心性瘋狂、殺機重重的人世閣閥主，智慧上的優勢已然蕩然無存。而憑自己此時的功力，要想與五閥爭鋒，顯然還有一定的差距。

雖然自己還有五音先生的簫音相助，但簫音隔了一道厚厚的鋼閘，相應的在殺傷力上有所減弱，倘若趙高拚著心脈受創，置之不顧，那麼根本就難以取到直接的作用。

想到這裡，紀空手霍然心驚，突然省悟：趙高在動手之前的言談舉止並非全是作僞，有些正是他此刻的心境寫照。當一個人眼看著過去的輝煌如斜下的夕陽一去不復返時，他未必還有再活下去的勇氣。

即使這個人是趙高，只怕也不能例外。

「原來他想與我、五音先生同歸於盡。」紀空手頓覺毛骨悚然，但見趙高飄忽進退的身形，就猶如

穿行於地府之間的鬼影。

紀空手硬接趙高兇狠霸烈的一掌，「蹬蹬蹬……」連退數步，連歎息一聲的時間也沒有，趙高的雙掌在兩丈開外的虛空幻變無常，化作萬千掌影，猙獰一笑，準備發出驚天動地的一擊。

掌如將傾於瞬息間的山嶽，凝重有力地向紀空手撲面而來。

他又感到了掌影移動在虛空之中帶出的驚人壓力。

趙高將自己全部的心神都凝聚在這一掌上，一切的恩怨也全聚在這一掌之中，靈台清明，心如夜雨枯燈。

掌出，人動，人與掌同時出現於虛空，彷彿他就是掌，掌就是他，再也不分彼此。

紀空手的武功與智慧遠比他想像中的要高明強大，如果不是使詐，他絕不會這般輕易地把握住戰局的主動。

饒是如此，他也不敢有任何的大意，而是將百無一忌神功在瞬息之間發揮到了一個人力可為的極限。他心中只有一個念頭：是誰害得他一朝失勢，淪落至此，他就一定要以兇殘十倍的手段加以奉還！

這是他做人的原則，他認為是理所當然，縱然需要自己的生命作為代價，他也在所不惜，眉頭都不皺一下。

紀空手霍然變色，知道這是決定勝負與生死的關鍵時刻，他不知道自己是否能抵擋得了趙高這致命

的一擊，但他覺得，只要自己盡了心、盡了力，結果已不重要。

他的刀鋒斜指，倒映出天上明月的影子突然閃入了他的眼簾，這情景也不知曾經出現過多少次，紀空手從未用心去留意過，可是這一次，他看到了，而且是用心看到了，他只覺得渾身一震，刹那之間，感覺到自己的心中也生起了一輪明月。

他似乎又進入了那一夜在船頭之上仰望天空時那玄之又玄的心境……

他的目光緊緊地鎖定趙高揮來的掌影，發出一聲龍吟，初時細不可聞，彷似龍沈深淵，倏忽間聲動天地，如龍騰飛於九天之上。

趙高的眼中驀然閃出一絲詫異之色，臉色在瞬息間一連數變，由紅轉白，再由白轉青，最後如青銅一般凝重。他的人穿越虛空，彷如在狂風呼號的雨夜逆流而上，陡覺艱難異常。

他知道紀空手已將自身的玄陽真氣融入了嘯聲中、刀鋒裡，刀鋒與嘯聲合二爲一，向自己展開了最狂猛、最霸烈的強攻，只要自己的心靈稍露一絲空隙，就會立時受制，現出致命的破綻。

嘯聲一起，無論是趙高，還是紀空手，兩人都已欲罷不能，不知不覺中到了決一雌雄的最後關頭。

紀空手的離別刀以非常精確的角度從一個意想不到的方位中殺出，一寸一寸地緩緩向趙高的掌鋒迎去。

無論是掌是刀，它們都以彷如蝸牛爬行的速度在不斷接近，不斷地縮小著兩者之間的距離……

但這只是別人的感覺，其實在趙高與紀空手的眼中，無論是刀是掌，速度非但不慢，而且勢若奔雷。

在剎那之間，這兩人的眼中似乎空無一物，而心中卻有刀、有掌、有清風、有明月，快與慢已不重要，重要的是必須清晰地洞察對方的真實意向。

就在刀與掌相距僅有七寸的瞬間，趙高驚奇地發現，紀空手的刀鋒與氣勢凝結成了一點，正好指向了自己漩渦勁氣的中心，如果照目前的形勢發展下去，當自己的掌力切入紀空手的手腕之時，正是刀鋒貫入自己掌心的一刻。

他不由暗暗佩服紀空手能在這短暫的時間內找到破解應變之法，同歸於盡並不是他所希望看到的結局，至少現在還不希望如此，他必須留下生命來看到五音先生的死，唯有這樣，他才會甘心。

百無一忌，在於隨心所欲。

就在這生死的邊緣上，趙高悶哼一聲，陡然發力，勁風狂奔而出，與刀氣在近距離中產生最狂烈的撞擊。

他以攻代守，以進為退，只有這樣，才能在收勢的同時，不被對方所乘。

但饒是如此，他霸烈的勁力依然震得紀空手氣血翻湧，如遭重擊，一個倒翻向後，紀空手的人已在三丈開外，臉色一片煞白。

在這一刹那間，一股莫名的恐懼頓時漫捲了紀空手的整個心靈，他驚駭地發現，趙高這驚人的一擊之下，竟然震得他的玄陽真氣化作無形，幾不存在。

他終於明白，這就是他與趙高之間的差距，這差距到底有多大，誰也無法揣度精確。但紀空手明白，就算差距只隔一線，也足以讓他命喪黃泉。

因爲他只能眼睜睜地看著趙高舞動雙掌，捲起無形的勁氣，宛若驚濤駭浪般撲攫而來，而他自己，只能坐以待斃。

簫音依舊蕩漾於月色中，只是不再對趙高構成任何威脅，雖然簫音中隱挾的內力正一點一點地震動著趙高的心脈，依然有極大的殺傷力，但趙高顯然已不將之放在眼裡，沒有任何人可以阻擋他這致命的一擊！

悠揚的簫音送入紀空手耳中，不知出於什麼原因，他忽然覺得這簫音悠遠嗚咽，彷彿是一曲專門爲他吹奏的哀歌。

他的心在刹那間靜如止水，紅顏與虞姬的容顏如花般綻放在他的心之深處，充滿著無限的柔情，不盡的蜜意。死，從來沒有像現在這樣離他如此之近，但在這一刻，他驀然發覺，只要自己心中有愛，死有何懼？

只要愛過，今世便已無悔。

而爭霸天下的壯志雄心，在此時顯得那般地不真實，那般地遙不可及……

趙高的臉變得可怕與猙獰，當他發覺紀空手終於任他擺佈之時，他的眼中逼射出一股瘋狂的殺意，以及從未有過的亢奮。他甚至刻意將自己撲擊的速度放慢，讓紀空手盡情地感受那種臨死時的恐懼。

兩丈、一丈、七尺……

距離在一點一點地縮短，空氣中的氣息愈發顯得寧靜。就在這時，趙高前進的身形陡然一窒，警兆紛呈間，他感到了從背後逼至的一股壓力。

「五音先生?!」這是趙高的第一反應，不過他很快就予以否定了。他的手心滲出絲絲冷汗，忽然發覺自己如電般直進的掌鋒莫名其妙地停在了紀空手面門的一尺處。

這是怎麼回事?難道說這個世上還有一種武功能克制百無一忌神功，甚至限制它的發揮?如果不是，難道說這世上真有神靈，是神靈之手擋住了自己的這必殺一擊?

沒有任何物什阻擋在自己的身前，趙高心裡十分清楚。他沒有出手，是因爲他已無法發力，他忽然感到身後的那股殺氣正是百無一忌神功的剋星。

冷汗從背上的毛孔中滲出，濕透了趙高的衣衫。他這一生中，從來就沒有遇上過這麼恐怖的事情。

他不敢動，也不能動，對方的殺氣似乎緊緊鎖住了自己的氣機，就像是人在將崩的雪山之前，任何輕舉妄動，都會導致雪崩的提前。

他背對的是湖，殺氣顯然來自湖中。凝神傾聽之下，他竟沒有聽到有船行槳搖聲，難道說對方真是個幽靈，抑或是溺水的水鬼？

殺氣使得亭間氣壓陡增，空氣也變得沈悶至極。趙高只感到來者的行蹤確實詭異，甚至不合常情，他幾次想回頭觀望，卻都打消了這個念頭，因爲他發現紀空手已經利用這一點時間迅速恢復了被他震散的功力。

紀空手的眼睛望向趙高的身後，似有幾分詫異，又似有一份驚喜，但他沒有說話，只是默默地退了一步，與趙高拉開了一段距離。

「趙相不愧是入世閣閥主，武功高絕，機謀善斷，雖然將紀某恨之入骨，但並不爲一時之氣而孤擲一注，實是讓人佩服。」紀空手經歷了剛才的兇險，方知自己與天下第一流的高手之間似乎還存在著一段不可逾越的差距。這種差距已不是人力可以彌補的，也不是憑天資可以悟到的，它需要一種靈感，也需要一個可遇而不可求的機緣。在無心之中信手拈來，卻能最終讓自己進入到武道至深的玄理之中，這才可以使自己成爲如五閥一般的真正高手。

「你過謙了，真正讓人佩服的人應該是你，我千算萬算，還是沒有算到這一招，你竟然能找到了一個專門克制我武功的人來對付我。」趙高依舊不敢妄動，眼芒一寒，冷冷地道。

「你錯了，你佈下的這個局的確是天衣無縫，沒有人可以預知這其中的兇險，包括我與五音先生，如果說你沒有成功的原因，這只能歸於天意。」紀空手一臉肅然道，他好像對眼前發生的事情也不敢相信，只因爲他根本沒有想到出現在趙高背後的人竟然會是……

「天意是什麼？我從不相信！」趙高道。

「但是這一次，你無論如何都要相信，因爲你絕對想不到他是誰。」紀空手道。

註：據《史記》、《漢書》等正史記載，韓信係在攻下齊國之後，欲自立為王，故向劉邦要求暫為齊之「假王」。劉邦本為之大怒，但在張良、陳平的勸說下，為羈縻韓信，遂逕封韓信為齊王，並故意放話給韓信道：「大丈夫要取王位就做真王，何必做什麼『假王』？」但劉邦從此對韓信記恨甚深，故在楚漢之爭結束後，剝奪韓信的軍權，先轉封為楚王，後更偽遊雲夢澤，召韓信來謁，立即將他裹脅回長安，貶為淮陰侯。最終更以韓信謀反為藉口，由蕭何誘入宮中，由呂后下令殺害。

正史上，韓信受封為淮陰侯，與項羽無關。但作者所撰為「奇幻」與「歷史」交揉的虛構小說，為情節鋪陳與閱讀趣味的需要，不時有馳情入幻的「架空」虛構。對於這般的「架空」虛構，學者通人幸勿以乖離史實責之；畢竟，歷史奇幻小說的主要特質，在於想像力的高度馳騁；乖離史實、甚至顛覆史實，有時會在所不計。

第十一章　御龍神斬

「他是誰？他怎麼能克制我的百無一忌？」趙高有些歇斯底里地咆哮道。任何人遇上他現在的處境，只怕都會變得瘋狂。

紀空手微微一笑，只是望向趙高的身後。

「我就是大秦三世皇帝子嬰。」趙高身後的人終於開口說話了。

趙高渾身一震，簡直不敢相信自己的耳朵，喃喃而道：「不可能的，這絕不可能，你怎麼會有這般精妙絕倫的武功?!」

「不可能並不表示絕對沒有！」子嬰的話很冷，猶如席捲雪山的北風，寒至徹骨：「百無一忌，終究有忌，在這個世上，本就沒有絕對的東西，你的神功雖然已到了武道的極致，但一物降一物，百無一忌的剋星，就是龍御斬！」

「龍御斬？這豈不是始皇當年的蓋世神功?!」趙高猛地一個機靈道。

「始皇文治武功冠絕天下，一個鬥呂相、滅六國、一統天下的創世君王，他的功力又怎會太弱？

何況這龍御斬乃是我大秦立國之時便延續下來的，歷經十數位君王的修補創新，已成為我大秦王室的不傳之祕，若非如此，那胡亥又怎敢與你在登高廳上決一死戰？如果不是他毒發身亡，只怕勝負殊為難料。」子嬰冷笑一聲道，他的人雖再說話，但他的殺氣已緊緊地附隨在趙高的身上，根本不容趙高有任何擺脫的機會。

「你說的不錯，龍御斬的確是我百無一忌神功的剋星。」趙高輕歎一聲道：「但是正如你所說的，這個世上本沒有絕對的東西，如果說你真的能讓我受制於你，那麼我必須告訴你，你錯了！」

「本王也想相信你說的是真話，可是不知為什麼，本王還真不相信。如果說你的百無一忌不被龍御斬克制，你又豈會讓紀空手逃生於你的掌下？」子嬰的臉上似有不屑之意，好像認為趙高的所言只是無稽之談。

「我的確很恨紀空手，因為假如沒有他，張盈不會死，格里也不會死，我入世閣絕對不會在一夜之間盡失精英，大傷元氣，我也可以得到登龍圖，從而讓這個天下改為趙姓。」趙高的目光中噴出一股如火焰般的恨意，死死地盯在紀空手的臉上道：「我之所以在那一刻放過他，是因為我還不想與他同歸於盡，但是此時此刻，我卻改變了主意。」

「這種改變只怕太遲了一些吧？」紀空手的刀鋒雖在八尺之外，卻已遙指趙高的眉心，他不想再放過任何的機會，當這次談話結束，他的刀鋒將隨時攻出最致命的一擊。

「不遲，一點都不遲。」趙高一反常態，突然笑了：「百無一忌何以叫百無一忌，當它真正發出它最大威力的時候，沒有任何武功可以成爲它的剋星，就是龍御斬也不例外！只是那樣做，實是太殘酷了。」

他的臉色變得十分難看，臉型扭曲得不似人形，閃爍不定的目光已無法深沈下去，變得狂躁不安。紀空手微微一驚之下，陡然明白趙高何以會有如此的變化。

趙高之所以會變得如此反常，是因爲五音先生的簫音。簫音一出，絲毫不斷，一直在對趙高的心神進行著擾襲，趙高初時不覺其害，等到子嬰出現，他爲了對付龍御斬，必須全神貫注。這樣一來，就給了簫音趁虛而入的機會，使得趙高的心脈受損，心智陡變，自然行止大異常人。

一個心智反常的人，無論在何時何地，都比常人更顯得可怕，因爲你根本無法預料到他會作出怎樣瘋狂的舉止，尤其是像趙高這樣的高手，一旦瘋狂起來，其後果誰也不能預料。

紀空手與子嬰對望一眼，同時退了一步。

這是初冬的季節，清風已寒，花葉凋零，霜重霧冷，月色淒寒。此時此刻，古亭之間已是籠罩著無限的肅殺。

「哈哈哈……」趙高在至靜至寂之時驀然爆發出一陣狂笑，笑聲驚起夜宿林間的飛鳥，同時震顫著在場每一個人的心靈。無形的殺氣陡然間開始湧動飛竄，然後帶動起趙高的衣袂飄舞，他的人由慢至

快，如一個陀螺般在原地作不規則的旋轉。

如此反常的舉動令紀空手與子嬰驚詫莫名，根本無法揣度趙高此舉的動機。但就在這時，兩人的耳鼓嗡合一動，聽到一個細若蚊鳴的聲音道：「趙高此舉，意欲擺脫龍御斬對他的限制，只有在他尚未轉至極速時出手，方可制服於他，否則百無一忌就真是百無一忌了。」

聲音來自於人在地底之下的五音先生，他雖然無法親見地面上的情景，卻能用感官來測算氣流的動向，雖未親見，勝似親見，所以對趙高的一舉一動都十分了然。

趙高的身體一動，五音先生微一沈吟，已經明白了他的用意。趙高的百無一忌的確受制於龍御斬，但正如趙高所言，這只是相對的，沒有絕對。當一個人旋轉至極速之時，會自然而然地產生出一股巨大的向心力，這股力量完全可以讓他擺脫外力對他的制約。

這是趙高打的如意算盤，但五音先生並不知道這只是趙高瘋狂之下作出的無奈之舉，趙高曾說這很殘酷，莫非他已十分清楚這麼做的後果？

人在飛速的旋動，帶動起身邊無數股氣流，形成了一個近乎於螺旋狀的漩渦，一點一點地向外作無序的延伸，漩渦中產生出強大的吸力，吸納著沙石落葉在漩渦中翻湧飛竄。如此驚人的一幕，足可讓任何觀者感到不可思議。

更可怕的是這漩渦之中醞釀而出的濃重殺機。殺機如酒，愈釀愈烈，紀空手與子嬰再不敢有絲毫的

猶豫，同時出手。

兩大高手不遺餘力地形成夾擊之勢，刀鋒中的氣流與子嬰手上爆發而出的勁力猶如兩堵活動的銅牆，以電閃之勢向趙高擠壓而去。

「嘭……」讓人詫異的是，沒有轟響，沒有爆炸，兩道勁力彷佛撞上了一個彈性十足的皮球，不僅沒有發生劇烈的碰撞，反而一彈而開，兩人同時乂退一步。

紀空手放眼望去，臉色驟變，只見趙高的轉速在一撞之下不僅不減，反而加劇，更駭然的是，他的身體在強力擠壓下，驟然增人了數倍體積，彷如一個巨大的皮球，衣衫之下的肌膚氣流暴竄，鼓漲欲裂……

紀空手從來沒有看到過比眼前的場景更恐怖的東西，也沒有想到過一個人的身體能發生這般驚人的變化，他彷如是在做一個夢，一個惡夢，不知眼前這一切究竟是真實的，抑或只是自己眼中的幻覺。

但如火焰般高漲的殺氣讓紀空手清醒地認識到現實的殘酷，百無一忌，只有當一個人放下生死，放下榮辱，他才最終可以做到百無一忌，就像趙高現在這樣。

紀空手暴喝一聲，手臂一振，渾身的勁力驀然從掌中爆發，便見離別刀幻化成萬千刀影，以沛然不可禦之的氣勢強行擠入趙高佈下的漩渦氣場。

天地在剎那間靜寂下來！

這只是紀空手的感覺，他在出手的這一刹那，心如天上懸掛的那一輪明月，寧靜而悠遠，深邃而愜意，彷彿不沾一塵，不染一色，只是以最直接的方式去感悟這天地間的一切，無論是旋轉的氣流，還是熠亮的刀鋒，在相對中完成了統一的和諧。

刀快如電，又似一寸一寸地在虛空延伸，快與慢其實也只是一種相對的速度，心中無快，自然會慢，心中有快，由慢變快，快慢之間，已經透出了刀道的一種境界，禪定的境界。

在這一刻，紀空手似乎悟到了什麼，又似什麼也沒有悟到，他只覺得自己的思維已是一片空白，在這空白的背後，依然是那一輪高懸空中的明月。

難道說武道在乎一心，而心不沾一塵，才是武道的至高境界？

也許是，也許不是，對紀空手來說，是與不是已不重要，重要的是一切隨緣。

子嬰目睹著紀空手這一瞬間的變化，簡直不敢相信自己的眼睛。在此之前，他雖然對紀空手的武功十分欣賞，但卻知道以其此刻的功力尚不足以與趙高一拚，可是到了現在，紀空手的這一刀劈出，幾乎涵括了武學的真正定義，難道說紀空手藏拙，還是他在瞬息之間另有感悟？

子嬰心中的訝異不小，但他的身形並未停頓，就在刀劈出的同時，他的掌力也再次催迫而出，兩人之間的默契幾達天衣無縫的境界。

與此同時，趙高也在高速旋轉中暴喝一聲，硬生生地將身形定住，雙掌呈半圓弧張開，朝兩邊一分。

這個動作並不怪異，但正是百無一忌神功最後一式——「天地無忌」的起手式！

枝碎、石飛、草折、風裂……古亭在頃刻間灰飛煙滅，虛空在刹那間變得喧囂雜亂。以趙高的立身之處爲中心，彷如驚濤駭浪般的勁氣如瀉而出，疾捲八方，猶如風暴在淒號，又似洪流在咆哮，每一寸空間都充盈著無匹的勁道，似欲撕毀這方圓十丈內所有的生命。

更駭然的是，在趙高背後的湖面上，平空倒捲出一排排巨浪，彷如肆無忌憚的惡龍，沖向湖岸。

「呀……」紀空手的刀鋒斜劈之下，驀然一沈，便覺有無數股勁氣透過自己的刀身，重重擊向自己的胸膛。他的只覺眼前一黑，整個身軀已如斷線風箏般向後飛跌……

子嬰驚呼一聲，擦著氣流的邊緣猛撲過去，從趙高的身邊掠過，擋在了紀空手的身前。他與紀空手不過一面之緣，卻毅然做出如此驚人之舉，簡直讓人不可思議。

這的確是驚人之舉，因爲誰也沒有想到子嬰會這麼做，紀空手沒有想到，趙高也沒有想到。趙高要想突破龍御斬的限制，唯有以生命爲代價。既然需要獻出生命，他希望看到的是同歸於盡的結局。可是子嬰的這一擋，就連他最後的一點希望也化爲泡影。

趙高知道，自己完了，完了的意思，是指生命的結束。龍御斬之所以能克制百無一忌的發揮，是因爲這兩股勁氣一陰一陽，一正一反，相輔相克，互生互滅，只有用非常的手段催動內力，百無一忌才有

可能突破龍御斬的牽制，爆發出巨大的能量，而與此同時，他的生命也到了油枯燈滅的最後境地。

趙高此刻只感到眼前的一切都是虛幻的，沒有真實的影像，甚至連他自己的生命亦似不復存在，整個軀體除了他自己的內力，還竄入了龍御斬的神力與紀空手的刀氣，三股活力勃發的氣流交織糾纏，碰撞膨脹，就像是有無數雙魔爪在他的五臟六腑內撕扯、裂動，使得每一寸肌膚都欲離體而去。

子嬰與紀空手相扶而立，雖然相隔兩丈，但仍然被趙高身上紊亂的氣流迫發出來的殺氣壓懾得呼吸不暢。他們的眼中情不自禁地流露出驚駭之色，這只因爲，他們看到的一切，遠比陰間地府中的東西更爲恐怖。

「噗……噗……」趙高的身體如蛇般扭動，整個身軀已經膨脹到了極限，就在這一刻間，他的血管、肌膚、五官、七竅同時爆裂，整個空氣中充斥著血腥與殘暴，陰森的壓力陡然升騰在每一寸空間裡。

「呼……」千萬道用血肉匯成的氣流分射四野，趙高的整個身體就在這一瞬間被瘋狂的氣流撕裂成渣，屍骨無存，在殘破的古亭內外，到處都是血淋淋的一片。

但這一切並未讓天地間出現短暫的沈默，與此同時，那古亭之下的石板發出劇烈的震動，裂成碎片，突然間亭外的一處地面迅速隆起，「轟……」泥土飛散間，五音先生一躍而出，雖然滿臉泥塵，但衣袂飄飄，風采依舊。

天地終於變得寧靜，湖風吹來，彷彿曾經發生的一切只是幻覺。

唯有依然濃烈的血腥，似乎還見證著剛才發生的一切，一代江湖豪閥，一代權相，竟然會是如此慘烈的下場。

「這就是趙高所說的殘酷？」紀空手喃喃而道：「是的，這的確殘酷，我就像是做了一場惡夢。」

「江湖恩怨從來都是如此，不是你死，就是我亡。」五音先生看著地上狼藉一片，皺了皺眉道：「這就是一個難得的經驗，永遠不要對你的敵人仁慈，否則，後悔的人就是自己，今日的一切已經證明這句話的正確。若非有大王相助，你我今日就死於非命了。」

他心存感激地望向子嬰，卻見其一臉煞白，神色肅然，身體不住地輕顫，趕忙搶上一步扶住道：「你沒事吧？」

子嬰勉力一笑道：「我沒事，在百無一忌神功的重創下，我的龍御斬已經散滅不再，從今天起，龍御斬便算永遠消失於這個江湖了。」

五音先生與紀空手大吃一驚，紀空手想到剛才子嬰以身體相擋，替自己硬承百無一忌的勁氣，不由痛心道：「你這都是爲了我呀！」

子嬰的臉已無人色，搖了搖頭道：「我今天這麼做，不是爲誰，其實是了卻一樁我大秦王室的心事。這些年來，五音先生三代祖先一直爲我大秦盡心盡力，無怨無悔，子嬰實在是感到無以爲報，此次入京，若非爲我，又怎能遇上這般兇險？所以說我只是做了我應該做的份內之事，真要算來，要謝的人應該是我。」

「這就是天意啊！」五音先生長歎一聲，搖了搖頭道：「你是個好人，也是一個明君，可惜的是你生不逢時，註定了這一生是個悲情的結局。」

「先生不必激我。」子嬰微微一笑道：「我既拿定主意，便不會再有改變，何況龍御斬已然離我而去，從此之後，我更應該做一些有利於百姓，又是力所能及的事情。」

「人各有志，一切隨緣。」五音先生忽然明白了一個道理。人在江湖，身不由己，這是江湖人信奉的一句名言，放之做人，又何嘗不是如此？同樣的一件事情，在你的眼中，未必就對；在他的眼裡，未必就錯，對錯不僅是在一念之間，更是由他的角色與性格來決定的。

一葉小舟，悠然而來，載著子嬰又如清風而去。五音先生遙望良久，方輕歎一聲：「大秦將亡，入世閣也從此不再，這故國舊都，看著傷情，不如去吧！」

他回過頭來，卻見紀空手滿臉通紅，渾身顫慄，勉力支撐不住，終於癱坐地上。

「看來你並未倖免，仍是受了內傷。」五音先生扶住他，一搭脈息，只覺這脈息似有若無，微一沈吟，已然明白。

雖然子嬰替紀空手擋了百無一忌的勁力，但子嬰身負與百無一忌相克的龍御斬，自然可以承受一

些，而這百無一忌也的確霸烈，就在紀空手與子嬰夾擊之時，這勁力已然滲入紀空手的心脈之中，造成了他的心脈之傷重新發作，初時還自不覺，時間一長，這傷痛陡然爆發而來，紀空手方呈不支之象。

紀空手深深地吸了一口氣道：「我沒有想到，趙高的百無一忌竟然有這般神威，不經此一戰，不知這江湖之大，高手無數啊！」

他似是有感而發，雖然他所遇之事玄機多多，於他在武道的領悟有著不同一般的幫助，可是當他真正面對這天下第一流高手的時候，無論是對趙高，還是對衛三公子，他竟然毫無一點勝機，這不由得讓他感到一種失落與沮喪。

五音先生看在眼裡，心中一驚。他非常明白，紀空手能看到自己與別人之間的差距，這固然是一件好事，但若太過在乎，反而會成爲其心理上的一個障礙，使之永遠難以登頂武學的極峰。

「放眼天下，的確是高手無數，人推五閥爲江湖之首，可江湖之大，誰又敢保證在五閥之外，沒有更強的高手呢？」五音先生的內力修爲確已達到了隨心所欲之境，一面爲他輸送內力，以保傷勢不致惡化，一面淡淡地道：「其實在我的眼中，最看好的年輕人就是你和韓信，這一點看法正與趙高相同。不爲什麼，只因爲你們的身上都散發出一種另類的氣息！」

「我明白你的意思。」紀空手笑了笑道：「我這一生中，最喜歡的就是去挑戰機遇，絕不會因爲一時的困難而輕言放棄。記得當日我在淮陰城外救劉邦的時候，就對韓信說過，人生就像是一場賭博，既

已下注，就不要言退。」

五音先生道：「你這種堅忍不拔的性格，令我很放心。只是當務之急，我們要先療傷，再行圖謀將來的大計。」

紀空手道：「這既然是舊傷復發，就只有重回洞殿，幸好那裡距巴蜀不遠，不至於耽擱太多的時間。」

五音先生沈吟半晌，方道：「好，我們這就啓程。」

當紀空手與五音先生率領大隊人馬行進在上庸地界時，一路行來，紀空手感慨萬千，想到當日孤身一人獨戰流雲齋眾多精英，而今自己卻帶上了上千之眾重遊故地，不由深感世事難料，造化弄人。

行至忘情湖畔，接到鵃鷹傳書，始知項羽率領四十萬大軍西進咸陽，不僅擊殺了子嬰，燒毀了秦宮，擄獲了大批財物與美女，而且屠城三日，大開殺戒，使得繁華故都一夜之間竟成人間地獄。至此，大秦滅亡。

「子嬰雖有一片苦心，卻終不能救百姓於水火，可悲，可歎！」紀空手憶及子嬰當日援手之恩，眼中含淚，好生惋惜。

「也許在我們眼中，的確覺得子嬰過於迂腐，不通教化。其實在每一個人的心中，都有他行事做人的標準，無所謂對錯，而在於是否值得。只要子嬰自己認爲該這麼去做，這麼做值得，那就死得其所了。他在九泉之下，也會心安理得。」五音先生道。

「但願如此吧。」紀空手輕歎一聲道：「子嬰本不該死，既然一死不能救得全城百姓，這死也就變得殊無意義。他的錯就錯在對項羽的兇殘估計不足，才會寄望於項羽能有一念之慈，爲他而放過全城的百姓。」

五音先生的目光中綻射出智慧的光芒，緩緩而道：「是狼終究有獵食者的兇殘，這是牠的本性，至死都不會改變。而人又何嘗不是如此？項羽之所以迄今爲止未逢敗跡，不僅有他固有的運氣，而且和他膽大果敢、兇殘暴烈卻又不乏心計的性格有關。一將功成萬骨枯，他若不是天下一等一的無情之人，又怎能成爲當世風頭最勁的西楚霸王呢？」。

「那麼照先生說來，劉邦即使以漢王之威坐鎭巴、蜀、漢中三地，也根本無法與項羽抗衡。如果是這樣，我們又如何用劉邦來削弱項羽的勢力，達到先生所設想的坐山觀虎鬥呢？」紀空手深知五音先生對天下大勢有一種天生的敏感，審時度勢，有其非常獨特的一套，是以虛心請教，以長見識。

「劉邦甘願提出退出關中，進駐巴、蜀、漢中，這固然有形勢所迫之故，但他肯定是看到了進駐巴蜀利大於弊，才會揮師南下。如果我所料不差，只怕與登龍圖的藏寶地不無關係。」五音先生一針見血地道。

紀空手點頭道：「以目前的形勢來看，劉邦最終能否與項羽抗衡，關鍵就在於登龍圖，我曾經在登

高廳出來時看過它一眼，對它的山川河流、地理走向依稀還有印象，只是我對地形地勢一向不熟，是以根本無法知道它的確切位置。」

「據我估計，劉邦雖然非常需要這批財物與兵器來擴充其實力，但他當務之急卻是先要穩住巴、蜀、漢中三地的民情，確立他漢王的威信。同時屯兵屯糧，作好戰時之需的準備，只有當這一切安排就緒後，他才會用盟約來要求我們替他完成一些非常有難度的事情，然後在我們的勢力削弱至無法撼動他的根基時，他將出兵，爭霸天下！」五音先生字字珠璣，無疑是精闢之言，聽得紀空手連連點頭。頓了頓，五音先生又接道：「所以對我們來說，我們還有足夠的時間來尋找登龍圖上藏寶的位置，並且充分利用這段時間，徹底將你的心脈之傷痊癒，使你在武道上進入一個全新的境界。」

紀空手猶豫了一下道：「既然劉邦在擴張自己的勢力，我們自然也不能袖手旁觀，必須迅速壯大我們自己的陣容，這樣方能最終從劉、項相爭中得利。」

五音先生深沈地看了他一眼，然後將目光移至湖光山色中，搖了搖頭道：「不，以我們現有的力量已經足夠。再說就算我們擁有了數十萬大軍，擁有了身經百戰的將帥，真正要與劉、項決戰，也毫無把握，與其如此，我們倒不如不走這條路，而是另闢蹊徑。」

他的話不僅讓紀空手摸不著頭腦，就連車侯、扶滄海等人也無不大吃一驚，因爲這簡直有點異想天開的味道。

帝王之道，另闢蹊徑？談何容易？這是每一個人的心裡話。

◆

洞殿所在的峽谷內，因爲突然來了上千名不速之客而熱鬧起來，狼兄與紀空手故友重逢，自然大發野性，與谷中鳥獸追逐相戲。

當紀空手領著五音先生等人進入洞殿時，每一個人都爲這洞殿的簡樸無華感到驚訝，更爲那石壁之上的十八個大字感到震驚。在一刹那間，他們幾乎同時感到了這字形所逼發出來的氣勢與自身內力有暗合之意，不由精神一爽，血脈通暢。

「武道，心道也，唯心存天地，天地方能盡收一心。」只用寥寥十八個字，卻道盡武道至理，道盡人性極致。書寫此字者，不僅擁有大智慧，大見識，更有一顆悲天憫人、心繫天下的善心。」五音先生緩緩而道，言語中透出一股不可抑制的崇敬之情。他的目光深邃而幽遠，彷彿從字跡的一筆一劃中，依稀看到了當年這位范姓老者宛如高山大海般的氣勢，笑談天下的絕世風采，那種海納百川的氣度，不僅讓人頂禮膜拜，更生高山仰止之心。

當他的目光移到殿中紅色石質的家具時，終於明白了紀空手的心脈之傷何以會不治而癒的緣故。

當下五音先生召集車侯、扶滄海，與紀空手一道，商談未來的大計安排。

車侯道：「雖然巴蜀歷來是音宂的根本之地，我們又與劉邦表面上有同盟的關係，但是隨著劉邦的

勢力一步步擴張，必然會對我們產生控制之心。所以我認爲，此次巴蜀之行應該取消，不僅如此，我們還應該逐漸地撤出巴蜀，脫離劉邦的控制範圍，這才可以使我們在今後幾年的時間內佔據主動。」

紀空手點頭道：「車宗主所言極是。我們既然有心爭霸天下，就要放棄以往的地域思想，剛才進入峽谷之時，我曾對這一帶的地形有過留意，倘若我們能精心佈置，因勢利導，完全可以使這峽谷成爲進可攻、退可守的根本之地。」

五音先生微微點頭，表示贊同。

車侯道：「我西域龜宗最拿手的絕活，就是佈置機關，巧設暗卡，只要給我三個月的時間，必然可以將這峽谷方圓百里之內成爲我們最安全的營地。」

紀空手自從有五音先生輔佐以來，已經隱現領袖氣質。無論是五音先生、西域龜宗，還是他原有的神風一黨，加上數百名南海長槍世家的子弟，逐漸地將他推上了首腦的位置。在每一個人的心裡，似乎都感受到了來自紀空手身上的王者之氣。

「有了根本之地，我們還不能將目光僅限於這方寸之地，而是要著眼天下大勢，審時度勢，把握住每一個屬於我們的機會。這樣一來，消息的來源就十分重要。」紀空手自出江湖以來，深知「知己知彼」是任何成功的有力保證，而要做到這一點，必須要佈置一張非常龐大的情報網，以打探每一路人馬的確切消息。

雖然知音亭一向以消息靈通稱著天下，但隨著項羽、劉邦的勢力擴張，韓信在江淮一帶的平空崛起，知音亭原有的消息渠道就顯得非常緊張，捉襟見肘，完全跟不上形勢的發展。紀空手看到了這一點，所以在提出了根本之地的首要之急後，緊接著便提出了建立情報網的建議。

此言一出，眾人無不附和，因爲在場的每一個人都有統領一門之眾的經驗，自然懂得在力量對比懸殊的情況下，弱勢的一方要想取得一定的主動，必須依靠消息來對敵人採取有針對性的行動。

紀空手微微一笑道：「在知音亭原有的消息渠道上，我們將原來的單線聯繫改爲雙線聯繫，每一條互不搭界，各行其事，使之成爲兩條完全獨立的情報來源，這樣做的好處就在於，當一個地方發生了某一件事情之後，我們可以得到兩份情報。以此作爲參照，相互對校，就能夠得到最準確的消息。而且，就算敵人要想破壞我們的消息來源，因爲我們有兩條線同時獨立運作，即使有一條線陷入癱瘓狀態，我們也可以從另一條線上得到我們所需要的消息。」

五音先生深知這項工程的艱鉅，臉現隱憂道：「當年我知音亭佈下這情報網時，曾經花費了不少人力財力，窮數十年心血方才建成。要想在短短的兩三年間，重新複製出如此規模的情報網，只怕絕非易事。」

紀空手似乎已是胸有成竹道：「知音亭昔日佈網之所以耗費了不少時間，很大程度上是沒有經驗，更沒有充足的人力財力，而我們現在要做的，就是在前人的基礎與經驗上，再建一個情報網，這樣就能

事半功倍。」

車侯提出疑問道：「就算我們有了經驗，有了人力，但在財力上我們還是欠缺。如今知音亭、西域龜宗、南海長槍世家以及神風一黨四家的財力歸總起來，恐怕也只供根本之地的建設以及我們這三年的日常開銷。」

他的問題其實也是一直纏繞在五音先生心頭的一個難題，雖然他決定以另一種全新的方式去爭霸天下，但爭霸天下比的就是各方的財力。財力往往是實力的最根本的基礎，沒有雄厚的財力爲基礎，爭霸天下只能是一句空談。

「錢，不是問題。」紀空手說出的這句話讓大家吃了一驚，無不將目光注視於他。紀空手卻一臉肅然道：「因爲我還是認爲應該在登龍圖上作文章。」

扶滄海驚詫地道：「可是登龍圖就只有一張，它此刻掌握在劉邦的手上，除非我們從他的手中盜出來。」

「盜也是一種辦法，卻不是必行的辦法。」紀空手緩緩而道：「雖然登龍圖只有一張，但看過登龍圖的人除了劉邦之外，還有我和韓信，我這個人雖然沒有幾樣專長，但過目不忘恰恰就是其中之一。所以在幾天裡，我請紅顏替我繪製了這麼一張羊皮地圖。」

說完他從懷中取了一張尺長的羊皮，將它鋪在眾人的眼皮之下，道：「這就是登龍圖的仿製品。」

眾人立時興奮起來，紛紛趨前細觀，便是五音先生也不例外。可是端詳半晌，眾人無不是一臉疑惑。

「這好像只是一張普通的地圖，既沒有藏寶的標識，也沒有機關暗道的分佈，莫非這登龍圖在胡亥手中時就已非真品？」車侯搖了搖頭道。

「胡亥既然將它視如生命，他手中的登龍圖肯定是真品無疑，依我猜想，登龍圖的製作者會不會採用了一種隱形之類的藥水，將藏寶標識與機關暗道的分佈寫在原圖之上？這樣一來，就可以增加它的保密性。」扶滄海從另一種觀點來詮釋著這個問題。

紀空手雖然覺得車侯與扶滄海所說都不無道理，但他更希望聽聽五音先生的見解。可是五音先生的目光始終盯著地圖上所繪的山川河流，久久沒有說話，似乎陷入了沈思之中。

突然，五音先生的眼睛一亮，情不自禁地舒了一口氣道：「怪不得，怪不得我會這般眼熟！」

車侯忙道：「音兄，莫非你看出這地形在哪個位置了嗎？」

五音先生微微一笑道：「如果我所料未錯的話，我們現在所處的位置，正好就在這地圖之中。」

眾人無不大驚，重新審視起地圖來。

五音先生手指地圖上的一道平原道：「你們看，這是地圖中唯一的一點與我們現在這個位置有所不同的地方。在圖中，它是一塊平原，但在實際位置上，它正好是忘情湖的所在，除去這一點，這兩者就可以完全吻合。」

車侯與扶滄海細看之下，又閉目回想片刻，突然同時驚呼道：「正是如此。這麼說來，我們已經到了藏寶的地點，這豈不是上天註定了我們大事必成？」

紀空手的神情似乎非常平靜，與五音先生相望一眼道：「其實在繪圖之時，紅顏也看出了這點不同，所以我們又悄然去尋了當地的幾位老人了解情況，這才得知忘情湖形成的歷史並不久遠，始建於大秦始皇一統天下之後的那幾年間，當時以興修水利爲名，征夫百萬，費時三年，才開鑿了這萬畝大湖。可是我們卻從中發現了幾個疑點，讓人覺得有些不合常理，簡直不可思議。」

五音先生見他對登龍圖一事早有準備，心裡著實高興，這證明紀空手已經開始展露他統攬大局的才能了，忙道：「不能合乎情理，往往才是問題的關鍵所在，只要緊抓不放，一切問題就會水落石出。」

紀空手點頭道：「所以我和紅顏花了幾天功夫，四處勘查之後，發現了幾個問題。」他看了看凝神而聽的車、扶二人，繼續道：「第一，如果以興修水利爲名，在這方圓數百里內，可供灌溉的良田不過只有區區數十萬畝，以如此巨大的人力財力投入去開鑿這麼一個湖泊，絕對是得不償失；第二，就算要興修水利，開湖蓄水，忘情湖的位置處於平原地帶，顯然不是最佳的蓄水場所。在這方圓數里之內，高山林立，溪流縱橫，最佳的蓄水方案應該是攔水築壩，這樣既可以減少人力財力的投入，效果也非常明顯，何以決策者偏偏要捨易而求難呢？」

五音先生聽到這裡，心頭陡然一亮道：「我明白了，始皇開鑿忘情湖，絕不是爲了興修水利，而是

另有目的。忘情湖之所以要開鑿在平原之上，而不是山地，其目的只有一個，那就是便於運輸！」

紀空手道：「正是這個道理。」

試想一下，這種假設無疑是成立的。始皇爲了讓這筆寶藏和兵器更加隱密地保存下來，就想到了將之藏於水底的辦法。有了上百尺的滔滔之水作爲保護的屏障，外人根本不可能在不知情的情況下無意闖入，這樣就遠比其他隱藏的方式更具保密性。

但是這筆寶藏兵器的數量龐大，爲了保密，運輸的人員又不能過多，所以爲了方便起見，才會將湖泊開鑿在平原之上。

有了這兩條理由，其他的問題就似乎是迎刃而解了。

「所以在登龍圖上，並沒有忘情湖的存在，這樣一來，只要是有心人，一眼就可以看出其中的古怪之處，從而找到藏寶的地點。」車侯顯然也開竅了。

紀空手點頭道：「其實始皇當年留下的破綻並不少，只是過於巧妙，故意爲之，讓後來人可以從一些蛛絲馬跡中尋到藏寶地點。就說他所取的這忘情湖的名字，世人以爲，忘情，忘的只是兒女私情，其實在始皇這種梟雄的眼中，又何嘗有過男女情愛？他將寶藏與兵器藏入湖底，只是在提醒自己的子孫在他百年之後不要忘了他當年雄霸天下的那一番豪情！」

既然確定了登龍圖中藏寶的位置，問題隨之而來，那就是如何才能從百尺湖底中將寶藏取爲己有，這才是紀空手諸人目前最緊要的工作。

紀空手顯然對這個問題有過非常縝密的考慮，眉頭一皺道：「以始皇的遠見卓識，他既然將這份寶藏留給後人取用，必然會想到取用之道，否則他又何必花費這麼大的心思來搞這樣龐大的一項工程？但是我想了很久，也沒有尋到可行有效的辦法。」

「這個辦法的確難想，百尺湖水幾乎就到了人類的極限，雖然有水性好的人可以潛入水中五十尺之下，但這已是一個奇蹟。何況下潛之後，水流產生的壓力之大，根本就不是人體可以承受得了的。」扶滄海不愧是南海長槍世家的傳人，世居南海，水性自然差不到哪裡去，是以一出口就說出了取寶行動中一個不可逾越的難關。

車侯皺了皺眉道：「就算有人可以潛入湖底，寶藏的數量之大，也根本沒有辦法將它從水底打撈出來。據我推測，若我們用正常的思維去想取用之法，恐怕未必能行得通。」

五音先生贊同車侯的觀點道：「不過，我們現在最大的優勢，是還有足夠的時間。雖然劉邦有登龍圖，韓信也有登龍圖上的印象，但是一時半會，他們未必就能找到這裡，所以我們完全可以在這段時間集思廣益，找到取用之法。」

紀空手道：「尋找到寶藏的取用之法固然重要，但是我們建立根本之地與情報網的工作也一刻也不能耽擱。車宗主，既然你們西域龜宗對土木機關極富研究，那這項重任就交給你了。」

「沒問題，紀公子，這事就包在我們身上！」車侯滿口答應下來。

紀空手的目光投向扶滄海道：「爭霸天下，很多東西固然重要，但最關鍵的還在於人，只有打造出一支無敵於天下的精銳之師，才有本錢去與別人一較高下，所以這個重任，唯有扶兄擔當。」

他與扶滄海交往的這些日子，已經知道扶滄海的槍法不錯，對兵書陣法亦是成竹在胸，說到帶兵打仗，很有自己的一套，是以才想到讓扶滄海來負責訓練精兵的任務。

扶滄海大是興奮，自己的才華有人賞識，這的確是一件讓人高興的事情，當下一口應允。

五音先生見紀空手安排的事務井井有條，頗有章法，隱顯領袖風範，忙道：「那我呢？如果你不嫌我老朽無用，那情報網的建立就由我全權負責吧。」

「放眼天下，有誰生了這麼大的膽子，敢說先生老朽無用？那豈不是活得不耐煩了嗎？不過這情報網的建立，絕非一日兩日可以完成，我已經讓紅顏挑了一幫知音亭精英著手去辦了。」紀空手微微一笑道：「至於先生嘛，我還要仰仗先生解開這寶藏的取用之謎呢。」

四人頓時哈哈大笑起來。

「好吧，既然你找了個難題給我，我就拚著這條老命，也要將它破譯出來。我就不信，始皇當年能夠想到這取用之道，我五音還會輸給他！」五音先生的話中自有一股豪氣，彷彿在他的眼中，那位當年征戰天下、收服六國的大秦始皇也不過爾爾，頓讓眾人折服。

第十二章　精英雲集

當紀空手與五音先生登上這片群山的最高峰時，山川河流盡收眼底，那萬畝之闊的忘情湖，就像是一塊錦緞般鑲嵌在這青山綠水之間，讓人頓生天下之大、無可想像的豪情。

「只有置身於天地之間，人才會感到自己的渺小，同時才會感到世情的可笑。」五音先生有感而發，輕輕歎道。

「先生難道又想到了什麼？是以觸景生情，才會如此感慨？」紀空手與五音先生相處的時日愈久，愈發有一種心靈相通的感應，聽其聲而知其意，不由問道。

「是的，我想到的第一個人，就是大秦始皇，他之所以自稱始皇，就是想把自己的這份基業傳至千秋萬世，可是他卻沒有料到，如今他的屍骨尚且未寒，大秦已經消失於這塊版圖之上，這豈不可笑？」五音先生道。

「有其一必有其二，先生要笑的第二個人莫非就是大秦權相，入世閣主趙高？」紀空手眼睛一亮，問道。

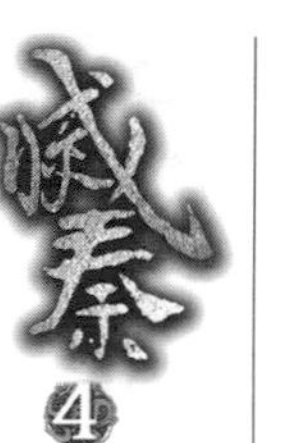

「知我者空手也。」五音先生微微一笑道：「趙高之可笑，在於不知滿足，野心勃勃。如果他能知足，當今江湖，入世閣已列五閥之首，領袖江湖，指日可待。但是在他的心中，『江湖第一人』這個稱號已經不能滿足他的欲望，他想要得到的，是那個『天下第一人』的寶座！他卻不知，要坐上那個位置，努力與實力已經不是最重要的條件，它需要的，是要掌握天命與道運！沒有這兩點，就算你最終得到，也只是一朝擁有，權勢依然會從你的掌中溜走！」

他的每一句話看似點評別人，但聽在紀空手耳中，倒像是警醒自己。紀空手的額上已有冷汗冒出。

「而我要笑的第三個人，就是衛三。衛三公子最大的悲劇，就在於他一生下來，背上便背負了復興衛國大業的重任。衛三的武功，不可謂不高；衛三的城府，不可謂不深；衛三之狠，更是冠絕天下。說到無情，天下還有人比他更無情嗎？可是他最終沒有笑到最後，雖然此時劉邦勢大，但群豪相爭，鹿死誰手，一切都尚是未知之數，所以衛三的死未必就死得有什麼價值。他似乎忘記了一點：一個國家之所以衰亡，就必然有其衰亡的道理。就像是濤天的狂瀾，單憑一人之力想出手挽回，通常不是被狂瀾捲走，就是淹死於狂瀾之中，絕對沒有第三種結局。」五音先生說到這裡，心中似想到什麼，不知不覺有了幾分沈重，因爲他忽然想到，自己所做的一切也未必就對，是對是錯，沒有到最後關頭，誰也說不清楚。

紀空手默然無語，想到五音先生所評三人之中，除了始皇登上了夢想的巔峰之外，其餘二人，無

論他們曾經多麼風光，地位是何等的顯赫，但當他們邁向成功之時，這才發現，他們距登頂始終還差一步。

雖只一步，卻彷如咫尺天涯，一步之差，恰是成與敗之間最大的界限，根本不是人力所能跨越的。

「我這一生，最終會是一個怎樣的結局？會如始皇一般，傲視天下，還是像趙高、衛三一樣，最終留下遺憾？」紀空手忍不住思忖道，他不得不想，卻找不到任何答案，因為這些答案都是在未來的時空當中，未到那一刻，他永遠無法知道。

「我又何必知道呢？」紀空手突然啞然失笑起來：「我不過是一個流浪市井的小無賴，走到今天這一步，我應該知足了，得與失對我來說，難道就真的這麼重要嗎？」

五音先生詫異地看了他一眼，道：「你笑什麼？」

「我在笑我自己。」紀空手道：「人有的時候總愛迷失自己，我也不例外，不過幸好我找回了自己。」

他這一句話說得似乎很富哲理，即使不是哲理，也如哲理一般深奧，但是五音先生顯然聽懂了他話中的意思，微微一笑道：「能找回自己的人，通常都是聰明的人，所以我們應該好好地利用一下這份聰明，來解開當年始皇布下的這個謎底。」

他放眼望去，只見群山之中隱約可見兩條白練般的溪流蜿蜒而行，隨山勢而走，最終匯入忘情湖

中。在湖畔的四周，一片蒼翠，茂密的森林覆蓋著整個平原，而在湖畔的一側，無數條縱橫交錯的水渠連貫著平原下方的數十萬畝良田，如此巨大規模的水利工程，當世之中，的確罕見。

「秦始皇之所以能成爲一統天下的始皇，絕非偶然，他所做的一切事情，無一不是需要極富魄力的大手筆！」五音先生感歎道。

紀空手亦有同感，但是他此刻的注意力全部放在了如何取寶這件事情上，目光掃視著忘情湖四周的地形，希望有所發現。

「我忽然想起了車侯說過的一句話，要想揭開取寶之謎，我們似乎不能按照正常的思維來推理。」五音先生若有所思地道。

紀空手眉鋒一跳，道：「如果你是始皇，你會怎樣讓你的後人來取走這份寶藏？」

「假如我是始皇，我的用意既然是讓後人發掘寶藏，以此作爲復國的基礎，當然希望這個後人不僅要有一定的實力，而且要有非常聰明的頭腦。唯有這樣，他才可以擔負起復國大業，讓大秦基業得以延續下去。」五音先生似非常了解大秦始皇的個性與行事作風，是以很快將自己融入了角色之中，緩緩接道：「所以爲了考慮這位後人的能力，我會將取寶的辦法設計得非常巧妙，而且需要一定的人力才能完成它。只有這樣，才可以證明他的聰明，也有一定的實力，同時也符合我一慣喜歡大手筆的風格。」

「既然是大手筆，必然就有跡可尋，可是我們爲什麼沒有看到這種跡象呢？」紀空手問道。

「這只因爲我們還不夠聰明，沒有摸準始皇的思想脈絡，所謂『一事通，萬事通』，只要我們能突破一點，那麼就可以融會貫通，迎刃而解了。」五音先生微微一笑道。

兩人在峰頂上呆了半天，終究是一無所獲，也不氣餒，回到洞殿峽谷，卻見車侯正指揮著手下搭建木房營帳，已經將峽谷建設得初具規模了。

紀空手大喜道：「照這種速度，只怕要不了多長時間，這根本之地就可大功告成了。」

車侯迎上道：「這只是雕蟲小技而已，真正考校手藝的地方是一些暗道機關，以及周邊的暗哨關卡。不過有了土行的幫助，很多技術上的難題都已經得到解決，如果樂觀一點，恐怕最多一月時間，就可以徹底完工，投入使用了。」

「土行？」紀空手「哎呀」一聲道：「我倒忘了，說到土木工程，他可是一個不可多得的行家。」

五音先生輕輕拍了一下他的肩道：「身爲統帥，最重要的就是要有識人之才，知人善用，不僅要知道手下每一個人的長處，也要了解每一個人的弱點，唯有如此，才能做到量才而用，否則不是高估了手下的能力，就是埋沒了人才。」

紀空手心中一凜，道：「先生所言極是，空手一定謹記於心。」

車侯哈哈笑道：「音兄如此博學，我老車是最佩服的了，難得的是紀公子這樣的人才，竟然如此謙虛好學。照這樣下去，只怕當世之中還真的難尋對手了。」

他笑著走開，走不幾步，又吆喝著忙碌起來。

五音先生深深地看了他的背影一眼，頗有感觸地道：「車侯此人，爲人耿直，最是忠義，他若將你當作朋友，便是死心塌地效命，我能得此人爲友，不僅是我之大幸，亦是你之大幸呀！」

「這也許就是上天註定的吧。」紀空手微微一笑，他雖不信神佛，但對五音先生的「星宿運程論」已有了一點相信。

兩人走了百十步，便見扶滄海正教授著上千精兵學習「巷戰術」，五人一組，講究配合，以無間的默契發揮最大的功效。

「兵不在多，而貴在精，少而精的兵力，最講究戰術配合，而扶滄海無疑是這方面的大行家。但兩軍決戰，有了非常精妙的戰術，如果沒有正確的戰略，想要獲勝還是不行，所以你要學的，不是戰術，而是統攬全局的戰略眼光，以及馭人之術。」五音先生見紀空手看得饒有興趣，忙提醒道。

「可是我對此一竅不通。」紀空手尷尬一笑道。

「你不懂此道這無關緊要，重要的是你能聽得進別人的忠告，這就行了。因爲有一天當你需要作出戰略決斷的時候，你會發現在你的身邊就會出現這樣的一個人才。」五音先生胸有成竹地道。

便在這時，一聲鷹嘯，五音先生與紀空手同時望向天空，只見一個小黑點破雲而出，在峽谷的上空盤旋幾圈之後，突然向下俯衝，由疾漸緩，撲騰幾下，落在了五音先生的肩上。

紀空手認出，這正是知音亭用以傳遞消息的鴿鷹。

五音先生從鷹爪上取出竹管，打開一看，臉色霍然一變。

「先生，信上說了些什麼？」紀空手心中一驚，問道。

「這是從上庸傳來的消息，說是昨夜子時，劉邦已率一彪人馬悄然進駐上庸。」五音先生臉上的表情已是十分凝重，劉邦的行動顯然與他的預想有所出入，在他的推算中，劉邦在巴、蜀、漢中三郡稱王，當務之急，應該是順應民心，安撫民情，然後才會著手發掘登龍圖藏寶事宜。現在看來，劉邦顯然改變了自己行動的步驟。

紀空手的眼中閃過一絲詫異之色，道：「這未免有些反常，以劉邦的眼光，他不會看不到此時發掘登龍圖寶藏是弊大於利，就算他能順利得到登龍圖的寶藏，消息傳開，項羽又豈會眼睜睜看著他如此坐大？必然會派兵討伐，這樣一來，他根基未穩，地盤又不穩固，焉能是項羽之敵？」

「這也正是我感到奇怪的地方。」五音先生似有疑惑，陷入沈思之中。

「會不會劉邦發現了有人在打登龍圖的主意，是以才甘冒風險，來個先下手為強呢？」紀空手的反應一向快捷，很快就提出了自己對此事的看法。

這種解釋未必沒有道理，雖然劉邦與紀空手看似在暗中結成了互為利用的同盟關係，但對劉邦來說，紀空手的威脅似乎更大於項羽。紀空手就像藏在他體內的一顆炸彈，隨時都有引爆的可能。劉邦自

然要處處提防，所以必然會派人監視紀空手一行人的行蹤。

當劉邦得知紀空手等人落腳之處正與登龍圖所示的藏寶地點相吻合時，他自然會懷疑到紀空手的動機。在劉邦看來，紀空手此時已如一頭下山的猛虎，假如讓他得到了登龍圖中的兵器與財寶，無疑是再添雙翼，劉邦當然不會坐視紀空手發展壯大。

「這未必沒有可能。」五音先生認同紀空手的觀點，道：「劉邦既然知道此刻取寶弊大於利，或許對他來說，此時上庸之行，取寶不是他的真正目的，而阻止他人取寶才是他此行的首要之急！」

「這樣一來，豈不是也增加了我們取寶的難度？」紀空手道。

五音先生微微一笑道：「對我們來說，這又何嘗不是一個好消息。我們正可以利用這段時間，專心琢磨這取寶之道。看來始皇當年所留下的這個謎，的確是個天大的難題，他的用意，本就不想後來人如此輕易地得到它。」

轉眼已到冬至，天已漸寒。

洞殿峽谷之中，一切工程早已完工。在車侯與西域龜宗數百弟子的巧手施爲下，只見以洞殿爲中心，一座座精美的建築掩映於花樹之間，延伸數里，起伏連綿，直達森林邊緣。

從表面上看，就像是王公貴族在山野之中營建的一個避暑勝地，但它其中的每一座建築都暗合天地

人三才的佈道之法。一旦人力居中發動，進可攻，退可守，勢如流水，生生不息，可以收到意想不到的攻防奇效。

峽谷之中，自有幾股活水源頭，在土行的建議下，開挖了幾個大小不一的人工湖，一來可作戰時蓄水之用，二來又可增添景致，而且在車侯的勘探之下，發現了除洞殿之外的幾個大溶洞，稍加修整，便可蓄備糧草，儲藏物品，平空多了幾個天然的庫房，以備軍需之用。

但真正讓人叫絕的是，峽谷口上，並沒有修築高牆城河以拒敵，但以峽谷爲中心，方圓百里之內，車侯命人在各個方向佈置了上百個可供眺望與監視之用的暗哨。這些暗哨中，或佈下人眼以觀察動靜，或佈下機關以防敵侵入，猶如一張龐大的蜘蛛網，只要有人貿然闖入，峽谷中的戰士就可在最快的時間內作出反應，使得整個峽谷的安全佈防做到了極致。

在紅顏的調教之下，借狼兄之威，峽谷內外的上千隻猴子也訓練有素。在馴養一段時間之後，放回森林，隻隻都顯得機警異常，一有異動，隨時報警，完全成了通風報信的好手。紀空手靈機一動，更是從中選出了九隻極通人性的靈猴，加以調教，美其名曰「信使九君子」。

一切都在有條不紊地進行著，即使是分佈各地的情報網，也在按照原定計畫一一設立。隨著時間的推移，由於取寶之道始終未曾解決，資金上開始出現了緊缺的態勢。

即使以知音亭、南海長槍世家，以及西域龜宗之財力，依然難以應付這數千人的日常開支和各項建

設的大量投入。這樣一來，對登龍圖中的藏寶，他們也就起了勢在必得之心，絕不容許出現意外。

這一天起來，紀空手在峽谷中巡視了一圈，經過後生無的賬房時，卻見後生無左手拿著賬本，右手撥著算盤，正「劈哩叭啦」地一陣猛敲，臉上的表情十分嚴肅。

紀空手對後生無委以賬房之職，乃是聽取五音先生「知人善用」才萌發此念的。因爲神農當日收這幾名弟子時，就已經想到了日後要爭霸天下，是以才網羅了各種精英，譬如土行，精通土木工程；譬如後生無，擅長經營之道；譬如公不一、公不二兄弟，對於馴馬征糧各有一套……

紀空手悄然來到後生無面前，見他眉頭緊鎖，知其所遇麻煩不小，輕咳一聲道：「你一大早起來就鑽入賬房忙碌，當真是辛苦你了。」

後生無倒嚇了一跳，趕忙跪拜道：「我既被公子委以重任，敢不盡心盡職嗎？只是如今我們的財力虧空，只怕再過半月，就會難以爲繼了。」

紀空手點點頭道：「我已經知道了詳細的情況，所以才會派土行與水星這些日子隨著車宗主一道，去勘查忘情湖的地形地勢，以期找出取寶之道。只要登龍圖中的寶藏一到我手，自然就能解眼下這燃眉之急了。」他扶起後生無，兩人相對而座。

「公子，我有一句話，如鯁在喉，不吐不快，不知當講不當講？」後生無看了紀空手一眼，吞吞吐吐地道。

「但講無妨。神風一黨的弟兄既然奉我爲主，就無須見外。」紀空手微微一笑道。

後生無鼓起勇氣道：「依我之見，就算我們得到了登龍圖中的寶藏，假如不在經營上有所變通，遲早也會坐吃山空。」

「說下去！」紀空手頓時來了興趣，鼓勵他道。

後生無平添幾分自信，道：「我自小研究經營之道，總結出一個經營錢財的至理，那就是錢財要想由小變大，靠的是『流通』二字，而不是積存。只有將錢財流通起來，以錢生利，才可以最大限度發揮出錢財的功效。而錢財一旦積存起來，便如一潭死水，也許它不會少，卻難以增加，一旦有急用之需，自然只能從老本中取用，日久天長，也就會有蝕虧之象了。」

紀空手一生難得和錢打交道，聽到後生無的這番見識，極是新鮮，連連催他接著說下去。

「而我們此刻的錢財，就如一潭死水，只出不進，早晚會顯乾涸。與其如此，我們何不將它變作一潭活水，在源頭上大做文章呢？只要源頭不斷，就可以任我取用，而且只會愈用愈多，永不乾竭。」後生無很是興奮地道。

「這也正是我所考慮的問題，只是我對經營之道十分生疏，倒想聽聽你的高見。」紀空手虛心請教道。

「我仔細研究了一下我們錢財賬目的進出情況，發現我們在佈置每一個情報點時，只有支出，從無

進賬，這便是我們管理上的最大弊端。如果我們將每一個情報點都經營成可以賺錢的店鋪，這樣一來，無疑就給我們的錢庫中平空添加了數百個源頭。只要有活錢流入，日後我們縱有再大的開支，也是取之不盡，用之不竭。」後生無道。

「可是並非每一個情報點上的人都懂得經營之道呀？」紀空手也興奮起來，同時亦看到了這個計畫中的一點漏洞。

「經商之道，在於開竅。其實每一個人生下來，就接觸到了商道的方方面面。說得簡單點，經商之道就是買賣，買進賣出，賺取差價，只要有我指點，即使足不出戶，也能讓每一個店鋪變成生財之源。」後生無信心十足地道。

「如此最好。」紀空手拍了拍他的肩膀，以示嘉許道：「這件事就交給你全權打理，立刻著手去辦，我再找先生商議一下，然後答覆於你。」

後生無笑道：「這事無須準備，只要有錢，加上我的眼光與對商機的把握，保證可以穩賺不虧。」

紀空手微微一笑，離開賬房，便向五音先生獨居的小院走去。

剛要敲門，卻見樂道三友迎出來道：「先生算定公子會來，特意留言，要公子上峰頂一見。」

紀空手一怔之下，心道：「眼看天要下雪，先生何以還要登高觀景？莫非又生出了什麼變故不成？」當下也不猶豫，登上峰頂。

遠遠望去，五音先生人在峰巔之上，傲立如一株古松，衣袂飄起，呼呼作響，好似神仙飄逸。直到紀空手走到近處時，才發現他眉宇緊鎖，苦苦思索，好像遇上了一個大難題。

「我正有事要找先生，卻沒有料到先生一個人獨自上了峰頂。」紀空手在五音先生身後七尺站定，恭聲道。

「哦，你來了。」五音先生似是不經意地看了他一眼，隨即重新將目光投向那深邃的天空，喃喃而道：「奇怪，奇怪。」

紀空手順著他的目光所向望去，看不出個所以然來，不由莫名道：「先生難道又看到了什麼怪異的天象嗎？」

「正因爲什麼都看不到，我才覺得奇怪。」五音先生帶著幾分詫異道。

紀空手心中一動，道：「此時尚是白晝，星光暗淡，自然不可辨認，也許到了晚間，就可以見到了。」

五音先生搖頭道：「一年之中，每逢第一場雪時，天上的星月是最爲清晰的時候，它往往可以在這一天蘊示著一個人一年的運程。我年年都屢試不爽，唯有今天，卻什麼也沒有看到，這豈不是咄咄怪事麼？」

「或許是時辰未到也未爲可知。」紀空手微笑道：「我有一事，想與先生商議。」

「是嗎？」五音先生恢復常態道：「這也巧了，我也正有事情要找你哩。」

「那麼還請先生先說吧。」紀空手道。

「不，先讓我聽聽你的事情。」五音先生道。

紀空手也不推辭，當下便將後生無的話一一轉述出來，五音先生眉鋒微動，聽得十分仔細。聽完之後，沈思半晌，方才歎道：「神農這一生中唯一可取之處，就在於有識人之才，像後生無這樣的經營之才，放眼天下，也是少有啊！」

「這麼說來，先生是同意後生無的計畫了？」紀空手非常高興地道。

「近些日子來，我也在爲這日益虧空的錢庫發愁，此際正是我們創業之初，銀錢花費，不可避免，但若是沒有生財之道，這樣坐吃山空終究不是長久之計。還好，幸虧還有一個後生無，有了這麼一個擅長經營之道的財神爺，也就可以解決我們的後顧之憂了。」五音先生點點頭道。他身爲世家傳人，雖然見識廣博，卻犯了世家子弟最常見的一個毛病，就是不善於理財。當日他一人獨掌知音亭時，以他家業之大，要供養千人門客弟子也不顯山露水，可如今數千人聚在一起，加上大興土木，籌備糧草，祖上的家財再大，也難以爲繼了。

「既然先生同意，我這就吩咐後生無著手辦理。」紀空手興沖沖地便要轉頭　而去。

「慢！」五音先生止住了他的腳步道：「此事雖急，猶可暫緩，可眼前有一件事情，卻需要你立刻

作出決斷！」

紀空手從來沒有見過五音先生如此嚴肅的表情，心中一驚，道：「難道出了什麼事情？」

五音先生從袖中緩緩取出一封書函，遞出道：「這是劉邦發來的信函。」

紀空手打開一看，只見上面寫道：「五音先生、紀少：鴻門一別，已近半載。昔日恩怨，自口結同盟始，已是前嫌盡棄，一筆勾銷。爲了表示本王結盟的誠意，今有登龍圖寶藏，欲與二位分享，望在臘月十五上庸城相會，切記莫誤。」

署名爲「漢王劉邦親筆」。

書函之中，除了年月日外，還有一枚漢王圖章。紀空手曾在沛縣之時見過劉邦的字樣，辨明確爲真跡，不由心中生疑，笑將起來：「這可真是太陽從西邊出來了，以劉邦的爲人，他肯將到手的寶藏分出一半給我們，真是難得。」

「你不信？」五音先生道。

「打死我也不信！」紀空手斷然道。

「他應該知道你我不會相信，可還是發來書函，這是爲什麼呢？」五音先生沈吟片刻，突然眼睛一亮道：「難道他算準了我們必去？」

「我們能不能不去？」紀空手道。

「不能！」五音先生沒有一絲猶豫就答道：「登龍圖上的寶藏，我們是勢在必得。沒有登龍圖上的財力與兵器，我們根本就沒有機會去爭霸天下！」

「可是誰又能保證劉邦就真的有了取寶之道？以我們二人的智慧，窮數月心血，尚且一無所獲，憑什麼劉邦就一定會比我們聰明？」紀空手就事論事，提出了自己心中的疑惑。

五音先生淡淡笑道：「劉邦或許沒有我們聰明，卻不意味著他不能有取寶之道。他的手中，有我們所沒有的登龍圖真品，假如真的如車侯所說，始皇當年用隱形藥水將取寶之道寫在登龍圖上，也未必沒有可能。」

「即使劉邦有了取寶之道，你相信他會將這個祕密告訴我們嗎？」紀空手道。

「不會，他當然不會，他只會處處提防我們！結爲同盟只是一紙空文，誰相信它誰就是天下第一號大傻瓜！」五音先生笑道。

「幸好我們都不是傻瓜。」紀空手也笑了。

「可是在我們兩人之中，卻有一個神偷，他曾經成功盜過一次登龍圖，假如再來一次，你猜他還會不會成功？」五音先生終於說出了他的意圖。

「我不知道別人會怎麼想，但我對他卻充滿信心！」紀空手一拍胸口，非常自信地道。

五音先生滿意地點了點頭，道：「有你這句話就已經足夠了，接下來我們就要佈署一下，做到絕不

空手而回，卻要全身而退，讓劉邦吃個啞巴虧。」

「可我還是想不明白，劉邦發來書函的真正用意是什麼。」紀空手在每一次行動之前，都希望能把對手的每一種意圖了解清楚，因爲他知道，只有尊重對手，才能最終戰勝對手。

五音先生的臉上也綻開了笑意，道：「不管他有什麼意圖，自衛三公子死後，問天樓在高手方面已失去了與我們抗衡的實力，雖然劉邦手上兵多將廣，但軍中仍無真正的一流高手。憑他們現在那些人的實力，如你我想突圍而出，應不成問題，就算是劉邦親自出手，似乎也已無法對我們構成任何威脅。」

「即使如此，爲了以防萬一，我們還是要帶足人手，若情況有變，也好應急。」紀空手覺得今日的五音先生似乎有些古怪，失去了往日的那份穩重，多了一些年輕人的衝動，是以他不得不謹慎一點。

五音先生卻搖了搖頭，固執己見地道：「我們此行，既然是以盜圖爲主，一切還是隱密一些爲好，何況人多了，退起來容易暴露，不如人少那麼抽身迅速。」

紀空手仔細想來，也覺此言有理，而且問天樓已走向沒落，這是不爭的事實。就算劉邦有心要對付他們，只怕也是心有餘而力不足。

「好吧，那麼我們幾時上路？」紀空手被　陣山風一激，頓時生出一股豪情道。

「雪下的時候，我們就可以啓程了。縱馬踏雪，一路觀光而去，豈不愜意？」五音先生彷彿不是去赴龍潭虎穴，倒更像是踏雪賞梅，神情一片悠然，顯得輕鬆至極。

「就我們兩人嗎？」

「如果你覺得不夠熱鬧，那就再帶上樂道三友吧。有我們這五個人，相信就是劉邦的數十萬大軍，也休想攔阻我們前進的腳步！」五音先生意氣風發地道。

◆

天上飄起了鵝毛大雪，隨風而旋，大地已是一片銀白。

紀空手與五音先生並騎而行，已到了上庸城外，突然傳來一陣馬蹄踏雪之聲，由遠及近，一彪人馬自城門竄出，如疾風般到了他們面前，這才勒馬停住。

紀空手與五音先生對視一眼，相顧而笑，因爲他們已然看清，當先一人，正是劉邦。

此時的劉邦，已是漢王身分，穿著舉止更具王者風範，可是當他人快近前時，遠遠便拱起手來，一臉堆笑道：「鴻門一別，可想死本王了，今日天降瑞雪，本王疑是有貴客臨門，想不到還真是天遂人願，迎來了先生與紀少。」

「漢王相召，我等平民百姓敢不從命？」紀空手見他如此謙恭，微微一怔道。

「紀少又說笑話了，本王請二位前來，的確是有要事相商。」劉邦一揮手，命令屬下掉轉馬頭，上千騎兵竟成開路先鋒，浩浩蕩蕩沿來路而返。

「看漢王這等聲勢，正是如日中天，難道還有什麼事情用得上小人幫忙嗎？」紀空手看著他擺下這

等排場，不冷不熱地刺了他一句。

「紀少這麼說話，本王可真要汗顏了。這半年來，本王靜心反思，想起你我兄弟一場，最終卻落得這麼一個下場，實在爲自己的行爲感到羞愧，所以此次紀少既然來到上庸，就一定要給本王一個改過的機會，也好讓我們兄弟盡棄前嫌，一致對付項羽這個大敵。」劉邦陪著笑臉，低聲下氣，態度顯得極是真誠。

紀空手的心裡很是詫異，萬萬沒有料到劉邦會放下漢王的身分與架子，如此地委曲求全，這種反常的舉動，反而讓紀空手更生提防之心，忖道：「以我對劉邦的了解，他絕對不是一個可以輕易向人低頭的人，他這麼做的原因，不是別有用心，就是有求於人。可是以他現在的身分地位，要風得風，要雨得雨，他還需要求人嗎？」

紀空手帶著這個疑惑，在劉邦的陪同下，進了上庸縣衙。

此時的縣衙內外，早已是三步一崗，五步一哨，將整棟建築圍得嚴嚴實實，滴水不漏。

進了大廳之後，屏風擋寒，火爐生暖，大廳上擺下兩排座椅，劉邦讓紀空手與五音先生在客位落坐，然後自己才坐到主位相陪。

樂道三友則保持著高度的警覺，站在五音先生之後，以保證一有異動，他們能夠在最短的時間內作出反應。

「我想漢王請我們今日前來，不只是爲了敍舊這麼簡單吧？」五音先生暗暗觀察之後，確信在方圓十丈之內沒有任何敵方高手，這才鬆緩了一下情緒道。

「當然，除了書函中提及的登龍圖一事外，本王還有一事要相煩兩位，只是今日我們故友相逢，應該先敍舊情，然後再談公事才對。」劉邦拍拍手掌，便有幾位侍婢送上熱茶。

紀空手與五音先生相望一眼，都想看看劉邦的葫蘆裡究竟賣的是什麼藥，是以靜下心來，耐下性子陪他閒聊。

「半年不見，今日的沛公已非昔日的沛公可比，擁兵數十萬，坐鎮巴、蜀、漢中三郡，受封漢王。放眼天下，除了西楚霸王之外，只怕無人可比。」五音先生輕品一口熱茶，淡淡而道。

「先生將本王與項羽相提並論，實在是高看本王了。論及武功，本王不及先生；論及心智，本王不及紀少；論及兵法謀略，本王不及我的謀臣張良；論及統兵打仗，本王不及韓信；論及治理百姓，籌糧理財，本王又不及我的朋友蕭何、曹參。像本王這樣一個無用之人，能登上今日之高位，只能用兩個字來形容。」劉邦微微一笑道。

「倒想請教。」五音先生道。

「僥倖。」劉邦苦笑一聲道：「若非僥倖，又是什麼呢？本王每每想起，自沛縣起兵以來，直到今日，如果不是運氣使然，本王只怕早已是孤魂野鬼一個，又哪裡還能坐在這裡與二位說話敍舊啊？」

「看似僥倖的東西，其實都有它必然的道理。」五音先生深深地看了他一眼道：「雖然你每一樣都不及於人，但是你卻可以把這些你所不及的人召之麾下，歸為己用，單從這一點看，你的成就應當在這些人之上。」

劉邦的眼中閃過一絲得意之色，畢竟當世之中，能夠得到五音先生親口讚賞的人並不多見，自己有幸成為其中之一，絕對是可以炫耀的資本。

「先生太瞧得起本王了，本王哪裡擔當得起？」劉邦擺擺手道：「倒是紀少武功高強，心智又高，加之有先生輔佐，日後的成就必定非凡。」

紀空手微微一笑，卻不作聲。他聽劉邦提到韓信，心中不由一動：「韓信竟然能夠得到項羽的賞識，封為淮陰侯，這倒是奇事一樁，想必這其中也有沛公的一份功勞吧？」

其時韓信雖然受封未久，但他統兵打仗的才能已經鋒芒顯露，這固然有他極賦天質的一面，在蟻戰之中領悟的兵道之術也對他的指揮才能不無裨益。是以在短短半年時間內，他不僅擁兵十萬之數，而且佔領了江淮大片土地，風頭之勁，已隱然直追劉、項二人，假以時日，按這種勢頭發展下去，他未必就不能與劉、項並駕齊驅，同爭天下。

紀空手一向關注天下大勢，自然對韓信的現狀有所了解，是以他猶豫片刻，還是忍不住問道：「韓信能夠受封為淮陰侯，迅速崛起於江淮，這恐怕也是沛公深謀遠慮的計畫之一吧？」

劉邦微微一驚，不過很快恢復了常態道：「反正二位也不是外人，本王亦無須隱瞞。以項羽的實力，本王若想與之一爭高下，最多也只有一成勝算。但是若有一支與本王同樣強大的力量對項羽形成夾擊之勢，勝算卻可增至六成。這是因為兩面作戰，戰線拉長，項羽必然一心二用，導致顧此失彼。所以本王思慮再三，才決定將韓信推薦給項羽，同時在暗中加以扶植，這樣就等於在項羽的後方埋下了一步暗棋，只要戰事一起，項羽就會背腹受敵。」

他這個計畫無疑是極端機密之事，竟然對紀空手二人和盤托出，這就更讓紀空手和五音先生弄不懂劉邦的用意了。

「難道說這半年來，劉邦真的改過自新，把自己當成了同盟的朋友，而不再是生死大敵？」這個念頭只在紀空手的腦海中一閃而過，很快就被紀空手非常冷靜地加以否決了。在二人之間，恩恩怨怨已到了無可化解的地步，霸上鴻門之時，他們結下的可是「殺父之仇，奪妻之恨」，就算劉邦修練的是「有容乃大」之武學，恐怕仍容不下這段仇恨。

紀空手相信自己的判斷，所以沒有說話，只是微微一笑，靜觀其變。

「這是一個不錯的計畫，用心良苦，實施起來的難度也頗大。要讓韓信得到項羽的賞識不難，難就難在讓項羽如何才能信任韓信。韓信能走到今天這一步，看來漢王是花費了不少心思的。」五音先生道。

「誰說不是呢？以項羽的智慧，要想蒙蔽他實在很不容易。不過在當時的情形下，項羽最不希望看見的是讓韓信留在本王身邊，只要抓住他這個心理，對症下藥，他也免不了鑽入本王所設下的圈套之中。」劉邦微微一笑，但想到當日在鴻門大營中，那種劍拔弩張的緊張氣氛依然讓他感到了窒息之感。

「這麼說來，項羽這是養虎爲患了？」五音先生道。

「對每一個敵人來說，韓信都是一隻隨時可以讓人感到害怕的猛虎，他所具有的威脅性與破壞力，在這半年之內已然顯現在世人面前，這已成無可爭議的事實。」劉邦掩飾不住自己對韓信的欣賞之意，頗有幾分自豪地道。

「我同意你的觀點。」五音先生對天下大勢的走向瞭若指掌，當然也看到了韓信這半年來取得的一系列成就。可是他眉頭一皺，隨即話鋒一轉道：「不過，不知漢王想過沒有，韓信對項羽來說，是養虎爲患，但對漢王來說，也何嘗不是呢？」

他這句話看似是離間劉邦與韓信之間的關係，但道出的卻是實情。可是劉邦並沒有他想像中的反應激烈，而是淡然一笑道：「先生所言極是，但是本王權衡再三，最終還是相信了韓信的忠心。」

《滅秦④》完

請續看《滅秦⑤》

滅秦 4【珍藏限量版】

作　者：龍人
發行人：陳曉林
出版所：風雲時代出版股份有限公司
地址：10576台北市民生東路五段178號7樓之3
電話：(02) 2756-0949
傳真：(02) 2765-3799
執行主編：劉宇青
美術設計：許惠芳
業務總監：張瑋鳳
出版日期：2024年7月新版一刷
版權授權：蔡雷平
ISBN：978-626-7369-92-0
風雲書網：http://www.eastbooks.com.tw
官方部落格：http://eastbooks.pixnet.net/blog
Facebook：http://www.facebook.com/h7560949
E-mail：h7560949@ms15.hinet.net
劃撥帳號：12043291
戶名：風雲時代出版股份有限公司

風雲發行所：33373桃園市龜山區公西村2鄰復興街304巷96號
電話：(03) 318-1378　　傳真：(03) 318-1378
法律顧問：永然法律事務所 李永然律師
　　　　　北辰著作權事務所 蕭雄淋律師

行政院新聞局局版台業字第3595號 營利事業統一編號22759935

定價：340元　

國家圖書館出版品預行編目資料

滅秦／龍人 著. -- 二版 -- 臺北市：風雲時代出版股份有限公司, 2024.05 冊； 公分.
ISBN：978-626-7369-92-0（第4冊：平裝）

857.7　　113002954

有華人的地方就有

龍人的作品